KB240163

시간의 책 Ⅱ

일곱 개의 동전

Le livre du temps
II. Les sept pièces

by Guillaume Prévost

시간의 책 Ⅱ
일곱 개의 동전

기욤 프레보 지음 | 이원희 옮김

소담출판사

시간의 책 Ⅱ 일곱 개의 동전

펴 낸 날 | 2010년 9월 1일 초판 1쇄

지 은 이 | 기욤 프레보
옮 긴 이 | 이원희
펴 낸 이 | 이태권
펴 낸 곳 | (주) 태일소담
　　　　　서울시 성북구 성북동 178-2 (우)136-020
　　　　　전화 | 745-8566~7　팩스 | 747-3238
　　　　　e-mail | sodam@dreamsodam.co.kr
　　　　　등록번호 | 제2-42호(1979년 11월 14일)
　　　　　홈페이지 | www.dreamsodam.co.kr

ISBN 978-89-7381-609-5 03860

● 책값은 뒤표지에 있습니다.
● 잘못된 책은 구입하신 곳에서 교환해드립니다.

차례

I

아침의 분노

숨통을 끊으려고 하는 뼈마디가 굵은 기다란 손…… 누군가가 목을 조르고 있었다. 그러나 아무리 애를 써도 얼굴은 보이지 않았다. 브루게의 탑을 배경으로 하늘에서 펑펑 내리는 눈, 눈길도 주지 않고 지나가는 튜닉 차림의 사람들이 또렷이 보였다. 근데 저 이집트 사람들은 한겨울의 브루게 거리에서 뭘 하는 걸까? 그러나 목을 조르는 비열한 작자의 얼굴은 유리를 정교하게 깎아놓은 것처럼 투명했다. 뚫어져라 살펴보니 보이지 않는 얼굴에 번쩍거리는 금속물질이 조금씩 덮이고 있었다. 하나둘 나타나는 코, 광대뼈, 이마……. 어? 얼굴 전체가 날이 선 거울로 변했나? 아니면 거울에 비치는 얼굴인가, 그것도 아니면 얼굴 모양의 거울인가? 뭔가에 홀린 듯 새뮤얼은 몸을 일으키고 자세히 들여다봤다. 하지만 무시무시한 거울에 비친 것은 자신의 얼굴이 아니었다. 아버지의 얼굴…… 폭삭 늙어버린 아버지가 초췌한 얼굴로 힘겹게 중얼거리고 있었다.

"구해줘, 샘, 구해줘!"

아버지를 구하려고 팔을 뻗다가 손이 머리맡 탁자에 부딪혔다. 새뮤얼은 땀에 흠뻑 젖어서 잠을 깼다. 휴, 꿈이었어. 생각만 해도 소름 끼치는 악몽. 하지만 아버지가 실제로 죽을 위험에 처해 있으니…… 부분적으로는 사실이 아닌가!

새뮤얼은 이 모든 일이 20여 년 전 이집트에서 시작되었을 것으로 추측하고 있었다. 아버지 앨런 포크너는 세트니 대신관의 무덤을 발굴하는 작업에 참여했고, 거기서 놀랍게도 시간 여행을 할 수 있는 태양의 돌을 발견했다. 작동 방법은 비교적 간단한 것 같았다. 돌 중앙에 새겨 있는 태양문양에 구멍 뚫린 동전을 갖다대면 되는데…… 물론 아무 동전이나 되는 것은 아니었다. 마력을 지닌 동전이어야 하지만 시대마다 필요한 동전이 존재하는 것은 분명한 것 같았다. 아버지가 이집트에서 유적 발굴 팀에 참여하던 중 시간 여행을 한 뒤로 오랜 세월 동안, 어쨌든 세인트메리 구시가지에 서점을 열고 또 하나의 태양의 돌을 발견할 때까지는 시간 여행을 단념하고 있었을 것으로 추정했다. 그런데 아버지가 그 돌을 발견한 것이 우연이었을까?

아버지 앨런이 사라진 지 어느덧 3주가 되어가고 있었다. 새뮤얼은 아버지를 찾기 위해 포크너 고서점의 지하실을 뒤지다가 우연히 태양문양을 새긴 돌과 시간의 책을 발견하게 되었다. 붉은색 두꺼운 표지로 장정한 시간의 책은 마치 인쇄가 잘못된 것처럼 같은 페이지가 반복되는 것으로 태양의 돌을 사용하는 사람이 가 있는 시대를 알려주었다. 시간의 책과 몇 번의 시간 여행 덕분에 새뮤얼은 아버지가 있는 위치를 알아냈다. 드라큘라의 실제 모델로 알려진 폭군 블라드 체페슈 치하의 중세 발라키아! 이제는 그 살인마에게서 아버지를 구해야 했다.

새뮤얼이 이불을 젖히면서 벌떡 일어났다. 6 : 42. 알람라디오가 시간을 깜박이고 있었다. 방학이지만 상황이 상황이니만큼 침대에서 뒹굴며 마냥 게으름을 피우고 있을 때가 아니었다. 아버지를 찾겠다는 일념으로 애쓰다보니 새뮤얼은 자신도 모르게 '시간 여행가' 가 되어 있었다. 해적들의 위협을 받는 아이오나 수도원에서 제1차 세계대전이 벌어지는 격전지, 파라오들의 이집트, 벨기에의 브루게까지 갔다. 그래서 꿈속에서도 시공간이 뒤섞여 있는 걸까? 경험해본 결과 과거에서는 현재보다 시간이 일곱 배로 빨리 흘렀다. 다시 말해 현재에서의 하루는 과거의 일주일에 해당하는 셈이었다. 블라드 체페슈에게 억류된 지 현재 시간으로 20일쯤 되어가는 아버지는 쥐와 벌레가 우글거리는 감옥에서 여러 달째 죽을 고생을 하고 있는 것과 같았다. 눅눅한 짚 더미에 웅크리고 앉아 굶주린

쥐를 쫓아버리거나 벽에 스며 나오는 물을 받아먹으려고 안간힘을
쓰는 아버지의 겁먹은 모습이 눈에 선했다. 아버지가 그 끔찍한 상
황을 얼마나 버틸 수 있을까?

새뮤얼은 아침에 눈을 뜨자마자 아버지를 구해낼 방법을 궁리하
는 것이 이제는 습관이 되었다. 아버지를 구할 수 있게 도와줄 것이
라고 기대하는 시간의 책과 태양의 돌을 작동하는 데 필요한 구멍
뚫린 동전 세 개가 들어 있는 비닐봉지를 아무도 못 보게 꼭꼭 감춰
두고 있었다. 동전 세 개 중 하나는 금속에 검은 뱀문양을 새긴 옛
날 주화였다. 또 하나는 아랍 글자를 새긴 비교적 최근의 것이고,
나머지 하나는 포커 게임에서 사용하는 플라스틱 칩과 비슷했다.
비닐봉지 안에는 지난번 여행 때 브루게의 비열한 연금술사 에쿠
테트 클러그의 실험실에서 발견한 마법서의 구절을 베껴온 종이쪽
지도 들어 있었다. 원문은 라틴어였지만 사촌 릴리―이제는 정말
사이가 점점 좋아지고 있는―가 친절하게 번역해준 것이었다.

일곱 개의 동전을 모으는 사람이 태양의 주인이 될 것이다. 그가 여섯
개의 빛살을 반짝이게 할 수 있으면 그의 가슴이 시간의 열쇠가 될 것
이다. 그러면 불멸의 열을 경험할 것이다.

물론 언뜻 보기에는 별다른 의미가 없는 글일 수 있었다. 그러나

이제 시간 여행의 전문가가 다 된 새뮤얼은 이 글에서 희망을 읽었다. 문제는 시간 속으로 들어가는 거리를 조절할 수가 없다는 것이다. 50년 전으로 갈지, 5000년 전으로 갈지 예측할 수가 없으니…… 이런 조건에서 어떻게 아버지를 구한단 말인가? 그런데 마법서의 구절에 있는 '시간의 열쇠'가 뭐지? 그건 도착하는 시대를 선택할 수 있다는 뜻이 아닐까? 그렇다면 일곱 개의 동전을 확보해서 적절하게 사용하면 된다는 것인데……. 일곱 개 중에서 태양문양에 올려놓는 동전은 원하는 목적지를 가리키는 것이고, 나머지 여섯 개는 빛살을 새긴 홈에 끼워야 하는 걸까? 어쨌든 아버지를 구하려면 일곱 개의 동전이 필요했다.

새뮤얼이 마지막으로 갖게 된 것은 블라드 체페슈의 여러 성 중 하나인 브란 성에 관한 일종의 사진집인데 제목은 『드라큘라의 브란 성』이었다. 눈길을 끄는 사진이 있어서 릴리가 세인트메리 도서관에서 빌려온 책이었다. 릴리는 감옥의 벽에 삐뚤빼뚤한 글씨로 쓴 문구를 보여주었다.

구해줘, 샘!

아버지 앨런 포크너가 보낸 메시지가 분명했다. 600년 전의 감옥에서 보내는 SOS 긴급 구원 요청! 사진집의 작가는 당혹스러움을 감추지 않았다. 사진 밑에 작가는 주석을 달아놓았다.

이 낙서는 브란 성의 지하를 복원할 때 햇빛을 보게 되었다. 분석에 따르면 수백 년 전에 쓴 것으로 추정되며, 영어로 쓰여 있다는 사실도 미스터리가 아닐 수 없다. 블라드 체페슈가 원정 중인 영국 왕의 신하를 생포했던 걸까? 그리고 메시지의 대상인 샘은 누구였을까? 어쨌든 이 낙서는 발라키아의 왕자에게 억류당한 포로가 곤경에 처해 있다는 증거인 셈이다!

곰곰이 생각하던 새뮤얼은 한 가지 의혹이 생겼다. 블라드 체페슈가 아버지를 당장 처형하지 않은 것은 무언가 다른 이유가 있을 것 같았다. 블라드 체페슈가 감옥에 가둬놨다는 건 어쩌면 살아 있는 아버지를 찾을 수 있다는 희망을 주는 것이 아닌가. 게다가 아버지가 그런 메시지를 벽에 써놓았다는 것은 이 세상에서 감옥으로부터 아버지를 구해줄 수 있는 사람은 새뮤얼밖에 없다는 뜻이었다. 아버지가 아들을 절대적으로 믿고 있다는 것 때문에 새뮤얼은 무거운 책임에 어깨가 무거워졌다. 어떤 의미에서는 느닷없이 역할이 바뀐 것이 아닌가. 이제부터는 아들이 아버지를 보살피게 된 셈이니. 아버지와 아들 사이에 가로놓인 600년이란 한없이 긴 시간에도 불구하고 새뮤얼은 아침마다 다짐하고 있었다. 무슨 일이 있어도 아버지를 구할 거야.

새뮤얼은 보물이 든 상자를 조심스럽게 옷장 깊숙이 넣어두고 바지를 입었다. 식구들이 모두 잘 거라고 생각하면서 아침을 먹으러 주방으로 내려갔는데 릴리가 이미 식탁에 앉아서 시리얼을 먹고 있었다.

"릴리? 너 벌써 일어났어?"

"5시부터." 릴리가 씹어먹으면서 속삭였다. "악몽을 꿨어."

애까지 악몽을 꾸다니! 새뮤얼은 사발에 우유를 붓고 콘플레이크를 듬뿍 쏟으면서 물었다.

"무슨 꿈인데?"

"개꿈……. 제니퍼 오빠 넬슨 알지? 걔네 집 수영장 앞에 있는데 넬슨이 얼음처럼 질질 녹아내리는 꿈을 꿨어. 처음에는 발이 흐물흐물하더니 그다음에는 손, 머리가 물이 되어 흘러내리더라고. 제니퍼가 엄마를 부르면서 얼음을 찾으러 사방을 뛰어다녔지만 넬슨은 계속 녹아내리고 있었어. 그러더니 넬슨이 입고 있던 수영복 색깔인 파란 물만 흥건히 남는 거야. 그러니까 개꿈이지, 뭐!"

새뮤얼은 사발에 숟가락을 넣고 휘저으면서 흰 우유 속에서 풀어지는 콘플레이크를 쳐다봤다.

"아닐 수도 있지." 새뮤얼이 짓궂게 말했다. "또 모르잖아! 넬슨이 너를 위해 녹아주길 바라는 건지도."

릴리가 기막혀 죽겠다는 얼굴을 했다.

"이렇게 고마울 수가! 넬슨은 심각한 머저리야. 낱말이 네 개 이상 되는 문장으로 말하는 걸 들어본 적이 없고, 자기 방을 장총 포스터로 도배를 해놨어. 내가 그런 애를 좋아할 거라고 생각해? 게다가 또 얼마나 못생겼는데.”

새뮤얼이 피식 웃었다. 열두 살인 릴리는 예쁘고 영리하지만, 새뮤얼은 이때까지 이성문제 같은 미묘한 부분은 건드리지 않으려고 조심했다. 얼마 전까지만 해도 늘 매몰차게 대하는 릴리와 그리 친하지 않았을 뿐만 아니라 새뮤얼도 이성문제에 있어서는 자신 있게 말할 입장이 아니었다. 잘못되었다는 걸 알면서도 여간해선 마음을 열지 못하는 성격 탓에 3년이란 긴 세월 동안 그렇게 좋아하는 앨리시어 토드를 단 한 번도 찾아가지 않았다. 그러다 결국 이틀 전 유도경기장에서 건방진 금발 키다리의 팔에 매달려 있는 앨리시어를 보게 되었을 때 그 참담한 심정이란……!

“오빠는 웬일로 이렇게 일찍 일어났는데? 침대에서 떨어졌어?”

릴리가 나직하게 물었다.

“아니, 아버지 생각을 하느라고……. 살아 계셨으면 좋겠어. 아니 살아 계실 거라고 믿어.”

릴리는 물론이지, 하는 얼굴로 고개를 끄덕였다.

“할머니도 항상 그렇게 말씀하시잖아.”

“할머니는 무슨 일이 일어나고 있는지 전혀 모르셔. 확실한 방법은 그곳으로 가는 거야. 그런데 거기 가려면…….”

새뮤얼의 숟가락이 잠시 허공에 멈춰 있었다.

"다른 동전을 찾아야 해, 릴리. 적어도 네 개는 더 있어야 아버지를 구해올 수 있어."

"당연히 외삼촌을 구해야지." 릴리가 뚫어져라 쳐다보면서 말했다. "동전 얘기를 하니까 생각나는 사람이 있어. 바렌보임……."

"바렌보임? 아버지가 서점을 열기 전에 그 집에 살았다는 사람 말이야? 이상한 사람들이 그 집을 드나들었다지만 그건 백 년 전 일이야! 그런데 뜬금없이 바렌보임이 무슨 상관 있다고 그래?"

"세인트메리 박물관에서 봤는데 그 사람이 도시에 유증했다는 물건이 많아. 학교에서 단체로 견학 갔을 때 진열장에 G. 바렌보임의 유증품이라고 적혀 있는 걸 봤던 기억이 나. 서점의 거리 이름을 들었을 때 어디서 본 이름이라고 생각했더니 이제야 기억났어. 장담할 수는 없지만 동전이 있었던 것 같아."

"구멍 뚫린 동전이었어?"

"미안한데 열흘 전까지만 해도 솔직히 주화에 관심이 없어서 구멍이 뚫려 있었는지 그건 모르겠어. 오빠가 직접 가서 한 번 확인해 보든지."

"바렌보임의 동전이라!" 새뮤얼이 흥분했다. "박물관! 그래, 일리가 있어!"

릴리가 입에 손가락을 댔다.

"식구들을 다 깨우고 싶으면 아예 마이크를 대고 떠들지 그래!"

"릴리, 네가 제대로 짚은 것 같아." 새뮤얼이 소곤거렸다. "바렌보임이 사는 집에 태양의 돌이 있었다는 것은 그걸 사용해서 시간 여행을 했다는 뜻이야, 틀림없어! 그래서 이상한 사람들이 들락거렸던 거야. 그 사람이 죽었지만 동전들은 남아 있었을 테고……."

새뮤얼은 말을 끝맺을 수가 없었다. 요란한 보라색 잠옷 차림의 이블린 고모가 불쑥 주방 문턱에 나타났으니!

"릴리! 너 엄마가 뭐라고 했어?" 이블린이 냅다 소리를 질렀다. "새로운 지시가 있을 때까지는 새뮤얼과 만나는 걸 금지했잖아? 그러니까 내가 소 귀에 경을 읽은 거니, 응? 누구랑 어디를 싸돌아다니다 왔는지 일언반구 없는 애야. 너도 똑같이 되고 싶어서 그래? 다시 말하는데 릴리, 엄마가 계속 너를 감시해야 한다면 당장 데드 레이크에 집어넣을 거니까 명심해!"

릴리의 어머니 이블린 고모는 감금과 규율에 대해 정말 못 말리는 집착을 보였다. 데드레이크란 교관들이 엄격하기로 유명한 여름학교나 이미 며칠 전부터 새뮤얼에게 예고했던 감화원 같은 곳을 통틀어 일컫는 말로 딸이 새뮤얼 때문에 나쁜 물이 들지 않게 하려고 생각해낸 고모의 최후통첩이었다.

"난 나쁜 짓을 하지 않았어요!" 릴리가 항의했다. "지금 아침 먹고 있잖아요!"

“그런데 왜 쑥덕거리고 있어? 얘가 이번에는 또 뭘 달라고 꼬드졌어? 네 목걸이? 팔찌? 루돌프의 경고 들었지? 새뮤얼은 위험한 아이야. 마약을 하고 있을 수도 있어!”

“이블린! 너 그게 무슨 말이냐?”

시끄러운 소리에 놀란 할아버지가 층계를 내려오고 있었다. 얼마나 정신없이 나왔으면 헝클어진 머리에 단추도 제대로 채우지 않은 파자마 윗도리…… 할머니가 봤으면 두고두고 흉볼 텐데.

“내가 못할 말이라도 했어요?” 이블린 고모는 더 크게 소리를 질렀다. “이놈의 자식이 또 릴리를 못된 짓거리에 끌어들이려고 했단 말이에요! 뒷구멍에서 계속 나쁜 짓을 꾸미고 있다고요!”

“그만두지 못하겠니, 이블린!” 할아버지가 엄한 목소리로 나무랐다. “아직 어린애들이야!”

“또 이 아이를 두둔하시네요! 오빠한테 그랬던 것처럼! 어머니와 아버지는 항상 오빠를 싸고돌았죠! 애지중지하는 가여운 손자란 말이죠? 오빠도 무슨 짓을 하든 눈감아주었죠! 몇 시에 들어오든, 괴상망측한 걸 수집하든, 성적이 나쁘든, 아무 상관 없었어요! 그러면서 나한테는…….”

감정이 격해진 이블린은 숨을 몰아쉬고 나서 계속했다.

“어떻게든 따끔하게 혼내줘야 하는데 그 변덕을 다 받아주니까 지금 이렇게 된 거라고요! 오빠가 온다간다 말 한마디 없이 사라진

건 다 그 때문이에요! 그렇게 감싸고돌더니! 어머니와 아버지는 새
뮤얼이 오빠와 똑같은 길을 가고 있다는 걸 모르고 있어요. 아니면
알면서도 모른 척하고 있는 것이거나. 오빠에게 그랬던 것처럼 이
아이에게도 눈을 감아주고 계시다고요!"

화가 난 이블린이 보라색 소매 속의 팔을 마구 휘두르면서 주방
을 나가다 문턱에 서 있는 할아버지와 부딪쳤다. 평소에 새뮤얼은
모든 사람에게 화가 나 있는 것 같은—연인 루돌프를 행복한 눈빛
으로 바라보는 것을 제외하고—고모에게 연민의 정을 느끼고 있었
는데…… 이번에는 고모가 너무 심하다는 생각이 들었다. 새뮤얼
은 정말이지 할 수만 있다면 아버지 대신 고모와 그 우스꽝스러운
잠옷을 브란 성의 지하감옥으로 보내버리고 싶었다. 혹시 알아? 드
라큘라가 보라색을 아주 좋아할지…….

II

박물관 도둑

바리오닉스*의 배 속에서 페인트와 접착제 냄새가 진동했다. 키 3미터에 몸길이가 9, 10미터에 이르는 공룡인데 스펀지로 만든 불룩불룩한 내벽은 소용돌이처럼 휘감긴 창자를 연상시켰다. 새뮤얼은 공룡의 어두컴컴한 배 속 맨 뒤쪽에 웅크리고 있었는데 점점 좁아지고 있어서 송진으로 만든 긴 꼬리는 끝이 어딘지 보이지 않았다. 머리는 으스러진 악어같이 생긴데다 흉측한 갈퀴발톱이 달린 짧은 앞다리……, 새뮤얼은 바리오닉스가 암컷임을 알려주는 회색 플라스틱 알 뒤에서 벌써 두 시간째 숨어 있었다. 바리오닉스 공룡은 호기심이 많은 학생들을 세인트메리 박물관으로 끌어들이는 일등공신이 틀림없었다.

* 1983년 영국에서 아마추어 화석수집가가 30센티미터에 이르는 앞발톱을 발견하면서 알려진 바리오닉스는 세계적으로 드문 전기백악기 육식공룡으로 얼굴은 악어와 비슷하며 16쌍의 이빨을 가졌다.

　사실 숨어 있을 곳을 찾는 것보다는 할머니에게 외출 허락을 받는 것이 훨씬 힘들었다. 이블린 고모가 난리를 치고 난 뒤로 아침나절은 썰렁한 분위기 속에서 흘러갔고, 식구들은 서로 눈을 마주치지 않으려고 피해 다녔다. 이블린 고모가 나간 뒤에도 분위기는 무겁게 가라앉아 있었지만, 새뮤얼은 점심을 먹으면서 친구 해럴드가 방학을 했으니까 집에 와서 하룻밤 같이 지내자고 초대했다는 말을 꺼내면서 눈치를 살폈다. 할머니는 난처해했다. 그러나 할아버지는 14~16세 무제한급 토너먼트 유도경기에서 전혀 예상치 못한 우승을 했는데 새미는 그만한 보상을 받을 자격이 있다면서 외박을 허락했다. 그 말에 힘을 얻은 새뮤얼이 밤 11시에 전화를 하겠다고 약속하며 오후에는 세인트메리 박물관에 가서 교양을 쌓겠다고 말하자 할머니는 항복하고 말았다.

　물론 해럴드에게 미리 연락해서 말을 맞춰놓은 것이 아니었다. 새뮤얼은 해럴드에게 혹시 할머니가 전화해서 물으면 집으로 초대한 것이 맞다는 대답만 해달라고 부탁하는 SMS 문자메시지를 보내는 것으로 만족했다. 그런 다음 새뮤얼은 세인트메리 박물관으로 갔고, 아래층에서 위층으로 곳곳을 돌아다녔다. 릴리의 말대로 게리 바렌보임이 도시에 꽤 많은 골동품을 유증한 것은 사실이었다. 황금 식기세트, 18세기 머리쓰개, 매머드 이빨 한 개, 탐험가 자크 카르티에*의 것으로 추정되는 크리스털 트로피 한 개, 아스텍**의 목걸이 한 개……. 이것들이 모두 과거로 가는 시간 여행에서 가져온 기념품들이었을까?

화폐 전시실로 들어가보니 진열장 안에 있는 절반이 바렌보임이 남긴 유증품이었다. 주화들은 다양한 시대와 나라의 것들인데 그 중 다섯 개는 가운데 구멍이 뚫려 있고 태양문양의 크기와 비슷했다. 다섯 개! 새뮤얼은 날개를 다는 느낌이 들었다. 이것들만 손에 넣으면 아버지를 구할 수 있는 동전 일곱 개를 모두 갖는 것이다.

새뮤얼은 주위를 샅샅이 살피고 복도에 설치된 감시카메라들을 둘러보면서 경비시스템이 허술하다는 것을 확인했다. 게다가 문제의 주화들은 상품가치가 그리 크지 않아서 특별히 지킬 이유가 없는 것들이었다. 자물쇠 두 개 정도를 처치하지 못해서야 어떻게 브란 성을 습격할 수 있겠어?

새뮤얼은 휴대품 보관소 쪽을 어슬렁거리다 고생물학관으로 향했다. 덮개를 씌운 바리오닉스를 숨어 있을 곳으로 점찍어두었다. 방학을 이용하여 새로운 구경거리로 눈길을 끌기 위해 보수 중인 공룡이었다. 옆구리를 타고 올라가서 몇 미터에 이르는 배 속을 지나 작은 미끄럼틀을 타고 반대 방향으로 나오게 되어 있는 공룡이

* 프랑스의 항해가, 탐험가(1491~1557). 1534년 뉴펀들랜드에 상륙 후, 마그달렌, 프린스에드워드 섬을 발견했고, 캐나다 해안을 프랑스 왕령이라 선언했다.

** 16세기 초 멕시코 고원지대에 강대한 국가를 이루었던 부족. 1520년 페르난도 코르테스가 이끄는 에스파냐 군에게 정복되었다.

라서 어린 학생들에게 단연 인기 최고였다. 바리오닉스에게 잡아먹혀 보세요! 라는 푯말이 있고, 그 밑에 이렇게 적혀 있었다. 바리오닉스(강력한 발톱), 분류: 육식공룡, 몸무게 1.8톤, 키 3미터……. 수많은 발길과 호기심 어린 손길에 공룡의 배 속이 손상되어서 약간의 수리가 필요한 상태였다.

새뮤얼은 폐관 시간을 기다렸다. 20시경 박물관에서 사람들이 빠져나갔고 아무도 없는 틈을 타서 새뮤얼은 공룡에 씌운 덮개 속으로 기어들어갔다. 야간경비원들이 전시실 순찰을 돌았지만 바리오닉스의 배 속은 들여다보지 않았다. 휴! 이게 바로 트로이의 목마* 선사시대 버전이라는 거지…….

30분쯤 지났을까, 옆방에서 문소리가 났다. 새뮤얼은 숨이 막히는 것 같아서 들추고 있던 덮개를 재빨리 내렸다. 야간경비원 두 명이 불을 켰고 대화를 나누면서 70여 미터 떨어진 앞을 지나갔다.

"…… 이것도 아직 안 끝났다니까. 저기 있는 바리오닉스도……. 그 화가가 선금을 주지 않으면 다시 오지 않겠다고 하는 것 같아."

"돈이 없는 모양이야." 다른 목소리가 말했다. "관장의 말로는 시에서 예산을 올려주지 않는다는 거야. 관람객을 끌어들이려면 새로운 것들이 필요한데 고대 유물은 엄청 비싸잖아! 자네도 런던 경

* 정체를 숨기거나 위장한 채로 적진에 들어가 적을 함락시키는 스파이를 말한다.

매장에서 팔렸다는 그리스 유물에 대한 기사 봤지? 뭐라더라? 아! ‘세계의 배꼽’ 이라고 했던가? 하여튼 10분도 안 돼서 미화 1000만 달러에 팔렸다잖아! 우리 박물관에서 그런 걸 사들일 수나 있겠어? 언감생심 꿈도 못 꿀 일이지!”

“맙소사! 여기서는 지출을 줄이기 위해 인원을 줄인다고 난리 치는 판에 달라도 너무 다르군!”

경비원들은 반대쪽 문에 이를 때까지 탄식하면서 걸어갔고 마침내 문이 닫혔다. 새뮤얼은 다시 혼자 있게 되었다. 이럴 줄 알고 자동판매기에서 뽑아온 헤이즐넛 막대 캐러멜 두 개를 먹으면서 다음 순찰을 기다렸다. 경비원들이 1시간 15분 후에 다시 지나갔는데 이번에는 서로 자기가 응원하는 아이스하키 팀의 장점에 대해 떠들어대면서 한 사람은 로켓 팀이, 또 한 사람은 나이트 팀이 우승할 거라고 주장했다. 새뮤얼은 골게터 시드니 크로스비*를 영입하면서부터는 피츠버그 펭귄스가 단연 우승 팀이라는 말을 하고 싶어서 입이 근질근질했지만 꾹 참아야 했다. 바리오닉스가 아이스하키 경기에 대한 말을 지껄인다면 경비원들이 당장 달려와서 뒤질 테니 말이다.

새뮤얼은 시계를 봤다. 22시가 넘었으니 50분 동안에 계획을 실

* 캐나다 하키의 희망이자 전 세계 하키 팬들의 시선을 한 몸에 받고 있는 ‘슈퍼루키’ 하키선수.

행에 옮겨야 했다. 화폐 전시실로 가서 주화를 꺼내는 방법을 궁리하고 공룡의 배 속으로 돌아와 내일 아침 개관 시간까지 기다려야 했다. 이론상으로는 쉬운데…….

경비원들이 멀리 사라졌다는 확신이 들자 새뮤얼은 핸드폰을 켜서 액정의 푸르스름한 빛으로 주위를 둘러봤다. 오른쪽에는 벨로시랩터*, 왼쪽에는 트리케라톱스**, 향토사 전시실까지 곧장 가면 바로 옆이 화폐 전시실이었다.

어둠에 잠긴 박물관은 귀신 나오는 폐가처럼 음산했다. 수십 개의 무시무시한 실루엣이 금방이라도 달려들어 물어뜯을 것만 같았다. 새뮤얼은 속으로 말했다.

'걱정 마, 이 안에 생명체라곤 없어. 먼지를 하얗게 뒤집어쓴 모형에 불과한데 뭐.'

그래도 으스스한 것이 영…….

첫 번째 복도로 나가는 문을 미는데 찰그랑, 이상한 소리가 났다. 열쇠 소리? 분명히 쇠붙이 소리가 났는데……. 새뮤얼은 날카로운 삼지창을 세워든 포세이돈 조각상 뒤에 숨어서 웅크렸다. 경비원 중 한 명이 뭔가를 잊어버렸나? 어떡하지? 되돌아가는 것은 너무 위험했다. 문을 다시 열고 들어가서 덮개를 뒤집어써야 하는

* 백악기 후기에 살았던 육식공룡.
** 백악기 후기에 살았던 초식공룡.

데……. 새뮤얼은 숨을 죽였다. 바스락거리는 소리가 들리고 옆방에서 불빛이 보이더니 더는 아무 소리도 나지 않았다. 새뮤얼은 머릿속으로 백까지 세고 나서 일어났다. 경보 해제.

새뮤얼은 벽을 더듬으면서 나아갔고 무사히 향토사 전시실에 이르렀다. 대형 패널에 세인트메리의 온갖 역사가 기록되어 있고, 양복 차림의 마네킹들은 도시의 변천사를 나타내고 있었다. 우유 한 사발을 마시는 모습의 아낙 마네킹 쪽으로 가던 새뮤얼은 화폐 전시실이 있는 10미터쯤 앞에서 움직이는 그림자를 보았다. 그림자가 진열장 중 하나에 몸을 숙이고 있는데 긁는 소리가 났다. 새뮤얼이 불빛을 가리기 위해 핸드폰을 허벅지에 대는 순간 벨소리가 선택되었다. 하필이면 진동이 선택되지 않고 벨소리라니! 벨소리로 사용하는 기타 연주곡…… 와, 미치겠다! 벨소리 기능을 꺼놨어야 하는 건데! 향토사 전시실에 흐르는 무거운 정적만 아니라면 밀랍 인형이 전기면도기를 사용하는 것이라고 생각할 수도 있으련만!

그림자가 획 돌아서면서 랜턴으로 아낙의 통통한 뺨을 비췄다. 새뮤얼은 가까스로 우유 사발 뒤로 몸을 웅크렸지만 너무 늦었다. 도둑―또 다른 도둑이라니!―이 이미 달려들고 있었다. 그자가 때릴 듯이 랜턴을 휘둘렀지만 새뮤얼은 잽싸게 피하면서―유도야, 고마워!― 세인트메리의 초대시장 고든 스위프트의 조각상 발치로 굴러갔다. 이만하면 발길질이든 주먹질이든 얼마든지 피할 수 있다는 걸 보여준 셈인데……. 경비원들이 들을까 봐 둘은 어떤 소리도 내지 않으려고 애를 썼다. 남자는 힘이 셌고, 이런 종류의 싸움에 단련이 되어 있는 것 같았다. 몸에 딱 맞는 검은색 운동복 차림에 복면으로 얼굴을 가리고 장갑까지 끼고 있었다. 전문가가 틀림없어……. 그렇다고 기죽을 수야 없지. 새뮤얼이 달려들면서 복면 도둑의 윗도리를 잡아뜯자 움직이는 랜턴 불빛을 받아 어깨에 새긴 이상한 문신이 드러났다. 양쪽 끝이 벌어진 알파벳 U 모양 안에 원을 그린 문양. 점점 더 거칠어지는 도둑은 일을 방해받는 걸 좋아하지 않는 것이 틀림없었다. 도둑이 새뮤얼의 목을 움켜잡더니 엄지손가락으로 울대뼈를 짓눌렀다.

간밤에 꾼 악몽! 그 악몽 속의 얼굴 없는 괴한! 새뮤얼은 숨을 쉬려고 애쓰면서 생각했다.

악몽이 떠오르면서 새뮤얼은 흥분했다. 하루에 두 번씩이나 목이 졸리다니! 새뮤얼이 갑자기 옆구리를 움직이는 것으로 중심을 무너뜨리자 상대는 고든 스위프트의 장딴지에 부딪히면서 충격을 받았는지 뒤로 물러섰다. 그 순간 유리가 박살 나는 소리가 났고 박물관의 경보기가 울려퍼졌는데 마치 도시가 핵 공격의 표적이라도 된 듯이 요란했다. 복도에 불이 켜지자 도둑은 얼른 새뮤얼을 놓아주었다. 눈이 부신데다 숨이 가빠서 새뮤얼은 화폐 전시실로 뛰어들어갔다가 잠시 후 부리나케 복도 쪽으로 도망치는 복면도둑의 시커먼 형체만 볼 수 있었다. 경보 사이렌이 약해지면서 고함소리가 들렸다.

"놈이 저쪽에 있다! 잡아라, 도둑이다!"

경비원들이 향토사 전시실을 그냥 지나쳐서 달려갔다. 새뮤얼은 정신이 번쩍 들었다. 지금이야……. 어쩌면 유리한 상황이 될 수도 있어. 주화 진열장을 향해 달려갔다. 바렌보임의 유물을 전시해놓은 진열장이 열려 있고, 자물쇠가…….

"이런!"

아까 봐두었던 구멍 뚫린 주화들 중에서 도둑이 너무 급한 나머지 미처 가져가지 못했는지 한 개만 빼놓고 모두 없어진 상태였다. 복면도둑도 동전 때문에 온 것이 분명했다. 같은 것을 훔치러 들어온 도둑이 둘이나 되다니!

"직원 전용 출입구 쪽으로 도망쳤다!"

경비원 중 한 명이 옆방에서 외쳤다.

새뮤얼은 생각했다. 경비원들은 금방 이쪽으로 올 거야. 박물관을 샅샅이 뒤질 테고 그러면 바리오닉스의 배 속도 안전하지 않아. 나가야 해. 지금 빨리. 그런데 유일한 출구는…….

새뮤얼은 복도 쪽으로 눈길을 던졌다. 아무도 없었다. 새뮤얼은 남은 주화 한 개를 호주머니에 집어넣은 다음 웅크리고 있다가 도둑이 달아난 방향으로 나갔다. 경보 사이렌은 멈췄고 헐떡거리는 소리가 여기저기서 들리더니 차츰 조용해졌다. 창구 앞에 이른 새뮤얼은 주위를 둘러봤다. 휴대품 보관소와 연결되는 직원 전용 출입문이 열려 있고 어두컴컴한 복도에 한 줄기 바람이 불었다. 아, 출구! 밖에서 경비원들의 고함소리가 들렸다.

"거기 서! 도둑 잡아라! 박물관에 도둑이 들었다!"

어두운 복도로 뛰어든 새뮤얼은 오른쪽 벽에 있는 문손잡이에 부딪혔다. 손잡이를 돌리는 순간 훅 끼치는 악취, 쓰레기장이었다. 뛰쳐나가다가 청소도구 수레를 넘어뜨린 새뮤얼은 심장이 고장난 북처럼 미친 듯이 뛰었다. 쿵쾅, 쿵쾅……. 게다가 이게 무슨 느낌이지? 몸 위로 기차가 지나가는 건 아닐 텐데.

잠시 후, 경비원들이 반대 방향에서 숨을 헐떡이며 뛰어오는 소리가 들렸다. 복면도둑을 잡지 못한 모양이었다.

"내가…… 경찰에 신고할게. 자네는 도난당한 것이 뭔지 살펴봐."

그들은 쓰레기장에 눈길도 주지 않고 복도를 지나갔다. 새뮤얼은 그제야 바깥으로 완전히 빠져나갈 수 있었다. 와, 이 자유의 냄새! 돌층계를 뛰어내려간 새뮤얼은 잔디밭을 기어나간 다음 제일 가까운 사거리까지 뒤도 돌아보지 않고 무작정 뛰었다. 그리고는 얼마나 정신없이 뛰었는지 몇 개의 거리를 지나 박물관에서 멀리 떨어진 곳에 이르러서야 달리기를 멈췄다.

바로 그 순간 새뮤얼은 핸드폰이 없다는 걸 알아차렸다.

Ⅲ

일곱 개의 동전

　새뮤얼은 포크너 서점의 커튼을 치면서 얼굴이 일그러졌다. 팔을 올리는데 심하게 얻어맞은 것처럼 등이 뻐근했다. 몸은 아주 불쾌한 느낌이 들 정도로 여기저기 쑤시고 아픈데 다행히 얼굴은 오른쪽 눈에 멍이 든 것 말고는—어느새 노란빛을 띠고 있었다—멀쩡한 편이었다. 어쨌든 깜짝 놀란 할머니가 꼬치꼬치 캐묻는 것은 당연한 일이었다. 왜 해럴드의 집에서 자지 않았냐, 왜 약속한 대로 밤 11시에 전화하지 않았냐, 무슨 일이 있었기에 멍이 들었냐······. 새뮤얼은 밤에 해럴드와 스케이트보드를 타러 나갔는데 시간 가는 줄 몰랐고, '보드슬라이드' 묘기를 부리다가 넘어져서 조금 다쳤는데 괜찮다고 설명했다.

　그다음 날 집을 빠져나오자마자 새뮤얼은 심상치 않은 느낌 때문에 그 어느 때보다 굳은 결심을 하고 바렌보임 거리로 달려온 것이었다. 박물관에서 맞닥뜨린 복면도둑, 미스터리한 문신, 너무 서두르다 빠뜨린 것인지, 아니면 일부러 남겨둔 것인지 모를 동전 한 개, 그것들이 어떤 관련이 있는지 알아내야 했다. 새뮤얼은 동전을 손바닥에 올려놓고 자세히 살폈다. 닳고닳아서 반들반들한 낡은 동전 중앙에 뚫린 구멍은 양쪽 끝이 벌어진 U 모양이었다.

복면한 남자의 어깨에 새긴 문신과 아주 비슷했다. 우연일까? 물론 아니었다.

새뮤얼은 인터넷으로 그 무늬가 무엇을 상징하는지 조회해봤지만 무늬를 정확하게 뭐라고 표현해야 할지 알 수가 없어서 만족스러운 답을 얻지 못했다. 그렇지만 고대 이집트 쪽에서 찾아봐야 한다는 확신이 들었다. 혹시 상형문자인가? 마침 포크너 서점에는 고대 이집트에 관련된 책이 많았다. 서점에 있는 책은 얼마든지 읽을 기회가 있었지만 예전에는 거들떠볼 생각도 하지 않던 새뮤얼이었다.

앞으로 일어날 일을 대비해서라도 이번 기회에 역사에 관심을 갖는 것이 좋겠다고 생각한 새뮤얼은 역사 관련 서적이 꽂힌 선반을 유심히 살폈다. 서가 세 개가 이집트에 관련된 사전류와 예술서적

등 두꺼운 책으로 빼곡했다. 잠시 훑어보다 새뮤얼은 19세기의 『파라오 백과사전』에서 원하던 것을 찾았다. 「이집트의 신전」이란 제목을 붙인 장에 따르면 가운데 원을 그린 U는 한 쌍의 뿔과 태양을 상징하는 것이었다. 여러 신이나 여신이 그 문양을 상징으로 사용했는데 그중 이세트*와 하토르**는 비슷한 모양의 관을 머리에 쓰고 있었다. 더 이상의 자세한 정보는 얻을 수 없었지만 그것만으로도 새뮤얼은 확신을 하게 되었다. 고대 이집트, 신, 태양, 이 모든 것은 그 회색 돌, 태양의 돌과 관련이 있어!

백과사전을 다시 선반에 꽂다가 새뮤얼은 검은색 표지의 책을 발견했다. 아무래도 잘못 꽂혀 있는 것이 틀림없는 것 같은데……. 20세기 미국의 위대한 작가 중 한 사람인 윌리엄 포크너가 쓴 소설책이었다. 포크너……. 아버지 앨런 포크너는 윌리엄 포크너를 '세계 7대 문학작가 중 한 사람'이라고 예찬하면서 이 작가와 인척관계가 아닌 것을 아쉬워했다. 그런데 『침입자』라는 책의 제목도 심상치 않았다. 어떻게 소설책이 역사 서가에 꽂혀 있었을까!

그런데 표지를 들춰보니 책이라고 할 수 없는 상태였다. 앞부분 여러 장이 뜯겨나가 있는데다 남아 있는 페이지도 절단면을 고려

* 고대 이집트, 그리스, 로마에서 숭배된 최고의 여신. 그리스어로는 이시스.
** 하늘, 사랑, 기쁨, 결혼, 춤의 여신. 태양신 라(Ra)의 딸이자, 역시 태양신으로 숭배받는 호루스의 아내이다.

하면 총 50쪽 분량의 책이었다. 꽤 많은 페이지가 없어졌으니 책이
라기보다는 수첩이라는 것이 맞을 것 같았다. 호기심이 동한 새뮤
얼은 수첩을 살피기 시작했다. 백지, 백지…… 그러다 맨 마지막 페
이지에 아버지가 쓴 메모인지, 구입할 서적의 목록인지 모를 글이
써 있었다.

Merwoser (메르워세르) = 0

Calife Al-Hakim (칼리프 알−하킴), 1010

$1000000!

Xerxès (크세르크세스), B.C. 484

L' origine ouvre le chemin

(오리진이 길을 열어준다)

V. = 0

Izmit (이즈미트), 1400?

Ispahan (이스파한), 1386

더 아래쪽에 밑줄 두 개가 그어져 있었다.

Bran (브란)

브란? 블라드 체페슈의 브란 성? 아버지가 가 있는 곳이 바로 브란 성이 아닌가! 그렇다면 아버지가 의도적으로 수첩에 목적지를 적어놓은 것이 틀림없어!

흥분해서 어쩔 줄 모르는 새뮤얼은 읽고 또 읽으면서 숨은 뜻이 있는지 파악하려고 애를 썼다. 종이에 아무렇게나 갈겨쓴 암호화된 메시지일까? 어쨌든 여러 단계를 거쳐 풀어야 할 난해한 암호 같았다. 날짜, 낯선 지명, 숫자……. 그러나 머리를 아무리 쥐어짜도 도무지 종잡을 수가 없었다.

"오, 아빠, 한 번만이라도 이해하기 쉽게 해줄 순 없어요?"

새뮤얼이 절망적으로 내뱉었다.

"혼자서 뭐라고 중얼거리고 있어?"

뒤에서 귀익은 목소리가 물었다.

새뮤얼은 소스라쳤다.

"릴리! 너…… 여기 있었어?"

"우리 만나기로 한 거 아니었어? 내가 11시라고 했잖아!"

"아, 참 그랬지. 11시! 생각에 잠겨 있는 바람에 깜빡했어. 근데 아무도 미행한 사람 없는 건 확실하지?"

"오빠가 메일에다 부탁한 대로 정원 창문으로 들어왔어. 근데 얼굴이 왜 그래? 신문에 난 기사 때문에 그래?"

릴리가 바지주머니에서 여덟 번으로 접은 지방신문 《세인트메리

트리뷴》을 꺼냈다. 신문 1면을 차지한 제목이 눈에 들어왔다. 〈세인 트메리 박물관에서 일어난 이상한 도난 사건〉. 새뮤얼은 기사를 훑어 봤지만 이미 알고 있는 사실 외의 다른 정보가 없었다. 그리고 핸드 폰에 대한 언급이 없어서 안도했다. 그 도둑과 몸싸움을 할 때 어두 운 구석에 떨어져서 아직 핸드폰이 발견되지 않은 걸까? 기자는 다 음과 같이 결론을 맺고 있었다. 〈동기는 여전히 의문으로 남아 있다. 1인 이상으로 추정되는 도둑들이 큰 가치가 없는 주화 몇 개만 달랑 가 져가기 위해 그런 위험을 감수했다는 것은 납득하기 어렵다.〉

"트리뷴의 기자에게는 가치가 없겠지."

새뮤얼이 구시렁거렸다.

"새미, 이제 설명을 좀 들어볼까?"

둘은 포크너 서점의 고객을 위해 특별히 마련해놓은 안락한 응접 실의 소파에 앉았다. 새뮤얼은 지난 12시간 동안의 모험을 자세히 얘기했다. 릴리는 심각한 얼굴로 고개를 끄덕이면서 유심히 듣고 있다가 새뮤얼이 얘기를 끝냈을 때 물었다.

"그래서 그게 누구라고 생각하는데?"

"확실하지는 않지만 추측이 가는 건 있어."

"무슨 추측?"

"음, 그게……. 20여 년 전에 아버지가 이집트 유적 발굴작업에 참여했다가 처음으로 태양의 돌을 발견했다는 얘기 기억나지? 당시 세트니 무덤 발굴에 참여한 연수생 중에 아버지 또래의 남자가 있었어. 내가 알기로 당시 그 남자도 아무 이유 없이 며칠 동안 사라졌어.”

“그래서?”

“나는 그 남자와 아버지가 함께 태양의 돌을 발견했고, 두 사람이 같이 그 돌을 사용했다고 확신해.”

“그건 20년 전의 일이잖아…….”

“그렇지. 그런데 아버지가 3주 전쯤 사라졌을 때 서점 전화 응답기에 녹음된 이상한 메시지가 있었는데…… 그게 자꾸 마음에 걸려. 금속성의 높은 목소리로 무슨 암거래를 하는 것 같은 말투. ‘앨런? 날세……. 지금 서점에 있다는 거 알아……. 바보같이 굴지 말고 전화 받으라니까. 앨런, 내 말 듣고 있지? 앨런? 대답해, 이런 빌어먹을!’ 침묵이 흘렀고, 그래도 아무도 수화기를 들지 않자 이렇게 말했어. ‘오케이, 경고하겠는데…….’ 섬뜩한 게 아주 위협적인 목소리였어.”

“그래서 결론이 뭔데?”

“문제의 남자는 진공청소기나 생명보험을 들라고 전화한 게 아니라 아버지를 찾고 있었어. 게다가 반말이었어…….”

“그러니까 이집트 유적을 발굴할 때의 그 연수생이 느닷없이 나타났다는 거야?”

“추측일 뿐이지만 그 사람이 가장 유력하다고 봐. 처음부터 모든 걸 알고 있고, 또 이미 그 돌을 사용한 적이 있는 사람이야. 그래서 서점 주소를 알아내 아버지를 만나려고 했던 거야. 넌 그런 생각 안 들어? 난 아무래도 그 사람이 바렌보임에 대한 얘기를 듣고 세인트 메리 박물관에 온 것 같아. 더 최악의 것은 그 사람이 나를 감시하고 있다는 거야.”

“오빠를 감시한다고?”

“내가 거의 날마다 여기로 오는 게 벌써 2주일쯤 됐어. 나를 찾아내서 미행하는 것은 쉬운 일이지.”

“그래서 커튼을 쳐놓고, 나한테 정원 창문으로 들어오라고 한 거야?”

“응, 조심하는 차원에서.”

“하지만 서점이 감시를 받고 있다면 왜 여기서 만나자고 했어? 더 은밀한 장소도 많은데!”

새뮤얼이 피식 미소를 지었다.

“떠나기로 결심했거든.”

“뭐? 농담이지?”

“그래 보여? 난 떠나야 해, 릴리, 그리고 네가 필요해……..”

“하지만 동전 일곱 개가 없으면 외삼촌을 만날 가능성이 없잖아! 오빠한테 네 개밖에 없는 걸로 아는데!”

“응, 네 개 맞아. 박물관에서 가져온 것을 포함해서. 하지만 바렌보임은 죽으면서 동전 다섯 개를 남겨놨어. 테베에서 세트니 대신관의 석관을 발굴하던 중 고고학자들은 무덤을 봉한 지 이삼천 년 후에 주조된 주화들을 발견했지. 그 문제를 놓고 격한 논쟁이 있었어. 고대의 무덤에서 어떻게 중세에 주조된 주화가 발견될 수 있을까? 따라서 다양한 시대의 각종 주화들은 세트니 대신관이 어디선가 가져온 것이 틀림없어! 그러니까 나도 시간 여행을 하면서 몇 개를 수집할 수 있을 거라고 확신해."

"잠깐, 잠깐만!" 릴리가 언성을 높였다. "오빠가 말했잖아, 돌아올 때도 동전이 있어야 돌을 작동할 수 있다고! 아무리 오고 싶어도 현장에서 동전을 구하지 못하면 어떻게 돌아올 건데? 위험은 예상한 거야? 브루게에서 큰일 날 뻔했었다면서?"

"이번에는 대책을 마련할 거야. 태양의 돌에 있는 구멍 말이야. 물건을 수송할 수 있는 구멍에 비상용 동전을 집어넣을 거야. 무슨 일이 있어도 그것만 지니고 있으면 난 돌아올 수 있어. 물론 네가 시간의 책을 잘 지키면서 나를 생각해줘야 하지만."

릴리는 체념한 얼굴로 천천히 고개를 끄덕이다가 사촌의 가방에 비죽 나와 있는 붉은 책을 들고 아무 데나 펼쳤다. 페이지마다 1430년 브루게 도시와 성벽, 뾰족탑을 그린 똑같은 삽화였다. 새뮤얼을 붙잡으려면 어떻게 해야 하지? 할아버지, 할머니에게 알릴까? 그렇지만 새뮤얼에게 선택의 여지가 없다는 걸 릴리는 잘 알고 있었다. 그리고 확실히 돌아오게 하려면 현재에 사는 누군가가 가능한 자주 새뮤얼을 생각해야 한다는 것도 알고 있었다. 어떤 초자연적 힘과 관련이 있는지 정말 모를 일이었다. 황당무계한 이야기지만 어차피 벌어진 일이 아닌가! 게다가 릴리가 아니면 새뮤얼이 누굴 믿을 수 있겠는가?

"비상 동전을 사용하다 잃어버리지는 않겠지?"

"응, 조심할게. 어쨌든 여기서 우두커니 기다리고 있다가는 아버지가 돌아가서. 무슨 수를 써서라도 나는 동전 일곱 개를 손에 넣어야 해, 릴리."

"알았어. 가서 준비해. 지하실에서 보자."

릴리는 빠르게 결정을 내렸다.

옷을 갈아입으러 이층으로 올라간 새뮤얼은 몇 분 후 단순한 디자인의 크림색 셔츠와 바지, 마치 잠옷을 입은 것 같은 차림으로 내려왔다. 현대의 옷감으로 지은 그럴싸한 옷이 아니라 가는 동안 입은 옷을 잃어버리지 않고 과거의 시간 속으로 이동할 수 있는 옛날 복장이었다.

릴리는 앨런 포크너가 태양의 돌을 안전하게 감춰놓기 위해 지하실 칸막이 뒤에 만든 비밀의 방에 들어가 있었다. 오래된 전등 불빛 속에 간이침대만 하나 달랑 놓인 횡댕그렁한 곳에 생뚱맞게 노란 색깔인 걸상에 앉아서 릴리는 몸을 흔들고 있었다.

"앨리시어 토드가 그 희한한 파자마 차림의 오빠 모습을 보면 완전 충격받겠다!"

"장난치지 마! 자, 이 동전 두 개는 너에게 맡길게."

새뮤얼이 플라스틱 칩처럼 생긴 동전과 검은 뱀문양의 동전을 릴리의 손에 쥐어주었다.

"내가 사라진 뒤에 태양의 돌이 있던 부근에 동전이 떨어져 있을 거야. 내가 돌아올 때까지 그 동전들을 시간의 책과 수첩과 함께 안전한 곳에 보관해줘."

"걱정하지 마." 릴리는 새뮤얼을 안심시켰다. "이제 나도 익숙해지기 시작했으니까. 오빠도 조심하겠다고 약속해, 알았지? 특히 전쟁터나 위협적인 연금술사는 무조건 피해야 해. 오빠마저 과거 속에서 꼼짝 못하고 있으면 어떻게 되는지 알지?"

"맹세할게, 릴리." 새뮤얼이 자신 있게 말했다. "바이킹이 보이면 바로 돌아올게!"

자신만만한 모습을 보이려고 애를 쓰면서 새뮤얼은 속으로 생각했다. 릴리가 왜 저렇게 불안해하지?

"그럼 이제 떠날게……."

새뮤얼은 스스로를 격려하듯 힘주어 말했다.

새뮤얼은 태양의 돌이 있는 가장 어두운 구석으로 걸어갔다. 지하실의 어슴푸레한 빛 속에 높이 50센티미터의 돌이 보일 듯 말 듯

했다. 돌 앞에 꿇어앉은 새뮤얼은 불안과 유혹이 뒤섞인 복잡한 느낌이 들었지만 떠나고 싶은 마음이 더 강했다. 그 순간 손에 쥐고 있는 동전 두 개가 보이지 않는 열기에 데워지는 것처럼 따뜻해지기 시작했다. 작동하고 있는 것이었다.

새뮤얼은 박물관에서 가져온 동전을 수송 역할을 하는 구멍에 넣고, 태양문양에 아랍 글자를 새긴 동전을 갖다댔는데 동전이 철커덕 달라붙었다. 강력한 자석 아니면 그와 비슷한 무언가가 속에 박혀 있는 것이 틀림없었다. 태양문양이 윙윙거리면서 지하실 바닥이 약간 흔들리기 시작했다. 새뮤얼은 릴리를 향해 돌아섰지만 이미 안개 장막 때문에 눈앞이 흐려서 릴리의 모습이 실루엣으로 보였다. 돌의 둥근 윗면에 손을 올려놓자 온몸을 불사를 듯한 열기에 휩싸였다.

IV

델포이 목동 메탁소스

인간 횃불이 되어 빛의 속도로 허공에 내동댕이쳐진 것 같은 고통스러운 충격 때문에 새뮤얼은 풀밭에서 허리를 구부리고 있었다. 그렇지만 손가락이나 손, 셔츠 소매에도 탄 자국이라곤 없었다. 브루게 연금술사의 오래된 마법서의 구절이 생각났다. '불멸의 열을 경험할 것이다.' 아침에 먹은 시리얼이 배 속에서 더는 못 참겠다고 아우성치는 걸 느끼면서 새뮤얼은 거기에 이렇게 덧붙이고 싶었다. '그리고 배 속이 뒤집어질 것이다'. 새뮤얼은 숨을 크게 한 번 들이쉬면서 간신히 구토를 참았다.

"아하, 다시 나타났네!"

뒤에서 나는 목소리에 깜짝 놀란 새뮤얼은 엉거주춤한 자세로 얼른 돌아봤다.

"어? 아니다. 네가 아닌데!" 이번에는 실망한 기색이 역력한 목소리었다.

10미터쯤 앞에 20대로 보이는 곱슬머리 청년이 빤히 쳐다보는데 호기심이 가득한 얼굴이었다. 단순한 끈으로 누더기 튜닉의 허리를 졸라매고, 오른손에 울퉁불퉁한 지팡이를 잡고 있는데 맨발이었다.

"네가 아들이야?" 청년이 뭔가를 기억해내려고 무진 애를 쓰는 듯 눈살을 찌푸리면서 덧붙였다.

새뮤얼은 곧바로 반응하지 않고 일단 옆에 있는 태양의 돌을 흘깃 쳐다봤다.

다행히 돌은 거기 있었고, 구멍 안에서 박물관의 동전이 빛의 덩어리처럼 반짝거리고 있었다. 새뮤얼은 동전을 회수한 다음 천천히 일어났다. 현기증이 일었다. 주위를 둘러보니 풀은 무성한데 나무가 적은 바위산 같은 곳에 도착해 있었다. 아래쪽으로 바다가 보였다. 어느 바다지?

"에이! 혀가 입천장에 붙었어?"

청년의 목소리가 위협적이지만 새뮤얼은 정신을 차리려면 시간이 약간 필요했다. 양? 아니, 염소인가? 아주 가까운 가풀막에서 울음소리가 들렸다. 목동인가?

"미안해요, 나는……." 새뮤얼은 입을 열다가 멈칫했다.

어디에 와 있는지도 모르는데 입에서 자연스럽게 나오는 자신의 말투가 청년과 비슷했기 때문에 깜짝 놀랐던 것이다. 뭐라 설명할 수는 없지만 이것도 태양의 돌이 지닌 강력한 마법의 영향이겠지.

"길을 잃었어요."

청년이 의심하는 눈길로 노려봤다.

"네 아버지가 오라고 했어?"

새뮤얼은 속으로 말했다. 아버지? 그럼 블라드 체페슈 시대에 제대로 왔단 말인가?

약간 어지럽지만 새뮤얼은 청년을 향해 두 발짝을 떼었다.

"아버지요? 우리 아버지를 알아요?"

"좀 알지. 그 사람도 지난번에 너처럼 했어."

청년이 잡초에 반쯤 가려진 태양의 돌을 가리켰다.

"그럼 지금 어디 계신지 말해줄 수 있어요?"

"아버지가 오라고 했으면 네가 알고 있어야지!"

"아, 네, 물론 알죠. 근데…… 정확한 장소를 몰라서요."

청년이 팔짱을 끼고 심드렁한 표정을 지었다.

"그걸 모른다는 건 그 사람이 너한테 말하지 않았다는 거야. 너한테 말하지 않았다는 건 네가 아들이 아니라는 거야. 네가 아들이 아니라는 건……."

청년이 잠시 머뭇거리다가 말했다.

"숫양 머리 두 개를 줘. 그럼 너랑 말할게."

"숫양의 머리 두 개요?"

새뮤얼은 어리둥절한 얼굴로 물었다.

"하지만 나한테는 숫양의 머리 두 개가 없어요!"

"그 사람은 숫양 머리 두 개를 줬어. 그걸 나한테 주지 않는다는 건 네가 나쁜 애라는 거야. 나쁘다는 건 착하지 않다는 거야. 착한 애가 아니라면 나는 너랑 말 안 해."

새뮤얼은 그 순간 청년이 나이는 들었지만 일곱 살짜리 아이처럼 표현한다는 걸 알아차렸다. 별안간 획 돌아선 청년이 뛰어가면서 랩을 부르듯 흥얼거렸다.

"그래, 그래, 그가 왔어! 오, 예, 그가 왔어! 그는 할 일이 있어, 오, 예, 할 일이 있어! 나한테 숫양 머리 두 개를 줬어!"

발이 저리지만 새뮤얼은 쫓아가야 했다.

"기다려요! 난 아버지를 꼭 만나야 해요. 아주 중요한 일이에요!"

신발 없이 걷는 것에 익숙하지 않은 새뮤얼이 절뚝거리며 간신히 따라가는 데 반해 바위 사이를 날렵하게 달려가는 목동은 어느새 덤불 너머로 사라졌다. 언덕 꼭대기에 이르자 가파른 골짜기에서 서른 마리쯤 되는 염소 떼가 풀을 뜯어먹고 있었다. 염소들이 머리를 삐죽 들고 노래를 부르면서 달려오는 목동을 쳐다봤다.

"그 사람은 멋진 숫양 머리로 아름다운 귀걸이를 만들었지! 그 사람은 그걸 나에게 줬지, 할 일이 있기 때문에!"

이번에는 염소 떼를 지키는 개가 새뮤얼을 발견하고 요란하게 짖으면서 달려왔다. 새뮤얼은 걸음을 멈추고 외쳤다.

"이봐요! 내 말 좀 들어봐요!"

황갈색 털의 커다란 개가 새뮤얼에게서 1미터쯤 떨어진 거리에서 멈추고 으르렁거리자 주인이 박수를 쳤다.

"아하! 아르고스, 숫양 머리를 주지 않는 나쁜 사람은 네가 맡겠다고? 좋아, 아르고스, 좋아!"

그러나 새뮤얼이 걱정하던 것과는 달리 개는 덤벼들지 않았다. 개가 살금살금 다가와서 냄새를 킁킁 맡았고, 새뮤얼이 손을 내밀자 혀로 핥았다.

그 모습을 지켜보던 목동의 태도가 돌변했다.

"아하! 브라보, 아르고스! 아르고스와 네가 친구가 된다는 건 네가 나쁜 애가 아니라는 거야! 네 아버지의 아들이 아닐지도 모르지만 너는 나쁜 애도 아냐! 아르고스, 잘했어!"

그리하여 새뮤얼은 옆에서 꼬리를 흔들어대는 개와 다정하게 비탈길을 내려갈 수 있었다. 모든 것이 이상했다. 부드러운 공기, 새파란 하늘, 다시 유유히 풀을 뜯어먹는 염소들……. 어느 화창한 봄날 들판으로 소풍을 나온 것 같았다. 어느 시대의 어느 세상에 와 있는지 모른다는 것만 빼놓으면 얼마나 목가적인 풍경인가!

염소들이 있는 곳에 이르자 목동이 두 팔을 벌리더니 마치 아주 오랜만에 재회하는 것처럼 새뮤얼의 손을 잡고 열렬하게 악수를 했다.

"내 이름은 메탁소스야. 네가 친구로 온 건지 확실하지 않았는데 아르고스가 알아냈잖아? 이제 우린 친구니까 나를 따라오면 젖과 꿀을 주고 오두막에도 데려갈게. 알았어? 너도 뭔가를 찾으러 온 거지? 그리고 아마 그다음에는……."

눈을 반짝이는 메탁소스를 쳐다보면서 새뮤얼은 이 마을의 천진한 목동을 만나려고 수세기를 거슬러올 필요가 있었을까 하는 의문이 들었다. 메탁소스는 바렌보임 거리에서 여러 번 마주쳤던 노숙자를 연상시켰다. 자기 기분에 따라 지나가는 사람들에게 욕설을 내뱉기도 하고 포옹하려고 달려들기도 하는 사람이었다. 그러던 어느 날 복지기관에서 데려간 후 다시는 그 사람을 볼 수 없었다. 찜찜한 기억으로 남아 있는 일이었다.

목동이 친구라고 했으니까 이쯤에서 같이 반말을 하는 것이 훨씬 자연스럽게 대화를 할 수 있을 거란 생각에 새뮤얼은 넌지시 말을 놓았다.

"아버지를 찾고 있어. 어디 계신지 알아?"

"네 아버지?" 목동이 활짝 웃는 얼굴로 말했다. "그 사람이 네 아버지가 맞아? 그 사람이 네 아버지라면 너한테 장소를 말했겠지!"

"블라드 체페슈라는 이름 알아?"

"블라드체페슈? 웃기는 이름이다. 어쨌든 여긴 그런 이름 없어. 그런데 너, 네 이름은 뭐야? 내 이름을 말했으니까 너도 이름을 말해야지."

"아, 내 이름은 삼…… 이야."

새뮤얼의 대답에 목동이 기뻐했다.

"아하! 삼! 삼이라면…… 사모스라고 하면 되겠다. 그래, 사모스가 좋겠어! 사모스, 배고파? 오두막에 가면 젖과 꿀을 줄게!"

새뮤얼에게 말할 틈도 주지 않고 목동은 손가락 사이로 휘파람을 불어서 염소 떼를 불렀다. 그러고는 알아들을 수 없는 말로 소리치면서 염소 떼를 골짜기로 몰았다.

"올디로이! 올디로이, 헤이! 올디로이!"

아르고스가 주위를 빙빙 돌면서 짖어대자 염소 떼가 놀라운 속도로 언덕을 내려갔다. 목동, 염소 떼, 개, 하나같이 정상이 아닌 것 같았다.

눈 깜짝할 사이에 멀리 뒤처지게 된 새뮤얼은 그들을 놓치지 않으려고 울퉁불퉁한 땅에 발을 긁히면서 쫓아가는 수밖에 없었다. 얼마 후 지칠 대로 지쳐서 올리브나무숲 기슭에 이르렀는데 허름한 오두막이 보였다. 염소들은 숲으로 흩어졌고, 메탁소스는 불을 지피고 있었다. 지평선에 다른 집은 보이지 않았다.

"너 어디 있었어, 사모스?" 목동이 천연덕스럽게 물었다. "난 또 네가 그 돌 속으로 들어갔는지 알았지!”

“네가 어찌나 빠른지 따라잡을 수가 있어야지!”

새뮤얼은 숨을 헐떡이면서 대답했다.

“아하! 당연하지. 나는 델포이 최고의 목동인데! 다들 이렇게 말하지. 메탁소스는 바람처럼 빠르다고!”

델포이? 어디서 들어본 이름인데……. 새뮤얼은 다짐했다. 내년부터는 역사 시간에 공부를 열심히 해야겠어.

목동은 숯 때문에 시커메진 손을 닦으면서 새뮤얼을 아래위로 훑어봤다.

“너 아무것도 안 가져왔어?”

“아무것도 안 가져왔냐고?”

메탁소스가 슬픈 표정으로 고개를 흔들었다.

“그 사람의 아들이라면서 너는 정말 너무 모른다. 아무것도 안 가져왔으면 넌 뭐 하러 온 거야?”

“아버지를 찾으러 왔다고 말했잖아!”

“그 사람도 너랑 똑같은 옷을 입었어. 하지만 그 사람은 너보다 나이가 세 배는 많아 보였어! 난 아버지가 없단 말이야.”

“미안해, 난…….”

그러나 목동은 침울한 얼굴로 말을 이었다.

“나는 어머니도 없어. 어머니도.”

필요한 정보를 얻기 위해서라면 할 수 없지. 새뮤얼은 입밖에 내기 싫어하던 말을 했다.

"나도 어머니를 잃었어."

"어머니를 잃었어? 어떻게?"

"어, 그게……."

3년 전 도로 갓길에서 자동차가 전복되는 사고로 어머니가 숨을 거두었다는 것을 어떻게 설명한단 말인가. 아무래도 느낌상 아직 자동차가 발명되기 훨씬 이전의 시대에 와 있는 것 같은데…….

"언덕에서 떨어지셨어. 여기보다 좀 더 높은 언덕에서."

"오, 아폴론이시여!" 목동이 질겁한 얼굴로 외쳤다. "언덕은 꽃을 따러 다니고, 염소를 데려가는 곳이야! 죽는 곳이 아냐! 많이 슬펐겠다, 사모스. 나랑은 아주 다르다. 난 부모님이 누구인지도 몰라. 한 번도 본 적이 없으니까. 비시오의 달* 12일에 대신전 층계에 버려져 있는 나를 신관들이 거두었대."

신관, 신전, 아폴론……. 새뮤얼은 고대의 어느 도시에 와 있는 것이었다. 그리스인지 로마인지 구별할 수 없는 것이 그저 유감스러울 뿐이었다.

"난 도시에서 살기 위해 태어난 게 아니었나봐." 메탁소스가 말

* 2월 말엽에서 3월 초 사이.

했다. "신관들은 내가 동물과 비슷하다고 했어. 나에게는 하늘, 식물, 개가 필요하다면서. 나는 훌륭한 목동이야! 델포이 최고의 목동! 그래서 나는 신전을 위해 나의 예쁜 염소들을 돌보고 있는 거야!"

새뮤얼은 동정심으로 가슴이 뭉클해졌다. 메탁소스는 비정상이 아니라 한없이 고독한 외톨이였다.

"나는 아버지를 찾아야 해."

새뮤얼이 나직한 소리로 중얼거렸다.

목동이 갑자기 새뮤얼의 마음을 이해해주는 것처럼 말했다.

"물론이지, 사모스, 너는 아버지를 찾아야 해. 이미 어머니를 잃었는데……. 이제 오두막으로 들어가자."

메탁소스가 모닥불에서 불붙은 가지를 집어들고 문 옆에 달린 테라코타 램프에 불을 붙였다. 두 사람은 굵은 나뭇가지에 진흙을 덕지덕지 발라서 지은 오두막으로 들어갔다. 방 두 개 중 하나에는 중앙에 돌로 쌓은 화덕이 있고, 다른 하나는 아프거나 새끼를 낳으려고 하는 동물을 위한 방이라고 목동이 설명했다. 이블린 고모가 들어왔다면 악취 때문에 그대로 뛰쳐나가고 말겠군……. 방에서 진동하는 냄새가 세인트메리 동물원의 원숭이 우리에서 나는 냄새와 비슷했다.

메탁소스가 램프를 들어서 한쪽 구석을 밝혔는데 잡동사니가 쌓여 있었다. 조개 껍데기, 찌그러진 쇳조각, 천 조각 같은 것들이지만 메탁소스가 굉장히 아끼는 물건 같았다.

"내 보물들이야! 구경해봐!"

메탁소스가 몸을 숙이고 잡동사니 속에서 단단해 보이는 초록색 물질의 뾰족한 조각들을 끄집어냈다.

"사모스, 이게 네 아버지가 남겨두고 간 거야! 네 아버지가!"

새뮤얼은 조각들을 램프 불빛에 비춰봤다. 초록색 플라스틱? 이건 분명히 플라스틱인데……

"이게 많아?"

"열 손가락이 모자랄 정도로 많았지! 그런데 네 아버지가 나중에 돌아오더니 전부 발로 짓이겨버렸어. 그리고 저기에 이상한 토기도 있었어. 하지만 나는 그 사람이 하는 걸 봤어, 다 봤어! 보지 말아야 할 것까지도!"

"메탁소스, 뭘 봤는데? 나에게 말해줄래?"

목동의 얼굴이 어두워졌다.

"아니, 안 돼. 입 다물기로 약속했어. 죽은 듯이 입을 다물고 있어야 해. 그러지 않으면……"

메탁소스는 누군가 엿볼까 두려운 듯 바깥으로 눈길을 던졌다. 그러고는 다시 플라스틱 조각들을 가리키면서 말했다.

"사모스, 말로 하지 않고 보여주는 건 괜찮겠지? 그건 엄연히 다르니까?"

"그러니까 이게 아버지가 돌에서 나올 때 가져온 거란 말이지?"

"응, 맞아. 그걸 아는 거 보니까 네가 그 사람의 아들이 틀림없어! 이 초록색 조각들을 갖고 도착했어!"

"다른 것도 있었어?"

메탁소스가 머뭇거리면서 여전히 바깥의 올리브나무숲을 살피고 나서 잡동사니 속에 손을 집어넣었다. 그러고는 금속 망치 같은 것을 꺼내서 조심스럽게 새뮤얼에게 내밀었다.

"나는 소리를 들었어. 내 두 귀로 똑똑히 들었어! 그런 소리는 신들이나 낼 수 있어, 틀림없어!"

새뮤얼은 그것을 손바닥에 올려놓고 살펴봤다. 이건 구멍 뚫는 드릴인데……. 충전만 하면 전기가 없어도 사용할 수 있는 무선형 드릴이었다. 아버지는 드릴을 갖고 이 낯선 곳에서 도대체 뭘 하려고 했을까?

"그럼 네가 이것들에 대해 입을 다물어주는 대가로 아버지가 숫양의 머리 두 개를 줬단 말이지?"

메탁소스가 대답은 해줄 수 없다는 듯이 손으로 입을 막았다. 그보다 더 분명한 대답이 있을까!

"아버지가 가져온 이 초록색 물건이 시끄러운 소리를 냈단 말이지? 아버지의 물건 중에서 또 갖고 있는 거 있어?"

목동이 슬그머니 방의 반대쪽으로 눈길을 돌렸다. 난파선에서 꺼내온 것처럼 망가진 나무궤짝 위에 회색 튜닉을 걸친 인형이 있었다. 새뮤얼은 램프를 들고 다가섰다. 키가 15센티미터쯤 되는 여자 레슬링선수처럼 생긴 테라코타 조각상인데 초벌 상태의 얼굴은 미완성이었다.

"내가 조각한 거야." 메탁소스가 자랑스럽게 말했다.

"아주…… 예뻐. 솜씨가 좋네. 여자 조각상이지?"

"응, 하지만 그냥 여자가 아냐. 내 어머니니까!"

"어머니? 부모님을 본 적이 없다고 했잖아?"

"나를 지켜주는 양어머니. 델포이의 어머니 말이야. 어머니를 보러 가고 싶지만 나한테는 그럴 권리가 없어……. 내가 없을 때는 아르고스가 염소들을 지키는데."

델포이의 어머니를 입밖에 내면서부터는 목동의 말이 점점 더 일관성이 없어졌다.

"이름이 뭔데?"

"그분은…… 이름으로 부르지 않아. 신탁을 전하는 여사제니까. 무슨 말인지 알아?"

"신탁?"

"신탁이 뭔지 몰라, 사모스? 델포이의 신탁을 몰라? 네 아버지는 잘 알던데……."

“물론 알지.” 새뮤얼은 전혀 짐작도 못하면서 얼른 말했다. “그냥 좀 놀랐을 뿐이야. 신탁을 전하는 여사제는 우습게 볼 사람이 아니라서!”

“아무렴 그렇지! 그런데 여사제가 나를 정말 많이 사랑해.” 메탁소스는 조각상을 어루만지면서 덧붙였다. “그리고 이 옷은 네 아버지가 만든 거야. 옷을 만들 줄 아나봐, 맞아?”

아버지는 목동을 구슬릴 방법을 궁리하다가 어디선가 숫양의 머리 두 개를 구한 것이 틀림없었다. 숫양의 머리를 갖고 시간 여행을 했을 리는 없지 않은가!

“원한다면 가져도 돼. 너한테도 행운을 줄 거야.”

메탁소스가 덧붙였다.

새뮤얼은 조각상을 조심스럽게 집어들었다. 내가 입고 있는 옷과 아주 비슷한 천으로 지은 옷이잖아. 아버지가 왔다간 것이 틀림없어. 조각상을 살펴보다가 천에 그려놓은 선과 점을 발견했다.

“내 아버지가 그린 거야?”

“응, 솜씨가 좋았어. 아주 좋았어. 보여줄까?”

메탁소스는 조각상이 걸친 튜닉을 벗겨서 새뮤얼에게 내밀었다. 튜닉을 펼쳐보니 A4 용지 크기의 네모난 천에 머리와 팔을 위한 구멍이 뚫려 있었다. 석탄으로 그린 바둑무늬와 점, 글자가 적혀 있는데 새뮤얼은 해독할 수가 없었다.

"이게 무슨 뜻인지 알아?"

"아니, 나는 글을 읽을 줄 몰라. 신관들은 글을 가르쳐주려고 했지만……."

나란히 줄지은 집을 그려놓은 것 같은데 알 수 없는 표시와 화살표가 있었다. 그래, 이건 거리 이름 같은 걸 표시해놓은 지도가 틀림없어. 새뮤얼이 델포이에 어떤 동네가 있는지 물어보려고 할 때 아르고스가 요란하게 짖어댔다. 메탁소스가 후닥닥 문 쪽으로 뛰어갔다. 몽둥이로 무장한 사람들이 오두막을 향해 올라오고 있었다.

"메탁소스, 거기 있지? 겁내지 마라, 너를 해치려는 게 아냐! 물어볼 게 있어서 왔어……."

"훌륭한 신관이야." 메탁소스가 속삭였다. "나를 잡아가려고 온 거야! 신관은 내가……."

메탁소스는 온몸을 부들부들 떨면서 말을 잇지 못했다.

"신관이 너를 왜 잡아가?"

새뮤얼이 물었다.

사람들의 목소리가 가까워질수록 메탁소스는 방 안쪽으로 뒷걸음쳤다.

"메탁소스! 안에 있다는 거 알아! 네 염소들과 개가 여기 있으니까. 어린애처럼 굴지 마!"

새뮤얼은 자신이 나서는 것이 좋겠다고 생각했다.

"여기 있어요. 숨어 있지 않아요!"

가무잡잡한 피부에 수염을 기른 남자 여섯 명이 올리브나무숲을 지나쳐 왔는데 메탁소스와 비슷한 튜닉을 걸치고 있었다. 그중 어깨까지 내려오는 백발의 노인이 '훌륭한 신관'인 것 같았다. 노인이 문 앞으로 다가와서 새뮤얼을 뚫어져라 쳐다봤다.

"너는 누구냐?"

"저는 메탁소스의 친구예요. 금방 나올 거예요."

"여기서 본 적 없는 얼굴인데 이름이 무엇이냐?"

"사모스예요." 목동이 갑자기 모습을 드러내면서 끼어들었다.

"내 친구, 사모스의 사모스예요!"

"사모스의 사모스?" 백발 노인이 물었다. "이름 지은 걸 보니 네 부모는 어지간히 상상력이 없는 사람들이로구나! 자, 메탁소스, 너에게 할 말이 있어서 왔어. 이리 가까이 오너라!"

노인은 화가 나 있는 것 같았고, 나머지 남자들은 무서운 얼굴을 하고 있었다. 신관이 어깨에 손을 얹자 목동은 눈을 내리깔았다.

"메탁소스, 사흘 전에 델포이에 갔지?"

목동은 자신의 맨발을 내려다보면서 다리를 비비 꼬고 있었다.

"메탁소스, 아주 중요한 일이라서 내가 꼭 알아야 해. 너 사흘 전에 델포이에 갔지?"

정적이 흐르고 있었다. 윙윙 날아다니는 벌레소리, 멀리서 풀을 뜯어먹으며 내는 염소 울음소리, 나무 밑에 엎드려서 헐떡거리는 아르고스의 숨소리밖에 들리지 않았다.

"네 말이 맞는 것 같구나, 리디아스." 노인이 한숨을 내쉬었다.

"메탁소스가 그날 델포이에 있었던 게 틀림없어."

"글쎄, 맞다니까요." 키가 작은 갈색 머리 남자가 몽둥이를 휘두르면서 외쳤다. "메탁소스가 아테네 사람들의 보물창고 근처에서 어슬렁거리는 걸 제 눈으로 똑똑히 봤다니까요. 그리고……."

메탁소스가 갑자기 몸을 숙이더니 슬그머니 도망치려고 했다. 그러나 사람들의 눈길이 일제히 쏠리자 메탁소스는 땅바닥에 털썩 주저앉았다.

"저는 아무 짓도 하지 않았어요, 훌륭한 신관님!" 두 남자가 일으키려고 하자 메탁소스는 완강하게 버티면서 외쳤다. "저는 착한 목동이에요!"

"보세요!" 리디아스가 말했다. "지금 도망치려고 했어요! 이게 바로 증거라고요!"

"메탁소스," 신관이 화를 내지 않으려고 애를 쓰면서 말했다. "메탁소스, 우는 소리하지 말고 내 말 잘 들어라. 아테네 사람들의 보물창고에서 세계의 배꼽을 네가 훔쳤지? 메탁소스, 바른대로 말해. 그것만이 네가 살길이야!"

목동은 눈물이 글썽한 눈으로 신관을 쳐다봤다.

“저는 아무 짓도 하지 않았어요, 훌륭한 신관님! 아무 짓도 하지
않았다고 맹세합니다!”
신관은 성난 몸짓을 했다.
“집정관이 너희 둘을 심문할 것이야. 안됐지만 델포이의 감옥으
로 데려가야겠다!”

V

이방인

델포이는 신성한 산 중턱에 독수리 둥지처럼 자리 잡은 웅장한
요새였고, 보석상자 같은 바위에 하얀 진주처럼 올라앉은 성지였
다. 골짜기 모퉁이에서 드러나는 도시를 보는 순간 새뮤얼은 숨이
멎을 뻔했다. 삼각형 박공벽이 화려한 건축물, 그 주위에 옹기종기
모인 벽돌지붕으로 햇살이 쏟아지고 있었다. 주변에 마을이나 농
가라곤 보이지 않고 사방이 온통 바위와 하늘만 보이는 깎아지른
절벽에 외따로 떨어져 있어서일까, 델포이는 아주 강렬한 인상을
주었다.

델포이가 고립되어 있는 것처럼 보이지만 텅 비어 있는 것은 아
니었다. 거리에 군중이 밀집해 있고, 구불구불한 황톳길에는 마차
와 순례자들이 붐볐다.

말없이 한참을 걸은 후, 메탁소스와 새뮤얼은 병사들이 지키는

건물로 인도되었다. 이어서 창문도 가구도 없이 거적 몇 장만 달랑 바닥에 내동댕이쳐진 방에 갇혔다.

"집정관을 데려오겠다. 지금부터 뭐라고 말할지 잘 생각하고 있어라."

신관이 그렇게 말하면서 문을 닫자, 둘은 어둠 속에 잠겼다. 메탁소스는 훌쩍거리면서 한쪽 구석에 웅크리고 앉았고, 새뮤얼은 짚자리에 주저앉았다. 이제는 그리스에 와 있다는 확신이 들었다. 아테네, 아폴론, 튜닉, 신전, 원기둥, 모든 것이 일치하고 있었다. 그런데 몇 세기지? 델포이는 그리스인들이 다양한 문제에 대해 의견을 얻기 위해 신탁을 청하러 가는 일종의 성소가 틀림없었다. 성문에 이르렀을 때 신관이 당나귀를 타고 있는 병사를 불러서 피티아에게 어떻게 말을 건네야 하며, 사전에 어떤 의례를 거쳐야 하는지 설명하는 말을 들으면서 새뮤얼은 그리스라는 결론을 내렸다. 고대 그리스에 대한 지식이 없지만 여사제를 뜻하는 피티아, 신탁이란 말이 나오는 것으로 봐서 그리스라는 확신이 들었던 것이다.

그렇지만 중요한 것은 그게 아니었다. 제일 중요한 것은 아버지에 관한 것이었다. 아버지가 델포이에 왔다갔다는 사실이었다. 그것도 불과 사흘 전에! 그래도 오늘 아버지와 마주치는 우연이 일어났다면 얼마나 좋았을까. 기적적으로 만난 기쁨에 서로 얼싸안고 감격의 눈물을 쏟다가 감정을 추스르고 조용한 곳으로 가서, 가령 메탁소스의 오두막에서 그간에 겪었던 모험을 얘기할 수 있을 텐데. 아버지는 무슨 이유로 델포이에 왔는지 설명하고, 아들은 브란 성에 가면 닥칠지 모를 위험을 알려줄 수 있을 텐데. 현재로 돌아가는 것이 가장 현명하다는 결론을 내리고 무사히 세인트메리로 돌아갈 수 있을 텐데. 그러면 정상적인 생활로 복귀할 수 있을 텐데!

새뮤얼의 희망 사항이 이런 이상적인 시나리오로 전개되었다면 오죽 좋았을까. 어쨌든 아버지가 델포이에 머물렀다는 것은 새로운 가능성을 열어주고 있었다. 시간 여행을 하는 중에 아버지를 만날 가능성도 있다는 것이 아닌가. 그러면 동전 일곱 개를 구하러 다닐 필요도 없고, 목숨을 걸고 발라키아에 갈 필요도 없지 않은가! 아버지를 만나는 곳이 어디든 브란 성에 가면 위험하다고 알려주기만 하면 되는 것이었다. 그러면 태양의 돌을 사용해서 여기까지 온 것은 정말 잘했다는 증거가 되는데…….

그러나 나쁜 소식도 있었다. 세계의 배꼽이라는 보물……. 새뮤얼은 세인트메리 박물관에서 경비원이 하던 말을 똑똑히 기억하고 있었다. '자네도 런던 경매장에서 팔렸다는 그리스 유물에 대한 기사 봤지? 뭐라더라? 아! 세계의 배꼽이라고 했던가? 하여튼 10분도 안 돼서 미화 1000만 달러에 팔렸다잖아! 우리 박물관에서 그런 걸 사들일 수나 있겠어? 언감생심 꿈도 못 꿀 일이지!'

그렇다면 사흘 전에 델포이에서 도난당한 '세계의 배꼽' 이 수천 년 후의 영국에서 팔렸다는 것이 아닌가. 과거와 현재 사이에 아버지가 있어……. 드릴을 갖고 이곳에 왔다는 아버지, 메탁소스는 감히 입밖에 낼 수 없을 정도로 비난받아 마땅한 짓을 하는 아버지를 목격한 거였어. 아버지는 아마도 희귀본을 찾아다니는 것으로 만족하지 않고 귀한 물건에도 욕심을 낸 것인지 몰라. 다른 이유가 있다면 몰라도…….

"사모스! 사모스! 거기 있어?" 메탁소스가 속삭였다.

"당연히 있지." 새뮤얼이 짜증스럽게 대답했다.

"사모스, 무서워 죽겠어. 나를 죽일 거야……."

"바보 같은 소리하지 마. 세계의 배꼽이 어떻게 됐는지 알려는 것일 뿐이야. 그러니까 어떻게 생긴 것인지 나한테 말해줄래?"

"너는 네 아버지보다 모르는 게 많아." 메탁소스가 지적했다. "네 아버지는 그래도……."

"그래, 알아." 새뮤얼이 말을 잘랐다. "난 아버지보다 아는 것이 많지 않아. 나도 알아! 그러니까 그게 뭔지 설명해줘, 메탁소스는 착한 목동이잖아."

"세계의 배꼽은 모든 것의 중심을 알려주는 돌이야, 사모스! 세계의 중심이 어디인지 알고 싶은 제우스 신이 세상 양쪽 끝에서 독수리 두 마리를 날려보냈는데 독수리들이 델포이 하늘에서 만나 돌을 떨어뜨렸대. 그래서 델포이가 세상의 배꼽이라는 걸 알게 되었지!"

"그럼 그 돌이 정확하게 어디 있었는데?"

"진짜는 아폴론 신전에 있어. 아테네 사람들이 진짜를 모방해서 조각한 돌에 금을 입혔고, 대축제의 날에 신에게 바치기 위해 보물 창고에 넣어두고 있었어. 그런데 네 아버지가……."

메탁소스가 더 훌쩍거려서 새뮤얼은 무의식적으로 손수건을 꺼내려고 주머니에 손을 넣었다. 박물관의 동전과 조각상이 걸치고 있던 작은 옷밖에 없었다.

"사흘 전에 무슨 일이 있었는지 말해줄래, 메탁소스? 아버지가 무슨 말을 했는지, 세계의 배꼽으로 뭘 하려고 했는지?"

"아니, 안 돼! 그걸 말하면 나는 다시는 언덕에 갈 수 없어, 절대로! 내 염소들도, 내 개도 절대로 보지 못할 거야! 네 아버지에 대해서는 말할 수 없어, 절대로 안 돼!"

그때 문이 벌컥 열렸다.

"입 닥치고 둘 다 나와! 집정관이 도착했다!"

병사가 둥근 천장의 타원형 방으로 그들을 데려갔다. 인형처럼 포동포동한 얼굴의 뚱뚱한 남자가 대리석 탁자 앞에 앉아서 과일 바구니에 가득한 포도를 떼어먹느라고 연방 손을 놀리고 있었다. 그 뒤에서 신관이 성난 얼굴로 왔다갔다 서성거리고 있었다.

"아! 왔군. 메탁소스, 네가 도둑이면 어서 이실직고하는 것이 좋아. 가능한 빨리 그걸 회수해야 하니까!"

목동은 무릎을 꿇으면서 애원했다.

"저는 훔치지 않았어요, 훌륭한 신관님! 아폴론과 헤르메스의 이름에 걸고 저는 훔치지 않았습니다!"

"그럼 누구야?" 신관이 흥분했다. "그날 보물창고 주위를 어슬렁거리고 있는 너를 본 사람이 많아. 그리고 어둑어둑해지자 너는 뭔가를 품에 안고 도시를 빠져나갔어. 그렇게 소중하게 품안에 넣고 있었던 것이 뭔지 말해라!"

"그, 그건 아니에요. 저, 저는……."

메탁소스가 말을 더듬었다. 그러나 목동은 알아들을 수 있는 말이라곤 한마디도 내뱉지 않았다.

"오랜 세월 동안 우리가 너에게 어떻게 해줬는지 알지? 신전 계단 밑에 버려진 너를 누가 거두었지? 누가 키우고 먹여줬지? 누가 염소 떼를 줬지? 우리에게 아무리 감사해도 모자랄 판인 네가 우리와 동맹을 맺은 도시국가 아테네의 보물을 훔쳐?"

신관이 겨드랑이에 손을 넣어 메탁소스를 강제로 일으켰다.

"세계의 배꼽을 찾지 못하면 무슨 일이 일어나는지 알지, 메탁소스? 아테네 사람들은 석 달 이내에 모든 재산을 챙겨서 델포이를 떠나버릴 거야. 아테네 사람들이 떠나면 테바이 사람들, 보이오티아 사람들, 코린트 사람들이 줄줄이 떠날 거야. 이어서 다른 사람들도 모조리! 그러면 델포이는 텅 비어버리고, 신탁은 침묵하게 되고, 너는 폐허 속에서 염소에게 풀을 먹이게 되는 거야!"

"훌륭한 신관님, 훌륭한 신관님…… 제발 살려주세요, 저는 아무
짓도 하지 않았습니다!"

"같이 온 이 소년은 누구입니까?"

집정관이 이번에는 아예 포도를 송이째 들고 먹으면서 개입했다.

"사모스에서 온 사모스라는데 메탁소스의 친구입니다. 오두막에
둘이 같이 있어서 데려왔지요."

"뭐 알고 있는 게 있습니까?"

"메탁소스의 말로는 오늘 아침에 왔다고 합니다."

"사실이냐, 사모스의 사모스?"

집정관이 새뮤얼을 쳐다보지도 않고 물었다.

"사실입니다." 새뮤얼은 머뭇거리지 않고 대답했다.

"넌 아무것도 모른단 말이지?"

새뮤얼은 단단히 마음을 먹었다. 위험하지만 빨리 궁지에서 벗어
나려면 다른 방법이 없었다.

"메탁소스가 뭔가를 발견했는데 그것 때문에 몹시 두려워하고
있는 것 같습니다." 새뮤얼이 단숨에 말했다.

"안 돼, 사모스!" 목동이 소리쳤다. "입 다물어, 아니면 나는 언덕
으로 돌아가지 못한단 말이야!"

새뮤얼은 들은 척도 하지 않고 주머니에 넣어둔 조각상의 옷을

꺼냈다.

"델포이로 가다가 메탁소스가 주운 겁니다."

그제야 집정관이 새뮤얼을 쳐다봤다.

"그게 무엇이냐?"

"지도 같습니다."

집정관이 고갯짓을 하자 병사 한 명이 다가와서 천 조각을 받아서 대리석 탁자 앞으로 가져갔다. 집정관은 이 사이에 뭔가가 낀 것처럼 쯧쯧, 소리를 내면서 천을 유심히 살폈다. 명색이 집정관이라는 사람이 예의라고는 완전 꽝이네⋯⋯. 집정관이 마침내 씨를 탁 뱉어내면서 말했다.

"도시의 지도로군. 간략하게 그렸는데⋯⋯ 원형극장, 아폴론 신전, 아테네 사람들의 보물 이름도 있군. 보물에다 표시까지 해놓았고. 메탁소스가 델포이 길에서 이걸 주웠다고 했느냐?"

새뮤얼은 그렇다는 뜻으로 고개를 끄덕였다.

"이걸 주운 게 아니라 저놈이 직접 그린 것이겠지!"

집정관의 말에 신관이 지도를 살피며 고개를 절레절레 저었다.

"불가능한 일이오. 메탁소스에게 읽는 것도 가르치지 않았는데 글을 쓴다는 건 어림없는 일이지요. 더구나 글씨의 모양으로 보아 머나먼 도시에서 쓰이는 그리스 문자 같습니다."

"사모스 섬보다 더 먼 도시를 말하는 것이오?"

집정관이 새뮤얼을 수상쩍은 눈으로 쳐다보면서 물었다.

"훨씬 더 먼 곳을 말하는 겁니다."

"그럼 도둑이 이방인이란 말이오?"

"그런 것 같습니다. 게다가 메탁소스는 아테네 사람들의 보물창고로 가기 위해 지도를 그릴 필요가 없지요. 아주 어릴 적부터 제 집 드나들듯 이 구역을 돌아다녔으니까요."

"일리가 있는 말이오." 집정관이 인정했다. "그렇다면 사모스의 사모스, 네 친구가 무엇을 그리 두려워하고 있다고 생각하느냐?"

새뮤얼은 슬그머니 헛기침을 했다. 메탁소스가 반박하지 않으면서도 설득력 있는 거짓말을 해야 했다. 그 정도쯤이야…….

새뮤얼은 메탁소스를 뚫어져라 쳐다보면서 텔레파시를 보냈다.

'나를 믿어! 내가 말하는 대로 따라해야 돼!'

"메탁소스가 궁금한 마음에 지도가 가리키는 곳을 가보니 아테네 사람들의 보물창고였다는 겁니다. 그런데 갑자기 누군가가 달려들더니 무엇이든 발설하면 죽이겠다고 위협했대요."

"누군가가? 아테네 사람들의 보물창고에서 누군가를 봤단 말이지, 메탁소스?"

마치 순간적으로 뇌가 정지된 듯 얼이 빠진 목동의 눈빛이 흐리멍덩했다. 집정관이 일어나서 후려칠 기세로 손을 내밀었다.

"도둑놈을 보았느냐? 어떻게 생겼는지 말하라!"

"남자였대요." 새뮤얼이 때리는 걸 막으려고 얼른 소리쳤다. "희끗희끗한 짧은 머리에 턱은 네모나고 눈이 파란 쉰 살쯤 먹은 남자였대요."

그냥 생각나는 대로 묘사한 것이었다. 혹시 근처에 다시 오게 되더라도 난처한 일을 당하지 않도록 아버지와는 거리가 먼 모습이었다.

"너무 순식간에 일어난 일이라서 메탁소스가 그 이상은 말해줄 수 없었어요. 그 도둑이 칼을 들고 위협했던 것 같아요."

"사실이냐?" 집정관이 목동의 얼굴에 주먹을 들이댄 채로 물었다. "그 이방인을 분명히 보았느냐?"

메탁소스의 눈빛에 생기가 돌기까지는 몇 초가 필요했다. 목동은 천천히 인정했다.

"네, 그…… 사람을 분명히 봤어요."

"그런데 왜 아무 말도 하지 않았어? 아까운 시간만 낭비했잖아!"

"무, 무서웠어요. 이방인의 칼이……."

새뮤얼은 안도의 숨을 내쉬었다. 아폴론과 헤르메스가 내 손을 들어주는 건가……?

"정확하게 그 일이 언제 일어났느냐?"

"그게…… 신탁이 끝난 뒤였습니다."

목동이 뭔가에 취해 있는 듯 중얼거렸다.

집정관이 뒤로 물러났고, 신관의 입가에 미소가 감돌았다.

"그건 일치합니다. 신탁이 끝날 때쯤 경비가 교대를 하니까 도둑이 건물 뒤쪽의 자물쇠를 부수고 보물창고에 들어가서 세계의 배꼽을 훔치기에는 충분한 시간이었을 겁니다."

"그러니까 우리는 그자가 정확히 어떻게 창고 안으로 들어갔는지도 모른다는 것 아니오?" 집정관이 또 다른 포도송이를 집어들기 위해 팔을 뻗으면서 지적했다. "게다가 메탁소스가 공범이 아니었다는 증거도 없단 말이오. 아테네 사람들은 착해빠진 얼굴과 모자란 행동만으로 메탁소소의 무죄를 인정하지 않을 것이오. 그들은 메탁소스가 결백하다는 증거를 원하고, 마땅한 벌을 요구할 것이오."

집정관의 말에 메탁소스는 주인에게 억울하게 야단맞는 개처럼 우는 소리를 냈다.

"증거를 제시할 방법이 있을 겁니다." 신관이 제안했다. "아테네 사람들도 반박할 수 없는 증거를 댈 수 있습니다."

"그게 무엇이오?"

"메탁소스가 정말로 범인이 아니라면 피티아에게 신탁을 청하면 무죄를 증명할 수 있을 겁니다. 반대의 경우에는……."

VI

신탁

신탁의 성소까지 가는 것은 보통 일이 아니었다. 아폴론 신전 밑으로 여러 도시국가가 헌납한 전승기념비, 높이가 2미터에 이르는 방패와 항아리, 문자를 새긴 하얀 기둥, 금빛 사자 조각상, 번쩍거리는 올빼미가 올라앉은 청동 종려나무 조각상 등이 늘어선 길가로 군중이 빽빽하게 몰려들고 있었다. 오디세우스 대 헤라클레스의 한 장면을 촬영하기 위해 대기 중인 엑스트라들이라면 좋을 것 같았다.

그런 혼잡한 곳에서 집정관과 신관, 두 명의 병사에게 에워싸여서 오는 새뮤얼과 메탁소스가 눈에 띄는 것은 당연한 일이었다.

"밀지 마요!" 한 남자가 내뱉었다.

"새치기하지 말란 말이오!" 옆 사람이 받아쳤다.

"우리가 여기 서 있은 지 두 시간이나 됐는데 무슨 소리하는 거요? 지나가는 것도 차례가 있거늘……."

"어? 집정관이잖아! 조용히 좀 해요!"

바로 뒤에 있던 여자가 끼어들었다.

집정관 일행이 성소를 향해 올라가는데 밀집한 군중이 수군덕거리는 소리가 들렸다.

"신전 관리인들이 귀빈의 통로를 만들어놓는다는 걸 잊어버렸나? 집정관과 신관이 군중을 헤치고 올라가다니 이상하군……."

신전의 층계 앞에 이르자 신관이 새뮤얼의 귀에 대고 속삭였다.

"저기 모자를 들고 있는 두 남자가 아테네 사람들이야. 우리를 감시하기 위해 와 있는 거니까 말조심해라. 아니면 메탁소스가 위험해질 수 있으니까. 자, 들어가면서 이걸 헌납해."

신관이 투박한 동전 두 개를 새뮤얼에게 주었다. 구멍은 뚫려 있지 않지만 새뮤얼은 참을 수 없는 전율이 일었다. 휘어진 뿔이 달린 숫양의 머리를 새긴 동전이었다. 숫양의 머리 두 개? 아버지가 입을 막기 위해 메탁소스에게 주었던 것이 이 도시의 주화였다니!

"저 사람들에게는 내가 말해야겠소." 집정관이 말했다.

집정관이 아테네 대표들과 이야기를 하는 사이에 왼쪽에서는 신전의 사제 둘이 방문객들을 맞아야 하는 건지 눈치를 보면서 염소에게 물을 뿌리고 있었다. 염소가 몸을 마구 흔들어대는 바람에 물이 사방으로 튀었다. 집정관과 얘기를 나누는 아테네 대표들의 분위기가 괜찮은지 사제들이 가까이 오라고 손짓했다. 그때 그중 한 명이 신관을 알아보고 뛰어왔다.

"신관님, 온다는 기별을 하셨으면 이렇게 서서 기다리지 않아도 되었을 텐데요! 이쪽으로 오십시오. 저희가……."

"아닐세, 셀렘노스, 지금은 절차를 지키는 모습을 보여줘야 해. 저들이 우리를 관찰하고 있으니……."

신관이 아테네 사람들을 가리키면서 덧붙였다.

사제가 눈길로 좇다가 대번에 알아차리는 것 같았다.

"알겠습니다……. 헌금을 내실 거면……."

기분이 좀 좋아졌는지 메탁소스가 신관에게서 받은 동전 두 개를 내밀면서 콧노래를 부르기 시작했다. 새뮤얼은 속으로 말했다. 이런 얼굴을 보고 순한 양을 닮았다고 하겠지?

"저도 숫양 머리 두 개를 냈어요! 나의 아름다운 귀걸이만큼 멋지진 않지만. 나는 피티아를 만나러 가요!"

새뮤얼은 메탁소스가 안쓰러웠다. 이건 정신건강의 문제라서 내가 어떻게 해주기에는 역부족이겠어…….

그들은 단단한 기둥들과 정교하게 조각한 대리석 현관을 지나서 신전으로 들어갔다. 집정관도 아테네 대표들과 함께 들어왔다.

"몇 가지 합의를 보았소. 첫째, 신탁을 받는 동안 우리 네 사람은 메탁소스와 사모스에게 접근하지 않는다. 둘째, 열 발짝쯤 뒤에 서서 침묵을 지킨다. 셋째, 각자 대답을 듣고 판결에 따른다. 넷째, 말씀의 뜻이 명확하지 않으면 관례대로 해석가들의 의견을 따른다.”

“누가 아폴론에게 직접 문의합니까?” 신관이 물었다.

“아테네 사람들은 메탁소스가 문의하길 바라고 있소. 첫 번째 용의자인 메탁소스가 신과 대면해야 합니다.”

“그럼 저 아이는?”

“사모스의 사모스? 아테네 사람들은 사모스의 진술을 믿지 못하고 있어요. 이방인과 무슨 연관이 있을 거라고 의심하고 있지요. 따라서 저 아이도 반드시 참석해야 합니다.”

“확인하고 나면 걱정 안 해도 된다는 보장을 받는 겁니까?”

아테네 남자 두 명 중 젊은이가 탐색하듯 새뮤얼을 쳐다보다가 나섰다.

“그리스 도시국가 중 가장 영예로운 아테네의 대표들은 두말하지 않소. 두 용의자가 세계의 배꼽을 훔치지 않은 것이 분명하다면 메탁소스와 사모스는 자유요. 그것이 우리 아테네 사람들의 결정이오!”

메탁소스와 새뮤얼은 신전 안쪽으로 인도되었는데 나무 타는 냄새와 향초 냄새가 그윽했다. 한 사제가 둘을 나무의자에 앉혔는데 정면은 하얀 커튼에 가려 있었다. 새뮤얼은 인형극을 보러 온 것 같은 느낌이 들었다.

“피티아가 오실 거야. 금방 나오실 거야!”

메탁소스가 갑자기 흥분했다.

“어떻게 해야 하는 건지 알아?”

새뮤얼이 물었다.

“물론이지! 신탁의 여사제와 있으면 나는 하나도 무섭지 않아!”

메탁소스와 같은 마음이면 얼마나 좋을까! 새뮤얼은 내심 불안했다. 피티아가 갑자기 진짜 도둑은 아버지라고 말할까 봐 가슴이 조마조마했던 것이다. 그럴 경우 결과는 불 보듯 뻔했다. 도둑의 아들을 감옥에 처넣는 것이야말로 훔친 물건을 회수하는 최상의 방법이 아닌가.

커튼 뒤에서 바스락거리는 소리가 나자 사제가 부드럽게 고개를 끄덕였다.

“아폴론께서는 너희의 말을 들을 준비가 되어 있다.”

“정말이에요?” 메탁소스가 물었다. “거기 계세요, 신탁의 피티아? 정말 뒤에 계세요?”

“메탁소스……?” 커튼 너머에서 목소리가 희미하게 들렸다.

커튼이 약간 벌어지는 순간 새뮤얼은 회색 드레스 차림의 나이가 지긋한 여인을 보았다. 신탁을 전하는 피티아를 보게 되다니! 여인은 깜짝 놀라는 얼굴로 그들을 살피고 있었다. 다리가 세 개인 금속 의자에서 일어난 여인이 옛날에 지진이 일어났던 흔적인지 바닥이

쩍 갈라진 가장자리로 내려왔다. 여인이 있는 성소는 횃불을 밝히고 있어서 한쪽 구석에 있는 나무, 나선형으로 꼬인 대포알 모양의 돌—저 돌이 진짜 '세계의 배꼽'인가?— 그리고 몇 가지 물건이 어둠에 잠겨 있는 것을 볼 수 있었다. 여사제는 몇 미터 떨어진 곳에서 있는 집정관과 신관을 발견하고 급히 커튼을 닫았다. 피티아가 방문객들에게 모습을 드러내는 것은 관례가 아닌 모양이었다. 어쨌든 여사제는 아무 일도 없었던 것처럼 발끝으로 살금살금 물러났다.

그 순간 메탁소스가 일어섰다.

"신탁을 주소서! 신탁을 전하는 델포이의 피티아여! 아폴론 신의 숨결이여! 메탁소스가 아테네 사람들의 금빛 돌을 훔쳤습니까?"

메탁소스는 다시 앉으면서 새뮤얼에게 윙크를 보냈다.

피티아가 뭔가를 씹는 것 같은 소리를 제외하고는 고요했다. 이어서 삼키는 듯한 소리에 이어 바닥에 내뱉는 소리가 났다. 아니, 신탁의 성소에서 저래도 되는 건가? 짧은 침묵 후에 쉰 목소리가 들리는데 여인의 입에서 나오는 것이라고 생각하기 힘든 소리였다.

"메탁소스, 제신들 중에서 가장 사랑받는 아폴론 신께서 너의 물음에 다음과 같이 대답하셨다. 새끼 양이 풀을 뜯어먹는다고 산에서 풀을 훔친 것이냐? 새가 강물을 먹는다고 물고기에게서 물을 훔친 것이냐? 메탁소스는 들이마시는 공기와 제가 키우는 동물의 젖

외에는 아무것도 훔치지 않았다! 아폴론은 기꺼이 메탁소스에게 공기와 젖을 주고 있노라."

이윽고 피티아가 입을 다물었다. 1초, 10초……. 새뮤얼은 메시지의 숨은 뜻을 제대로 파악했다고 자신할 수는 없지만 대체로 잘되어가고 있는 느낌이 들었다. 신관이 제일 먼저 기뻐했다.

"다행입니다. 이제 아폴론 신께서 증거를 주셨으니……."

그러나 피티아가 커튼 뒤에서 신관의 말을 잘랐다.

"아폴론 신의 말씀은 끝나지 않았습니다. 사람들이 꼭 알아야 할 것이 있습니다!"

새뮤얼은 저절로 몸이 움츠러들었다. 아, 올 것이 왔구나! 아버지를 고발하려는 거야!

"제우스의 아들 아폴론은 불의 마차를 타고 수없이 하늘을 가르고 다녔다." 쉰 목소리가 다시 말을 이었다. "아폴론은 태양의 경로를 따라가면서 날에 리듬을 주었다. 아폴론은 흐르는 시간의 가치를 알고 있다. 델포이 사람들이여, 목동의 친구를 떠나게 두어라. 지금 떠나게 두어라. 그를 이곳까지 이르게 한 시간의 문을 통해 돌아가게 두어라. 가족 중의 누군가가 그 문을 닫으려 하고 있으니 그는 서둘러 떠나야 한다. 이것이 아폴론의 말씀이었다."

아까부터 의혹의 눈길을 보내고 있는 아테네 남자가 성큼성큼 다가왔기 때문에 새뮤얼은 그 말을 깊이 생각할 겨를이 없었다.

"사모스의 사모스, 네가 누구인지 모르겠지만 신들이 너에게 매우 호의적인 것 같구나. 그렇지만 너무 기뻐하지 마라, 그 이방인을 반드시 잡고야 말 테니. 이 순간부터 그자는 아무것도 훔치지 못할 것이다."

다시 만난 기쁨에 흥분한 아르고스와 메탁소스는 재미난 놀이를 하듯 올리브나무숲을 뛰어다녔다. 메탁소스가 두 손을 이마에 대고 뿔 모양을 만들어서 머리를 숙이고 달려드는 시늉을 하자 개가 좋아라 짖어대며 졸졸 따라다녔다. 뭐야, 미노타우로스* 흉내를 내는 건가?

"사모스, 이리 와서 너도 같이 놀자!"

"난 생각 좀 할게."

오두막 안에 들어간 새뮤얼은 어두컴컴한 벽에 기대고 앉아서 피티아의 말을 곰곰이 생각해보았다. '가족 중의 누군가가 시간의 문을 닫으려 하고 있으니…….' 그리스 신 중에서 태양을 관장하며 시간의 흐름을 지배하는 아폴론과 대신관 세트니의 마법은 어떤 관계가 있는 것이 틀림없어. 이집트 신과 그리스 신이 겨루기를 하는 건가? 새뮤얼은 되뇌었다. 내 가족 중의 한 사람이라니…… 현

---

* 그리스 신화에 나오는 사람의 몸에 소의 머리를 가진 괴물.

재의 누군가일 텐데. 게다가 시간의 문을 닫으려고 한다고? 그게 누구지? 누가 나의 시간 여행을 막으려는 것일까? 아버지를 돌아오지 못하게 하려는 것일까? 그런데 '시간의 문'을 어떻게 닫는 거지?

"일어나, 사모스. 놀러 나가자!"

"미안하지만 나는 떠나야겠어."

말은 그렇게 해놓고 새뮤얼은 주머니 안의 동전을 만지작거리면서 한 시간째 뭉그적거리고 있었다. 여기서 하룻밤을 더 보내는 것이 어떨까? 아테네 사람들의 보물창고가 아주 가까운 곳에 있는데……. 보물창고에 구멍 뚫린 동전이 있을지도 모르잖아. 아버지는 드릴로 자물쇠를 부수고 들어가서 뭔가를 한 것이 틀림없어. 주도면밀한 계획을 세우고…….

오두막 안에서 갑자기 미친 듯이 펄쩍펄쩍 뛰는 아르고스를 흉내 내다 넘어진 메탁소스가 깔깔대고 웃었다.

"아르고스, 요놈! 메탁소스가 너를 잡아먹는다!"

아테네의 대표가 이방인에 대해 내뱉은 말도 이상했다. '그 이방인을 반드시 잡고야 말 테니. 이 순간부터 그자는 아무것도 훔치지 못할 것이다.' 이 말은 아버지가 '세계의 배꼽' 외에도 다른 물건을 훔쳤다는 뜻인가? 그리고 머지않아 이쪽으로 다시 올 것이라고 예상하고 있다는 뜻인가? 그렇다면 그 돌 가까이 있으면 얼마 후 아버지를 만날 수 있을지도 모르는 거잖아!

"사모스, 자, 빵 먹어."

땀에 흠뻑 젖은 메탁소스가 반쯤 떼어먹은 동그란 빵을 들고 오더니 손바닥만 한 크기의 빵 한 조각을 내밀었다.

"이게 세계의 배꼽이야."

메탁소스가 짓궂은 얼굴로 말했다.

새뮤얼은 어리벙벙한 얼굴로 빵을 받았다.

"뭐라고?"

"훌륭한 신관님이 그랬잖아, 병사들이 내가 뭔가를 감추고 나가는 걸 봤다고! 그게 바로 이거였어. 델포이의 어머니가 준 맛있는 빵, 어머니가 나를 위해 구워준 맛있는 빵이야! 하지만 여사제가 메탁소스를 보살피고 있다는 말을 하면 안 되는 거잖아. 그 말을 하면 여사제가 불명예스러워지는 거야. 나는 한낱 목동이니까. 그래서 나는 입을 다물어야 했어!"

"아테네 사람들이 너의 죽음을 요구했을 수도 있어!" 새뮤얼이 어이가 없는 얼굴로 소리쳤다. "델포이의 어머니를 배신하지 않기 위해 네 목숨을 걸었단 말이야?"

"내가 옳았어, 사모스가 왔으니까." 메탁소스는 천진난만하게 대답했다. "그 비밀을 지킨 대가로 신들이 내게 보상을 해주신 거야. 게다가……."

메탁소스가 주머니에 손을 집어넣으면서 말했다.

"너도 보상받을 자격이 있어. 이걸 네 아버지에게 돌려줘."

메탁소스가 짧은 쇠줄 두 개를 손가락에 걸고 흔들었는데 구멍 뚫린 동전 두 개가 매달려 있었다. 구멍 뚫린 동전이 두 개씩이나!

"이건 네 아버지가 숫양 머리로 만들어준 아름다운 귀걸이야. 네 아버지가 그 돌 속으로 들어가기 전에 나한테 선물로 줬어."

새뮤얼은 손바닥으로 조심스럽게 받았다. 예쁘게 구멍이 뚫린 적당한 크기의 동전 두 개. 아버지는 세계의 배꼽뿐만 아니라 델포이의 숫양 머리를 새긴 이 동전 두 개를 훔치러 아테네 사람들의 보물 창고에 들어간 거였어…….

"어쨌든…… 하나는 도로 줄게." 새뮤얼이 감정을 억누르면서 말했다. "내가 떠나고 나면 돌이 있던 자리 근처에 동전이 떨어져 있을 거야. 그걸 가져."

"그러면 동전을 보면서 네 아버지와 너를 기억할게."

"나도 너를 기억할게."

새뮤얼은 이제 정말로 떠나는 일만 남아 있었다. 메탁소스는 태양의 돌이 있는 데까지 동행하고 싶지 않다면서 동전은 나중에 가서 가져오겠다고 말했다. 마치 언덕에서 빠져나온 불길한 징조가 사모스의 사모스와 함께 사라지는 듯 목동은 새뮤얼이 떠나는 것에 안도하는 것 같았다. 목동은 새뮤얼에게 잘 가라는 인사를 하고 바로 돌아서서 염소를 돌보러 멀어져갔다. 그것이 가장 쉬운 작별 인사였을까?

새뮤얼은 그날 아침에 도착한 초원을 지나 언덕으로 올라갔다. 아침에 일어난 일이 까마득하게 오래전의 일처럼 느껴지다니! 저 멀리 지는 해가 바다를 붉게 물들이고 있었고, 바다의 물결을 타고 검은 점이 맹렬한 속도로 달려가는 느낌이 들었다. 날이 저물자 하늘을 질주하는 아폴론의 마차일까……?

VII

호들갑 떠는 토끼

새뮤얼은 지하실 시멘트바닥에 잠시 웅크린 자세로 숨을 돌리고 있었다. 시간 여행에서 가장 불편한 현상 중 하나인 메스꺼움 외에 소리나 주변의 움직임이 약간의 시차를 두고 두 번씩 반복되는 것처럼 느껴지는 메아리 현상이 일고 있었다. 세인트메리 토너먼트 유도경기에서 뚱보 몽크와 대적할 때 진가를 발휘했던—새뮤얼이 몽크의 공격을 예상하고 반격할 수 있게 해주었다—이 '데자뷔' 현상은 몇 분만 기다리면 사라지게 되어 있었다. 비밀의 방을 나온 새뮤얼은 입구를 가리는 칸막이 틈으로 살그머니 빠져나와 태피스트리를 들추었다. 서점은 텅 비어 있었다. 새뮤얼은 편안하게 옷을 갈아입고 나서—반갑다, 청바지야—주방 찬장에 미리 준비해두고 간 초콜릿을 꺼내 먹었다. 그러고는 1층 창문으로 나가서 범버디어 부인의 정원과 포스터 씨의 정원을 연달아 가로질렀다. 어? 쟤 왜 저래? 고대 그리스의 낯선 냄새를 맡았나? 평소에 사이가 좋은 포스터 씨 집의 개가 이빨을 드러내며 으르렁거리고 있으니.

바렌보임 거리에 사람이 없는 걸 확인한 뒤에 새뮤얼은 울타리를 뛰어넘었고, 이블린 고모가 제발 집에 없기를 기도하면서 할머니 집으로 향했다. 불행히도 아폴론이 도중에 새뮤얼의 손을 놓아버린 것이 틀림없었다. 버스정류장에 이르는 순간 근사한 사륜구동 자동차 포르쉐가 인도를 향해 질주하더니 끼이이익!! 요란한 바퀴소리를 내면서 새뮤얼이 서 있는 30센티미터 앞에서 멈췄다. 50대에 접어든 중년인데도 고모가 닭살이 돋을 정도로 '피앙세'라고 부르는 루돌프가 차에서 기세 등등하게 내렸다.

"이런, 이런! 새뮤얼, 꼬락서니를 보니까 어디서 오는지 알 만하구나!"

"상관하지 마세요."

조수석 유리창이 스르르 내려가더니 냉방된 공기가 빠져나왔다.

"당연히 관여해야지, 건방진 녀석!" 이블린 고모가 소리를 질렀다. "네가 온종일 무슨 짓을 하고 다니는지 알아야 할 필요가 있으니까! 네 아버지가 할아버지, 할머니에게 너를 떠맡겨놓고 사라지지 않았다면 우리도……."

"이블린, 나한테 맡겨요."

루돌프가 단호한 걸음으로 다가왔는데 한 대 때릴 기세였다. 앨런 포크너가 온데간데없이 사라진 뒤로 루돌프는 가장으로 행세하면서 새뮤얼을 교활한 비행청소년으로 취급하고 있었다. 새뮤얼을 미국의 기숙사학교로 보내버릴 생각을 한 것도 루돌프였다.

"너 점심도 안 먹고 나갔다면서? 좀 전에 브리지 게임을 하러 나가시면서 할머니는 네가 어디를 쏘다니고 있는지 걱정하셨어."

"말씀드리고 나왔어요. 점심 때 해럴드와 같이 있었어요."

"해럴드라고 했니? 기껏 핑계를 댄다는 게 해럴드야?"

루돌프가 파란 눈을 희번덕거리면서 도끼눈을 떴다.

"그리고 너 어제 아침에 고모한테 무슨 짓을 했어?"

"어제 아침이요?"

"그래, 어제. 릴리를 나쁜 일에 끌어들이려고 하다가 들키니까 고모와 할아버지를 싸움 붙였잖아?"

"무슨 소리예요?" 새뮤얼이 항의했다.

"고모가 예민해져서 혼자 난리 친 건데! 우리가 시리얼을 먹고 있는데 갑자기 나타나서……."

루돌프가 후려칠 듯이 손을 올렸다.

"고모에게 그 따위로 말하다니, 너 정말 구제불능이구나!"

반박하려는 순간 새뮤얼은 뒷좌석에서 손짓을 하는 릴리를 발견했다. 릴리의 손짓이 무슨 뜻인지 알 수 없지만 새뮤얼은 그 순간 루돌프와의 싸움은 사촌을 더 난처하게 만드는 일이라는 걸 깨달았다. 그래서 눈을 내리깔면서 물러서기로 했다.

"암, 이렇게 나와야지." 새뮤얼의 반응을 복종으로 생각한 루돌프가 내뱉었다. "네 고모가 신경이 예민하다는 것은 너도 알겠지? 그런데도 네 아버지는 고모를 배려해주지 않았어. 고모가 그렇게 된 데는 네 아버지의 책임도 있어. 너도 네 아버지처럼 행동하면 내가 가만두지 않을 거야, 알겠니?"

새뮤얼은 어깨를 으쓱하면서 대답하지 않았다.

"우리는 수상공원에서 하룻밤 자고 올 거야. 우리가 돌아왔을 때 할아버지와 할머니한테서 네가 또 바보 같은 짓을 했다는 말을 듣지 않기 바란다. 알았니?"

새뮤얼은 천천히 고개를 끄덕였다. 새뮤얼은 루돌프의 설교를 건성으로 들으면서 뒷좌석에 앉은 릴리가 열심히 보내는 몸짓의 의미를 이해하려고 애를 썼다. 릴리는 허공에다 뭔가를 그리고 있었다. 사각형. 펼쳐지는 사각형…… 책인가……? 음, 시간의 책이 틀림없어! 그다음은 뭐지? 릴리는 오른팔을 왼팔 밑으로 넣은 시늉을 하더니 두 손을 귀에 대고 머리를 움직이면서 손가락을 흔들기 시작했다. 토끼? 뜬금없이 토끼가 뭐 어쨌다는 거야? 그러고는 씹어 먹는 것처럼 이상한 모양으로 입을 벙긋벙긋했다. 호들갑 떠는 토끼? 시간의 책에서 호들갑 떨며 나오는 토끼? 그게 뭐야, 아무 뜻도 없잖아!

그러나 고모가 이미 창유리를 닫았기 때문에 검정빛 유리 너머로
는 아무것도 보이지 않았다. 운전석 쪽으로 돌아간 루돌프가 삿대
질을 하면서 외쳤다.

"다시는 고모에게 버릇없이 굴지 마. 절대로 용서하지 않겠다!"

루돌프는 자동차 문을 쾅! 하고 닫더니 힘을 과시한 것에 만족한
듯 부르릉부르릉 요란하게 시동을 걸었다. 새뮤얼은 정말 어이가
없었다. 어른이 아이를 상대로 저런 유치한 행동을 하다니! 우직한
거야, 멍청한 거야?

할머니 집에 들어가서 아무도 없는 걸 확인한 뒤에 새뮤얼은 냉
장고를 향해 달려갔다. 오렌지주스 한 잔, 전자레인지에 데운 피자
두 조각, 샐러드, 치즈, 초콜릿 요구르트 두 개, 냅킨으로 빨간 사과
한 개를 반짝반짝하게 닦아서 쟁반에 담았다. 새뮤얼은 눈에 보이
는 것들을 닥치는 대로 차려놓고는 빨리 먹기 대회에 나가면 세계
기록을 세우고도 남을 속도로, 그야말로 게눈 감추듯 먹어치웠다.

일단 배를 채운 새뮤얼은 방으로 올라가서 티셔츠를 갈아입고 옷
장 안에서 비밀상자를 꺼냈다. 브란 성 사진집과 연금술사의 마법
서 구절이 적힌 쪽지는 있는데…… 이게 어떻게 된 거지? 시간의 책
과 동전들이 없었다. 아! 릴리에게 내 비밀상자에 넣어두란 말은 안
했지, 참! 그럼 그걸 알려주려고 차에서 이상한 손짓을 했던 것일

까? 새뮤얼은 복도로 뛰어나가서 거의 들어갈 기회가 없는 사촌의 방으로 들어갔다. 태양의 돌을 발견하기 전까지만 해도 새뮤얼과 릴리는 서로 덜떨어졌다고 생각하면서 가능하면 마주치는 일 없이 지내고 있었다. 시간 여행을 하는 모험 때문에 마침내 둘이 가까워지긴 했어도 릴리가 방에 들어갈 기회를 주지는 않았다.

여자의 방은 원래 다 이런가? 어디를 보나 보랏빛과 장밋빛 일색이었다. 침대머리에 드리운 삼각커튼, 쿠션, 발레슈즈……. 당연히 그래야 한다는 듯 보라색 벽에는 온통 올랜도 블룸의 사진이 붙어 있었다. 이건 〈반지의 제왕〉에 나오는 올랜도 블룸이네! 엘프 전사 레골라스 역의 올랜도 블룸, 해적 모습의 올랜도 블룸, 책상다리를 하고 앉은 올랜도 블룸, 팔짱을 끼고 서 있는 올랜도 블룸, 손가락 깍지를 하고 누운 올랜도 블룸.

이 방에서는 올랜도 블룸이 완전히 신이로군. 새뮤얼은 생각에 잠겼다. 그렇다면 릴리가 시간의 책을 대체 어디다 감춰놨을까?

벽장을 열어보고, 침대 밑을 들여다보고, 커튼을 들춰봤지만 없었다. 이어서 책꽂이에서 책도 빼보고, 서랍장 뒤로 손을 넣어봤지만 거기도 없었다. 릴리가 좋아하는 회색 털 강아지 장난감 잰이 선반에 앉아 있는데 벽을 따라 긴 귀를 늘어뜨린 채 주둥이를 쭉 내밀고 있는 모습이 비웃는 것 같았다. 아, 귀! 릴리가 아까 흉내낸 것은 호들갑 떠는 토끼가 아니라 강아지였구나! 와우!

　새뮤얼은 강아지를 움켜잡고 흔들어봤지만 책이 들어가기에는 크기가 너무 작았다. 새뮤얼은 바로 옆에 있는 스피커를 살펴봤다. 이리저리 흔들어봤는데 안에서 뭔가가 움직이는 것 같았다. 새뮤얼은 조심스럽게 스피커를 보호하는 덮개를 열었다. 적중! 시간의 책과 아버지의 검정 수첩이 미끄러져 나왔다. 구멍 뚫린 동전 세 개는 스피커 상자 안쪽 벽에 스카치테이프로 붙여져 있었다. 새뮤얼은 덮개를 다시 닫았다. 색깔 취향은 유치하기 그지없다고 생각했는데 이렇게 완벽하게 감춰놓다니, 릴리의 기지에 다시금 혀가 내둘러졌다.

　새뮤얼은 침대에서 편안하게 책을 펼쳐보기 위해 자신의 방으로 돌아왔다. 시간의 책은 역시 새뮤얼이 갔던 곳을 표시하고 있었다. 페이지마다 똑같은 제목인 「델포이, 아폴론의 성소」였다. 흑백 이미지 두 개는 위에서 내려다본 폐허의 도시와 기둥만 앙상하게 남은 아폴론 신전이었다. 20세기 초에 그린 델포이가 틀림없었다. 본문에는 제우스의 아들이 흉측한 드래곤을 무찌른 뒤에 신전을 건립했다는 전설을 언급하고 있었다. 그리고 제우스가 동쪽과 서쪽에서 날려보낸 독수리 두 마리가 만난 지점이 바로 세계의 중심이며, 이를 기념하기 위해 델포이에 '옴파로스'라고 불리는 돌이 안치되었다. 옴파로스는 그리스어로 배꼽을 의미하며, 델포이 신전이 서 있는 곳이 세계의 중심임을 뜻한다는 글도 덧붙여 있었다.

옴파로스…….

　새뮤얼은 컴퓨터 앞에 앉아서 인터넷 검색에 들어갔다. 옴파로스에 얽힌 이야기보다는 최근 며칠 동안 일어난 일에 대해 알기 위해서였다. 옴파로스를 찍은 사진 몇 장을 찾았다. 새뮤얼이 델포이 성소의 커튼 너머로 언뜻 보았던 것과 같은 대포알 모양이고, 각 표면에는 엮음 장식 같은 것이 있었다. 그리고 무엇보다도 새뮤얼의 추측을 확인시켜주는 기사가 있었다. '세계의 배꼽' 진품이 델포이 박물관에 소장되어 있다면 여러 개의 복제품이 존재한다는 것이고, 그중 금을 입힌 옴파로스가 오래전에 사라졌다가 최근에 발견되어 런던 경매장에서 정확하게 1012만 5000달러에 팔렸다는 내용이었다. 매도인은 고가 골동품을 전문적으로 취급하는 민간회사 아르케오스였는데 의뢰인의 신원을 공개하지 않기로 약속했기 때문에 그 물건을 소장하고 있던 수집가는 익명이었다. 매수인은 일본의 대형은행이었고 거래는 불과 12일 전에 이루어진 일이었다. 12일 전이라니!

　새뮤얼은 arkeos.biz 사이트를 클릭했다가 프론트 페이지에 나타나는 아르케오스의 로고를 보면서 기절할 뻔했다. 어? 양쪽 끝이 벌어진 한 쌍의 뿔 사이에 태양의 원을 그린 문양? 도둑의 어깨에 새겨 있던 U 모양의 이상한 문신이 아닌가! 어떻게 이럴 수가 있지? 새뮤얼은 가슴이 철렁 내려앉았다. 아버지가 아르케오스라는 회사에 팔려고 옴파로스를 훔쳤단 말인가? 그렇다면 아버지가 태양의 돌을 사용해서 델포이로 갔다가 아테네 사람들의 보물창고를 부수고 옴파로스를 훔친 다음 현재로 돌아와서 팔아먹었다는 얘기잖아. 아버지가 알 수 없는 함정에 빠진 것이 아닌 한…… 그렇게 생각할 수밖에 없는 상황이었다.

"도대체 어떤 곤경에 처해 있는 거예요, 아빠?"

점점 더 불안해진 새뮤얼은 그렇게 중얼거리면서 아버지의 검정 수첩을 펼쳤다.

Merwoser (메르워세르) = 0

Calife Al-Hakim (칼리프 알–하킴), 1010

$1000000!

Xerxès (크세르크세스), B.C. 484

L' origine ouvre le chemin

(오리진이 길을 열어준다)

V. = 0

Izmit (이즈미트), 1400?

Ispahan (이스파한), 1386

여전히 오리무중……. 그렇지만 인터넷의 마법 덕분에 새뮤얼은 몇 가지 정보를 얻을 수 있었다. 메르워세르는 야쿱 헤르라고 불리는 이름 외에도 여러 가지 이름으로 쓰이는 제15왕조, 즉 힉소스 민족의 파라오 중 한 사람이었고, 알-하킴은 1010년경 근동아시아를 지배한 군주였고, 크세르크세스는 그리스와 십수 년 동안 전쟁을 벌였던 페르시아 황제였다. 그리고 이즈미트와 이스파한은 각각 터키와 이란의 도시였다. 그렇다면 아버지가 여기에 적힌 시대의 나라들을 다 갔었다는 뜻일까? 아니면 앞으로 갈 계획이라는 뜻일까? 그럼 브란 성과는 어떤 관련이 있는 거지?

메시지의 내용은 이해할 수 있는 것이 거의 없었다. 무슨 껌 값처럼 적혀 있는 100만 달러! 혹시 세계의 배꼽 옴파로스를 넘기고 아버지가 받는 수수료를 뜻하는 것일까? 아니면 훔치려고 계획하고 있는 또 다른 보물의 값일까? 아버지가 경제적으로 어려움을 겪고 있다는 걸 모르지 않지만 그래도 이건 아닌데……!

새뮤얼은 이 정보들을 컴퓨터에 저장해두기로 하고 옴파로스의 이미지를 복사해서 그림파일에 저장하다가 몇 년 전에 스캔해둔 가족사진 앨범을 보게 되었다. 과거는 너무 고통스러운 일로 남아 있기 때문에 여간해선 앨범을 들춰보지 않았다. 그렇지만 알아낸 사실들을 종합해보건대 아버지가 도둑질했을 거란 믿어지지 않는 의혹 때문에 오늘은 예전의 아버지 모습을 찾아보고 싶었다. 걱정이라곤 없이 마냥 행복하던 어린 시절의 추억이 새록새록 떠올랐다. 컴퓨터 화면에 떠 있는 벨에어의 집, 우윳병을 물려주는 아빠, 장터에서 활짝 웃는 엄마, 크리스마스트리와 선물, 처음으로 갖게 되었던 자전거, 엄마 가슴에 안겨 있는 모습……. 즐거우면서도 엄마가 너무 그리워서 견딜 수 없는 사진들이었다.

그다음 사진에는 앨리시어와 눈사람을 만드는 모습이 담겨 있었다. 토드 가족이 이사 온 지 얼마 되지 않았을 때 찍은 사진이었다. 앨리시어와 새뮤얼은 아홉 살이었다. 그때부터 새뮤얼 옆에는 늘 파란 눈의 귀여운 금발 소녀 앨리시어가 있었다. 2년 동안 둘은 늘 함께 다녔다. 같은 학교, 같은 친구, 같은 책을 소리 내어 읽었고, 영화의 멋진 장면을 반복해서 봤고, 부모님들이 잘 자는지 보러 침실로 올라올 때는 같이 깔깔대고 웃었다. 그러다 새뮤얼의 어머니 엘리사 포크너가 교통사고로 숨을 거두면서 모든 것이 검은 장막에 싸여버렸다. 슬픔과 고통의 우물 속에 빠진 새뮤얼은 어머니와 자신을 연결시켜주는 그 슬픔의 장막을 부수지 않고서는 밖으로 나갈 수 없었다. 아무도, 심지어는 앨리시어조차 만나고 싶지 않았다. 몇 주가 지나면서 새뮤얼의 일상은 완전히 변했다.

어느덧 그렇게 3년이란 세월이 흘렀다. 포크너 부자는 벨에어의 집을 떠났고, 새뮤얼은 앨리시어를 계속 그리워하면서도 만나러 갈 용기를 내지 못했다. 유도경기가 있던 사흘 전 제리 팩스턴의 팔을 잡고 있는 앨리시어를 볼 때까지만 해도. 앨리시어에 대한 사랑은 변함이 없었다. 그래, 앨리시어가 꼭 알아야 할 것이 있어…….
무엇보다도 너무 오랫동안 가슴속에만 품고 있던 말을 하고 앨리
시어에게 용서를 구해야 해. 3년이란 세월을 허비했는데 이번 기회
를 놓친다는 것은 생각할 수 없는 일이었다

　새뮤얼은 시계를 봤다. 오후 4시 30분. 지금이라도 찾아가면 앨
리시어가 만나주지 않을까?

VIII

앨리시어 토드

이사 간 뒤로는 벨에어 동네에 온 적이 없었다. 정원을 굽어보는 널찍한 테라스가 있는 식민지 시대 양식의 하얀 집들을 보면서 새뮤얼은 현기증이 일었다. 변한 것은 아무것도 없는데 어쩌면 이렇게 다르게 느껴질까! 길가에 줄지어 서 있는 단풍나무, 울긋불긋한 작은 숲, 포장도로를 따라 띄엄띄엄 보이는 파란색 우편함, 스케이트보드를 타며 놀다가 숱하게 넘어졌던 보도, 수없이 빙빙 돌았던 가로등……. 그러나 이제는 열 살도 아니고, 학교가 끝난 후 버스를 타고 집으로 가면 '샘, 비타민을 많이 먹어야 돼!' 하면서 자몽-오렌지주스와 좋아하는 과자를 준비해놓고 기다려주는 어머니도 없었다. 오늘 새뮤얼은 이 동네의 이방인이었다. 어릴 적에 살았던 동네일 뿐 이제는 아무 관계가 없는 나그네였다.

새뮤얼은 호흡을 가다듬기 위해 걸음을 멈췄다. 예전에 살던 집은 거리 모퉁이에서 세 번째, 초록색 창문의 집이었다. 오른쪽으로 약간 올라가면 앨리시어가 사는 집이 있었다. 새뮤얼이 서 있는 18번지의 집에는 어릴 적 가끔씩 돌봐주던 미스 맥파이가 살았다. 마침 그녀가 장미나무 앞에 전지가위를 들고 서 있었다.

"안녕하세요?" 새뮤얼이 울타리 너머를 향해 소리쳤다.

미스 맥파이는 누구지? 하는 얼굴로 돌아섰다.

"무슨 일이니?"

"저예요, 새뮤얼. 새뮤얼 포크너예요."

"새뮤얼 포크너?" 미스 맥파이는 안경을 고쳐 쓰면서 뚫어져라 쳐다봤다. "어머나, 정말 새뮤얼 포크너구나!"

미스 맥파이는 그냥 뻣뻣한 자세로 말을 이었다.

"몰라봤어! 근데 여긴 무슨 일로 왔니? 이사 간 지 삼사 년 됐지?"

"네, 삼 년 됐어요."

새뮤얼은 인사말치고는 냉랭하게 느껴져서 내심 섭섭했다.

뭘 기대했단 말인가? 동네 사람들이 "할렐루야! 샘이 돌아왔다!" 하고 외치면서 거리로 달려나오길 기대했단 말인가!

"정말 슬픈 일이었어." 미스 맥파이가 탄식하듯 말했다. "이렇게 몰라보게 컸으니 잊을 때도 되었지. 네 나이에는 다른 관심사가 많겠지?"

미스 맥파이는 어색한 미소를 지으면서 한 손으로 화려한 보석

목걸이를 꽉 쥐었다. 눈이 부시게 번쩍거리는 보석은 정말 눈길을 끌긴 했다. 그걸 보면서 새뮤얼은 속으로 말했다. '역시 기대를 저버리지 않는군. 어찌나 보석을 좋아하는지 아버지가 미스 보석이라는 별명으로 부를 만해.' 새뮤얼은 그녀가 귀한 목걸이를 날치기 당할까 경계하는 것이 아닐까 하는 의문이 들었다.

"네, 많죠. 그럼 다음에 또 뵐게요, 미스 맥파이."

"그래, 또 보자!"

그렇게 대답하면서 미스 맥파이는 아무 일도 없었다는 듯이 장미나무를 향해 돌아섰다. 예전에는 정말 사이가 좋은 이웃이었는데…… 섭섭하기도 하고 실망스럽기도 했다. 새뮤얼의 어머니 엘리사가 사고를 당하던 날, 미스 맥파이는 병원에 입원해 맹장수술을 기다리는 새뮤얼을 문병하러 왔었다. 초콜릿 한 상자를 선물로 가져와 놓고는 반짝이 종이로 싼 초콜릿을 먹고 싶은 유혹을 참지 못해 날름날름 집어먹던 미스 맥파이의 모습이 떠올랐다.

실망을 삼키면서 새뮤얼은 앨리시어의 집까지 걸음을 재촉했다. 골목길을 올라가서 초인종을 힘차게 눌렀다. 대문이 열렸다.

"누구니……?"

앨리시어의 어머니 헬레나 토드였다. 딸 못지않게 아름다운 부인은 딸과 똑같은 금발이지만 이목구비는 덜 또렷했다. 부인은 기억 속의 모습보다는 훨씬 키가 작았다.

“무슨 일로 왔니?” 부인이 상냥하게 물었다.

“저, 저는 새뮤얼 포크너예요.”

헬레나 토드의 눈이 놀라움과 기쁨으로 휘둥그레졌다.

“새뮤얼 포크너! 오, 그래, 샘!”

부인은 새뮤얼을 끌어안고 뺨에 입맞춤을 했다. 새뮤얼은 가슴속에 단단하게 뭉쳐 있던 것이 녹아내리는 느낌이 들었다.

“청년이 다 됐구나! 아버지를 닮아서 미남이야! 키도 이렇게 훌쩍 컸고! 방학이라 이 동네를 둘러보러 왔구나?”

“네, 그리고 여쭤볼 것도 있고요. 저기…….”

머뭇거리는 새뮤얼을 보면서 부인이 미소를 지었다.

“앨리시어를 만나러 온 거지? 나갔는데 늦지 않을 거야. 유도경기장에서 만났다면서?”

앨리시어가 어머니한테 나를 만났다고 말했구나! 나 만났다는 말을 했단 말이지? 야호, 의욕 급상승.

“네, 앨리시어를 만나서 정말 기뻤어요.”

“네가 이겼다는 얘기도 들었어. 잘 지내고 있는 것 같아서 기쁘구나. 어서 들어와!”

새뮤얼은 복도를 지나 거실로 들어갔다. 밝은 빛깔의 목재 벽, 옛날 지도, 마호가니 책장, 하얗게 칠한 마루, 구석구석에 놓인 항해 기구, 가구와 실내장식은 예전과 똑같았다. 가죽소파에 앉은 새뮤얼은 바로 옆의 낮은 테이블을 보는 순간 자주 어울려 술을 마시던 부모님들의 모습이 떠올랐다.

"아버지는 잘 지내시지?"

앨리시어의 어머니가 물었다.

"지금…… 여행 중이세요."

"아, 일 때문에 가셨구나? 서점은 잘되지?"

"네, 괜찮아요."

"네 아버지는 수집가들 사이에서 평판이 좋았으니까 당연히 그렇겠지!" 헬레나는 겸연쩍은 얼굴로 덧붙였다. "사실 우리는 네 아버지 걱정을 많이 했어. 네 어머니가 그렇게 된 후 앨런은 마음의 문을 닫아버렸어. 외출도 안 하고, 말도 안 하고, 우리를 만나지도 않았지. 아무리 고집을 피워도 앨런을 혼자 있게 내버려두지 말았어야 했는데……. 그때 억지로라도 우리가 어떻게 했어야 했는데 나중에 난 정말 많이 후회했어. 너를 생각해서라도 그래선 안 되는 건데. 열 살, 열한 살 소년으로서는 감당하기 힘든…… 슬픈 일을 당했는데 너까지 외톨이로 내버려두다니. 우리가 꼭 해야 할 일을 못했다는 것이 내내 마음에 걸렸어. 나를 너무 원망하지 않기를 바란다……."

새뮤얼은 뭐라고 말해야 할지 난감했다. 그토록 좋아하는 앨리시어까지 외면한 채 그 무엇으로도 달래줄 수 없는 슬픔 속에 스스로 자신을 가두고 문을 닫아버린 것이었는데…….

"걱정하지 마세요, 괜찮아요."

헬레나는 새뮤얼을 뚫어지게 쳐다보면서 물었다.

"눈가에 멍이 들었잖아? 어쩌다 그랬니?"

"아, 이거요? 유도하다가 조금 다쳤어요."

"음, 그랬구나. 근데 아까 나에게 질문이 있다고 했지?"

질문? 아, 아까 그렇게 핑계를 댔지, 참!

"사실은 상당히 신기한 일이 있어서요. 며칠 전에 텔레비전에서 플랑드르 화가들에 관한 방송을 했거든요. 제일 좋아하는 과목이 미술이라 관심을 갖고 보는데 아마 믿기지 않으시겠지만 앨리시어의 얼굴을 빼닮은 초상화가 있었어요."

헬레나는 이해할 수 없다는 표시로 두 팔을 벌렸다.

"우연이겠지!"

"저도 처음에는 그렇게 생각했어요. 그런데 그 젊은 여인의 초상화는 한스 발투스라는 이름의 아버지가 그린 것이며, 나중에 반 토드라는 사람과 결혼했다는 설명이 있었어요."

"반 토드? 내가 알기로 남편의 조상 중 한 분이 반 토드였는데……. 대서양을 건너오면서 귀족혈통을 나타내는 '반'을 없애버렸다고 들었어. 하지만 벨기에의 플랑드르 출신이라는 건 확실해. 내 기억이 맞는다면 집안에 한두 분의 화가가 있었어. 그 초상화는 어땠니?”

새뮤얼은 기름과 장뇌유 냄새가 진동하는 발투스의 공방에서 포즈를 취하는 앨리시어 토드의 먼 조상인 이제르를 떠올렸다. 이제르의 초상화에서 손을 그리는 정도였지만 결과에 대해서는 자랑스럽게 여겼었다.

“아주, 아주 잘 그린 작품이었어요. 검정 벨벳드레스에 모자를 쓰고 있었고…….”

그 순간 초인종 소리가 울렸기 때문에 새뮤얼은 말을 멈췄다.

“앨리시어가 왔나보구나. 우리 앨리시어를 깜짝 놀라게 해줄까?”

두 사람이 현관 쪽으로 가는데 앨리시어가 문을 열고 들어섰다. 그러나 앨리시어 혼자가 아니었다. 제리 팩스턴이 앨리시어 어깨에 팔을 두르고 있었다. 새뮤얼은 누그러져 있던 가슴이 단번에 굳어버리는 것 같았다. 앨리시어가 놀란 얼굴로 새뮤얼을 쳐다보고 있는 반면에 제리는 노골적으로 불쾌한 표시를 냈다.

“포크너, 도대체 너 여기서 뭐 하는 거야? 돌았나?”

앨리시어의 어머니가 나섰다.

“제리, 너 무슨 말을 그렇게 함부로 하니? 내가 보고 싶어서 초대했는데…….”

당황한 팩스턴은 앨리시어와 토드 부인에게 돌아가겠다고 인사를 하더니 툴툴거리면서 도망치듯 떠났다.

"엄마, 브라보! 제리가 이틀 동안은 나를 들볶게 생겼으니!"

앨리시어가 발끈했다.

"친구가 집에 오는 걸 저렇게 대놓고 싫어하는 애라면 당장 만나지 않는 게 낫겠다!" 어머니가 응수했다. "둘이 만났으니 난 나가볼게. 할 말이 많을 텐데. 네 오빠가 내일 할아버지 댁에 가기 때문에 셔츠를 사야 하거든. 샘, 우리 집에 와줘서 정말 기쁘구나. 언제든 놀러오렴!"

헬레나가 따뜻하게 새뮤얼을 안아주는 동안 앨리시어는 이층으로 올라가고 있었다. 층계를 다 올라간 앨리시어가 고맙게도 돌아보면서 말했다.

"뭐 하고 있어? 빨리 올라오지 않고?"

앨리시어의 방은 릴리의 방과는 전혀 달랐다. 보랏빛과 장밋빛 일색도 아니고, 엘프 전사 모습의 올랜도 블룸 포스터도, 장난감도 없었다. 벽에는 유명한 스타의 포스터가 아니라 흑백사진 수십 장이 붙어 있었다. 사람들로 붐비거나 텅 빈 거리를 찍은 풍경 사진, 농기계 사진, 동물 사진, 클로즈업한 과일 사진, 자화상을 찍은 사진, 학교 친구들과 찍은 사진…… 게다가 침대 머리맡 위에는 확대한 제리의 사진이 붙어 있었다.

"너 사진 찍는 게 취미야?"

새뮤얼이 의외라는 얼굴로 물었다.

"응, 좀 됐어."

앨리시어는 마지못해서 대답했다.

"어렸을 때 내가 맞은편 집으로 피자를 배달하게 했던 장난 기억
나? 그때 배달원과 주문하지 않은 피자 열네 판을 받고 황당해하는
로저 아저씨의 얼굴을 사진기로 찍었거든. 사진을 찍게 된 건 그때
부터인 것 같아."

새뮤얼은 그 에피소드는 물론 장난친 것 때문에 모든 배달원에게
사과를 하던 앨리시어의 모습도 또렷이 기억하고 있었다.

"사진들이 다 좋아. 잘 찍었네!"

새뮤얼은 좀 더 그럴 듯한 말로 앨리시어의 솜씨를 칭찬하고 싶
었지만 고작 '잘 찍었네!' 라는 말밖에는 떠오르지 않았다. 난 왜 이
렇게 말주변이 없을까!

새뮤얼이 침대 가장자리에 앉는 사이에 앨리시어는 콤팩트디스
크 플레이어에 화이트 스트라입스의 CD를 집어넣었다. 그러고는
빨간색 소파에 앉아서 창 밖의 정원을 바라보았다. 잭 화이트의 기
타 연주를 시작으로 세븐 네이션 아미(Seven nation army)가 흘러
나왔다.

세 번째 곡으로 넘어갈 때 앨리시어는 작정한 듯 드디어 입을 열

었다.

"구체적으로 뭘 원하는 거야, 샘?"

"뭘 원하느냐고?"

"지난주에는 체육관에서 느닷없이 나한테 말을 걸었어. 그리고 오늘은 집에까지 찾아오고……. 3년 동안 죽은 듯이 감감무소식이 더니 갑자기 왜 이러는데? 그러니까 뭘 원하느냐고 물을 수밖에!"

앨리시어가 이러는 건 당연한 일이야. 다시 만나는 것이 쉬울 거라고는 생각하지 않았다. 근데 무슨 말로 시작해야 할까?

"미안해. 정식으로 사과하지도 않고 불쑥 나타나서……. 몇 년 동안은 단 1분이라도 내게 행복을 허락한다면 그건 엄마를 배신하는 것이라고 생각했어. 엄마가 겪은 고통의 십 분의 일, 백 분의 일이라도 받아야 한다고 생각했으니까. 이해할 수 있겠어? 난 그렇게 믿었어. 그리고……."

"그럼 나는? 그동안에 나는 어떻게 되었는데?"

"용서해줘, 앨리시어, 나로서는 어쩔 수가 없었어."

"내가 무슨 생각을 했는지 네가 알아? 엄마가 돌아가신 것에 대해 네가 나를 원망하고 있다고 생각했어. 내가 우리 집에서 자고 가라고 붙잡았는데 네가 급성 맹장염에 걸렸잖아. 내가 고집 피우지 않았다면 너는 아프지 않았을 수도 있어. 그랬으면 네가 병원에 가지도 않았을 테고, 네 엄마가 병원에 오려고 운전할 필요도 없었을 테고……."

앨리시어는 오랫동안 가슴속 깊이 억누르고 있었지만 여전히 생생하게 남아 있는 감정을 폭발시키고 있는 것이었다.

"사고도 일어나지 않았겠지."

"그건 말도 안 돼!" 새뮤얼은 황당한 얼굴로 말했다. "어떻게 그런 터무니없는 생각을 했어? 네 탓이 아냐! 절대로! 난 그런 생각을 한 적이 없어, 결코! 만약 그게 누군가의 잘못이라면 내 잘못일 뿐이야! 내가 맹장염에 걸리지 않았다면 아무 일도 없었을 테니까! 내가 좀 더 참아야 했어!"

새뮤얼은 자신의 말에 놀라서 입을 다물었다. 정말로 엄마의 죽음에 대해 나에게 책임이 있다고 생각했던 걸까?

소파에 앉아서 새뮤얼을 살피고 있는 앨리시어의 얼굴에서 냉랭함이 약간 사라졌다.

"그런 생각을 하면서 지낸 내가 어땠을 것 같아? 난 힘들었어. 정말 너무 힘들었어. 난 너를 좋아했고, 숨기지도 않았어. 매력적인 왕자님을 좋아하는 다른 애들처럼 나도 너를 내 왕자님으로 생각했으니까. 그런데 하루아침에 마치 내가 더 이상 존재하지 않는 사람같이 되어버렸어. 지구에서 사라진 것처럼! 너에게도 참을 수 없는 고통이었겠지만 나에게도 끔찍한 시간이었어."

그 순간 잭 화이트가 부르는 가사가 귀에 들어왔다. **난 어찌할 바를**

모르겠어. 새뮤얼도 어찌할 바를 모르고 있었다.

"샘, 나를 원망하지 마. 난 너를 다시 만날 준비가 되어 있지 않아. 어쨌든 지금은 아냐. 그리고 제리를 만나고 있어. 너도 눈치 챘겠지만 제리는 질투가 심해. 시간이 좀 지난 후에……."

앨리시어가 슬픈 미소를 지었고, 새뮤얼은 지나간 3년이 얼마나 큰 공백인지 실감이 났다.

IX

곰 가죽

담을 뛰어넘어서 정원을 지나 창문을 통해 서점으로 들어간 새뮤얼은 깜짝 놀랐다. 밤사이 포크너 서점에 태풍이 불어닥쳤나……? 활짝 젖혀진 커튼, 엎어진 할로겐 램프들, 뒤집어진 소파, 엄청나게 많은 책이 바닥에 엉망으로 흩어져 있었다. 가슴이 철렁 내려앉아서 출입문 쪽으로 뛰어가보니 자물쇠가 부서져 있고 문이 약간 열려 있었다. 도둑이 들었어! 누군가가 침입했다는 건데……. 박물관에서 동전을 훔쳐간 도둑일까? 아르케오스 골동품 회사와 연관이 있는 도둑이 틀림없어! 그러나 그 순간 새뮤얼은 배 속에서 불덩어리가 솟구치면서 목구멍이 화끈거리는 느낌이 들었다. 아, 태양의 돌! 검은 옷의 남자가 태양의 돌 때문에 온 것이라면?

질겁한 새뮤얼은 지하실로 뛰어내려갔다. 유니콘 무늬가 있는 묵직한 태피스트리를 들추고 비밀의 방으로 들어가서 전등을 켰다.

태양의 돌은 그대로 있었다. 여긴 아무도 들어오지 않았어……. 그
렇다면?

당황한 새뮤얼은 일층으로 올라갔다. 샅샅이 뒤졌는지 서점은 정
말 엉망진창으로 어질러져 있었다. 모조리 열려 있는 서랍, 속을 드
러낸 쿠션, 들춰진 양탄자……. 아버지가 서점을 지키기 위한 방어
용으로 준비해둔 최루탄 중 하나가 라디에이터 밑으로 굴러가 있
었다. 그러나 선반이 모두 비어 있는 걸 보면 침입자가 관심을 갖고
있는 것은 책인 것 같았다. 표지가 떨어져나간 책들, 차곡차곡 쌓인
책, 아무 데나 내동댕이쳐진 책, 대부분은 열람실 가운데에 쌓여 있
었다. 그렇지만 책이 몇 권이나 없어졌는지는 알 수가 없었다.

새뮤얼은 소파에 털썩 주저앉아서 아수라장을 잠시 바라보았다.
문신의 남자는 도대체 뭘 찾고 있는 걸까? 아버지에 대한 정보? 시
간의 책? 검정 수첩? 장난감 강아지 잰의 엄중한 감시를 받는 스피
커 안에 시간의 책과 수첩을 도로 넣어두길 정말 잘했네. 어쨌든 거
긴 안전하니까.

이제 어떻게 해야 하지? 할머니에게 전화할까? 그건 곧 경찰에 신
고한다는 걸 의미하는데……. 그렇다고 아무것도 하지 않고 있으
면 문신의 남자가 태양의 돌을 손에 넣기 위해 분명히 다시 침입할
것이다.

새뮤얼은 어떻게 할까 생각에 잠겼다. 아버지를 찾아 다시 떠날

생각으로 서점에 온 거였잖아. 동전 일곱 개를 확보하려면 두 개를 더 찾아야 해. 동전 두 개를 갖고 떠나면 한두 번 왕복한다고 해도 현재의 시간으로는 몇 시간에 불과해. 설마 아르케오스의 남자가 대낮에 서점에 들어오는 위험한 짓이야 못하겠지. 잘하면 저녁이 되기 전에 동전 일곱 개를 손에 넣을 수 있을 거야. 그다음에 필요한 조치를 하면 돼. 할머니에게 알리고 경찰에도 신고하고…….

일단 결정을 내린 새뮤얼은 의자로 출입문을 막아놓고, 시간 여행을 위한 포크너 패션으로 갈아입었다. 이어서 비밀의 방으로 내려가서 태양의 돌 앞에 꿇어앉았다. 동전 두 개―박물관의 동전과 델포이의 동전―를 구멍에 집어넣고 아랍 글자가 새겨 있는 동전을 태양문양 중앙에 올려놨다. 미세한 진동이 느껴질 때까지 잠시 기다렸다가 돌의 우툴두툴한 둥근 면에 손을 얹는 순간 지하실에서 발소리가 들렸다.

"새미?"

새뮤얼은 돌에서 손을 떼려고 애를 썼지만 자력이 이미 작동하고 있어서 손가락이 떨어지지 않았다.

"새미? 릴리야…….”

마지막 말은 태피스트리 들추는 소리와 문 열리는 소리에 묻혔다.

"새미, 기다려! 경찰이 와서…….”

새뮤얼의 팔이 점점 뜨거워지고 있었다. 새뮤얼은 빨려들지 않기 위해 두 다리에 힘을 주고 버텼지만 혈관을 따라 불덩어리가 퍼지고 있었다.

"안 돼! 지금 떠나면……."

화끈거리는 어깨를 잡는 릴리의 차가운 손을 느꼈지만 새뮤얼은 이미 허공 속으로 빨려들고 있었다.

새뮤얼은 무언가가 등에 달라붙어 있는 것 같은 느낌을 받으면서 무겁게 착륙했다. 구역질을 참으면서 벗어나려고 몸을 움직이던 새뮤얼은 깨달았다. 등에 달라붙은 것은 사람? 누군가가 몸을 움츠린 채 울먹이다가 딸꾹질을 했다.

"일릴?"

릴리가 신음소리를 내면서 옆으로 굴러가더니 토하려고 고개를 돌렸다. 어두컴컴한 곳이라서 축축하고 서늘한 땅바닥에 쭈그리고 앉은 모습만 어렴풋이 보였다. 릴리가 여기서 뭐 하는 거지? 어떻게 따라왔을까? 이런 기적 같은 일이 일어나다니! 태양의 돌은 1미터도 떨어지지 않은 곳에 보이는데 두개골같이 생긴 것과 너덜너덜한 털가죽에 파묻혀 있었다. 그 뒤로 좀 떨어진 곳에 놓인 투박한 토기에서 불꽃이 어른거렸다. 새뮤얼은 불길한 느낌이 들었다.

"아하흐르그!"

릴리가 비틀거리면서 일어났는데 새뮤얼이 아이오나 섬으로 첫 번째 시간 여행을 하게 되었을 때 입던 것과 같은 잠옷 차림이었다. 새뮤얼이 얼른 다가갔다.

"일릴! 아타?"

도대체 왜 자꾸 이런 말이 나오지? 입에서는 연거푸 생각지도 않은 이상한 말만 튀어나오고 있었다.

릴리가 울면서 돌아섰다.

"아미! 아타 나?"

릴리의 얼굴이 고통과 억누를 수 없는 공포 때문에 일그러져 있었다.

"일릴, 몸 나!" 새뮤얼은 사촌을 안심시키려고 애를 썼다.

그러나 알 수 없는 소리밖에 표현할 수 없기 때문에 릴리를 달래 줄 수 없는 새뮤얼은 두 팔로 감싸면서 꼭 끌어안았다.

"아미, 아미!" 릴리는 흐느끼고 있었다.

약간 진정이 되자 릴리가 태양의 돌을 가리키면서 새뮤얼의 소매를 자꾸 잡아끌었다. 심각한 상황인데도 새뮤얼은 당장 떠날 생각이 없었다. 동전 때문에 위험을 무릅쓰고 이런 모험을 한 건데 빈손으로 떠나는 것은 있을 수 없는 일이었다. 더구나 돌아갈 수 있게 도와줄 릴리가 현재에 없는데 어떻게 돌아가지? 무턱대고 일을 저지르기 전에 심사숙고해야 했다.

새뮤얼은 공기의 흐름에 따라 암벽에 반사되는 토기램프 불빛을 향해 부드럽지만 단호하게 릴리를 잡아끌었다.

"느골?" 릴리가 물었다.

"느골." 새뮤얼이 동의했는데 동굴이라는 표현을 하기 위해 떠올린 유일한 말이었다. 사실 정확하게 말하면 동굴이라기보다는 '바람막이 대피소' 같은 곳이었다.

그때였다. 동굴의 벽에서 뭔가가 살아 움직이는 것 같았다. 황소인가, 들소인가? 아무튼 흑연으로 그린 동물이 불빛에 따라 암벽에서 어른거리기 시작했다. 그 맞은편에 커다란 점박이 말 한 마리와 또 다른 들소가 있었다. 암벽에 그려놓은 동물은 다 합해서 여섯 마리였다.

"란그다!" 새뮤얼이 탄성을 질렀다. 분명히 '바위에서 춤추는 동물들의 정령' 이라는 뜻으로 한 말이었는데…….

새뮤얼은 겁이 나면서도 매료되었다. 태양의 돌이 그들을 눈 깜짝할 사이에 아득하게 먼 과거로 데려온 것이 분명했다. 선사시대인가? 지금 그들이 하는 원시원어가 그걸 증명하고 있었다. 새뮤얼은 불안하면서도 흥분이 되었다. 이게 꿈이야, 생시야? 1만 5000년 전? 아니, 2만 년 전의 벽화를 두 눈으로 직접 보게 될 줄이야! 새뮤얼은 조심스럽게 토기램프를 들어서 벽을 비추었다. 마치 포식동물의 공격에 혼비백산한 사슴 떼가 튀어나올 것만 같았다. 그들은 인류 역사상 최초의 걸작품을 보고 있는 것이었다.

"나!" 릴리가 손가락으로 뭔가를 가리켰다.

새뮤얼은 가까이 다가섰다. 사슴의 시커먼 뿔 사이에 태양의 원이 빨갛게 채색되어 있었다. 이상한 모양의 U. 아르케오스 골동품 회사의 로고가 떠올랐다. 새뮤얼은 이제 우연의 일치로 볼 수도, 막연한 유사성이라고 볼 수도 없다는 확신이 들었다.

새뮤얼은 토기램프를 내려놓고 출구 쪽으로 릴리의 손을 잡아끌었다. 20여 미터에 이르는 비탈진 통로를 올라가자 널찍한 방에 이르렀는데 빛이 보였다.

"민고, 아미! 민고!(하늘, 새미! 하늘이야!)"

무너진 흙더미며 석순 등 다양한 장애물을 요리조리 피하면서 새뮤얼과 릴리는 절벽에 위치한 동굴 입구에 이르렀다. 릴리의 말대로 정말 밖이었고, 강물이 내려다보였다. 찬 공기, 우중충한 날씨, 거목들과 물소리, 비죽비죽 솟은 바위, 멀리 보이는 푸른 산…… 자연은 북아메리카에서 볼 수 있는 경관과 비슷했다. 새뮤얼은 한순간 영화 〈쥐라기 공원〉이 떠오르면서 브론토사우로스의 기다란 모가지와 바리오닉스의 날카로운 아가리가 나무들 사이에서 불쑥 튀어나올 것만 같아 으스스했다. 혈거시대*의 사람들에게는 실례가 되겠지만 디노사우로스들과 어우러져 사는 선사시대 인간들과 우

---

* 인류가 아직 집을 짓지 못하고 자연 또는 인공의 동굴 속에서 살던 선사시대.

리 사이에 수천만 년이라는 시차가 있다는 걸 이해해주시길!

새뮤얼과 릴리는 고원으로 올라가는 유일한 통로를 따라가면서 자주 걸음을 멈추고 주변의 움직임을 살폈다. 새소리, 아득히 들리는 동물 울음소리, 설치동물이 덤불을 지나가면서 내는 소리……

바위 더미에서 불쑥 나타나는 갈색 머리를 본 것은 바로 그 순간이었다. 동물이 주둥이를 내밀고 냄새를 킁킁 맡고 있었다. 두 사람의 냄새를 맡고 있는 것이었다.

"이그바! 이그바!" 릴리가 소리쳤다.

이번에는 생각하고 말고 할 것도 없이 곰이 확실했다. 그것도 덩치가 엄청난 큰곰!

"느골!(동굴!)" 새뮤얼이 외쳤다.

울퉁불퉁한 길이라 돌부리에 차인 발이 아파서 죽을 지경이지만 둘은 정신없이 되돌아갔다. 뒤에서 곰이 어찌나 크게 으르렁거리는지 새들이 찍소리도 내지 못하거나 푸드득 날아갔다. 덩치치고는 놀라울 정도로 날렵하게 쫓아오는 곰의 울음소리가 맹위를 떨치는 천둥처럼 하늘을 가득 메웠다.

"니타, 일릴, 니타!(빨리!)" 새뮤얼이 재촉했다.

두 사람이 동굴에 이르렀을 때 곰은 불과 20여 미터 뒤에 있었다. 다행히 몸무게 때문에 흙더미가 무너져 내리면서 곰이 중심을 잃었다.

"크르르르릉!" 성난 곰이 신음소리를 냈다.

릴리와 새뮤얼은 헐레벌떡 동굴로 뛰어들어갔다. 큰 몸집 때문에 곰이 들어올 수 없기를 바라면서 어림잡아 태양의 돌이 있는 쪽의 통로로 향했다. 약간 밝은 공간으로 내려가면서 새뮤얼은 원시적인 토기램프를 집어들고 숨을 만한 곳을 찾기 위해 두리번거렸다. 동굴의 천장은 기복이 심하고 울퉁불퉁해서 군데군데 움푹 파인 구멍이 보이지만 숨을 만한 곳은 아니었다. 태양의 돌을 사용해서 떠날 수도 있지만 새뮤얼은 돌이 작동하려면 시간이 약간 걸린다는 걸 경험상 알고 있었다. 그건 너무 늦어……. 게다가 태양문양에 동전을 올려놓더라도 릴리가 따라올 거라고 어떻게 확신하지? 혹시라도 잘못되면? 안 돼, 성난 곰이 달려들려고 하는 위험한 곳에 릴리만 혼자 둘 수는 없어!

"아미!"

릴리가 새뮤얼에게 위쪽을 보라는 신호를 보냈다.

"으흐으으으웅!"

멀리서 곰이 질러대는 울음소리가 메아리가 되어 쩌렁쩌렁 울려 퍼지고 있었다.

오랜 세월 동안 흘러내리는 물에 파인 천연굴뚝 같은 것이 보였다. 새뮤얼은 가까이 다가가서 살폈다. 지름 50센티미터쯤 되는 굴뚝이 수직으로 뻗어 있었다. 손으로 사다리를 만들어주면 릴리가 충분히 올라갈 수 있을 것 같았다.

"일릴! 니타!"

무슨 말인지 이해한 릴리는 새뮤얼이 받쳐주는 두 손에 한 발을 올린 뒤에 재빠르게 다른 한 발로 새뮤얼의 어깨를 딛고 올라섰다. 새뮤얼은 다리가 후들거려서 암벽에 기대고 서야 했다.

곰이 더는 으르렁거리지 않고 있었다. 그러나 숨소리가 들리는 것으로 보아 곰이 그들의 냄새를 맡고 있는 것이 틀림없었다. 게다가 바위에 몸을 비벼대는 소리가 난다는 것은 통로를 찾았다는 것인데……. 그렇다면 아주 가까이 있다는 뜻이잖아.

"니타, 일릴!" 새뮤얼의 얼굴이 일그러졌다.

어깨를 짓누르던 무게가 가벼워지는 순간 들이닥친 곰이 포효했다. 키가 3미터에 이르는 거대한 곰이 소름 끼치는 갈퀴발톱을 세우며 사나운 눈을 번뜩이고 있었다. 뒷발로 일어서서 암벽을 북북 긁어대는 곰을 보면서 새뮤얼은 아찔했다. 이제, 죽었구나.

"니타, 아미!" 릴리가 속삭였다.

그러나 새뮤얼은 손 하나 까닥할 수가 없었다.

사냥감이 빠져나갈 데가 없는 걸 확인한 듯 거대한 몸집의 곰이 2미터 앞으로 어슬렁어슬렁 다가왔다. 근데 쟤, 걸음걸이 좀 봐, 아주 여유 만만 그 자체네. 인사하러 오는 것은 아닐 테고…….

새뮤얼은 덜덜 떨리는 손으로 간신히 토기램프를 휘둘렀지만, 곰이 눈 하나 깜짝하지 않는 것이 그 정도로 내가 무서워할 줄 알고? 하는 얼굴이었다. 곰이 두개골과 털가죽을 뒤집어쓴 태양의 돌을 발견한 것은 그때였다. 그걸 보는 순간 곰은 이해할 수 없을 정도로 흥분했다.

"으흥으흐흐으으웅!"

태양의 돌을 향해 돌진한 곰이 빨래방망이 같은 발로 이리 치고 저리 치자 동굴의 암벽이 크게 진동했다. 콰르릉! 콰르릉! 곰이 마치 철천지원수를 만난 듯 태양의 돌을 공격했다. 저러다 박살 나게 생겼어!

새뮤얼은 마침내 무기력 상태에서 벗어났다.

"노운카이그바!(여기 곰이 나타났다!)"

새뮤얼은 목이 터져라 외쳤다.

그제야 새뮤얼이 기억났는지 냅다 달려온 곰이 쓱 한 번 쳐다보고는 새뮤얼의 얼굴을 박살 낼 듯이 갈겼다.

"난가다이그바 곤카!" 뒤에서 우렁찬 목소리가 외쳤다.

곰이 머리를 홱 돌렸다. 그 순간 새뮤얼은 머리털이 덥수룩한 남자가 곰을 향해 창 같은 것을 날리는 걸 보았다. 그런데…… 갑자기 동굴의 천장이 무너지는 느낌이 들고 순식간에 주위가 칠흑 같은 어둠에 잠겼다.

"이그바 나카탐……."

새뮤얼은 한쪽 눈을 살짝 떴다. 어두컴컴했다. 새뮤얼은 땅바닥에 누워 지독한 냄새가 나는—썩은 고기 냄새라고 할까—동물 가죽을 턱까지 덮고 있었다. 동굴 입구에 모닥불이 훨훨 타고 있어서 춥지는 않았다. 모닥불 주위에 여러 사람이 모여 있었다. 여기서는 벌거숭이로 다니는 것이 유행인가? 이마, 귀, 다리, 팔…… 온몸이 털로 덮여 있었다. 영화 〈스타워즈〉의 추바카* 가족인가?

"이그바 문 문!" 남자 목소리가 말했다.

그들이 혀 차는 소리를 내면서 고개를 끄덕였다. 새뮤얼은 무슨 말인지 이해하려고 애를 쓰면서 귀를 기울였다.

"내가 채색의 돌을 훔치고 있었어. 바위에서 춤추는 동물들에게 혈색과 털을 칠해주려고. 그때 '두발로-서서걷는-수컷' 이 으르렁, 으르렁거렸어—이그바 문 문. 그 소리가 동물들의 정령이 숨어 있는 동굴에서 들리더라고."

남자는 아주 긴박한 순간이었다는 뜻으로 상황을 묘사했다.

털가죽을 덮은 새뮤얼은 팔다리가 묶여 있음을 알아차렸다. 포로로 잡혀 있는 것이었다. 새뮤얼은 팔꿈치를 괴어 몸을 약간 일으키고 눈으로 릴리를 찾았다. 모닥불 주위에 남자와 여자 열댓 명이 모

* 영화 〈스타워즈〉에 등장하는 한 솔로의 우키족 친구로 갈색 털북숭이.

여 있는데 아무리 살펴봐도 릴리의 모습은 보이지 않았다. 어떻게 된 거지? 릴리도 붙잡힌 걸까? 아니면 도망쳤을까? 릴리는 내가 죽었다고 생각했을까? 태양의 돌이 무사하면 돌을 사용해서 현재로 돌아갔을 가능성도 있어…….

"그래서 꼬챙이를 집어들었지." 남자가 다시 말을 이었다. "그림의 마법이 춤추는 동물들에게 숨결을 불어넣지 않았다면 나는 발각되었을 거야. 정령들의 동굴에서 이그바가 어머니-돌을 박살 내버릴 듯 내리치고 있더라고!"

곰이 어머니-돌을 깨부수려고 했다는 말에 분노한 사람들이 혀를 차는 소리가 났다. 눈이 어둠에 익숙해지자 새뮤얼은 몇 미터 떨어진 데에 엮어놓은 나뭇가지에 널린 곰 가죽을 발견했다. 곰은 4등분으로 나뉘어 있었고, 그중 한 덩어리의 살코기가 동굴 안의 안전한 곳에 매달려 있었다. 웩, 그래서 이렇게 역한 냄새가 진동하는 건가!

"이그바가 어머니-돌에 씌운 털가죽을 벗겨버렸어! 이그바는 그림의 마법이 힘을 발휘하지 못하도록 어머니-돌이 차가워지길 바랐던 거야!"

그 해석에 동의하는지 부족이 모두 이그바를 향해 주먹질을 하는 것으로 불만을 표시했다. 싸늘하게 죽어서 대답하려야 대답할 수 없게 된 곰을 향해.

118

"꼬챙이가 이그바의 배를 깊숙이 꿰뚫고 들어갔어. 으르렁, 으르렁 생난리를 쳤지. **이그바 문 문.** '두발로-서서걷는-수컷' 이 뒤로 벌렁 나자빠졌는데 그 순간 흰둥이를 발견했어."

모든 시선이 일제히 자신에게 향하는 순간 새뮤얼은 아슬아슬하게 눈을 감고 잠들어 있는 체했다.

"튼튼-이빨, 네가 가서 데려와." 남자가 명했다.

새뮤얼은 이내 몸이 들리고 등을 묶은 끈이 풀리는 걸 느꼈다. 새뮤얼이 힘들게 깨어나는 시늉을 하자 의아한 듯 혀를 차는 소리가 들렸다. 튼튼-이빨이 새뮤얼을 들쳐업고—얼마나 가볍게 업는지—부족이 모여 있는 곳으로 가서 모닥불 부근에 앉혀놓자 사람들이 다가와서 몸을 여기저기 만졌다. 공포영화 〈살아 있는 시체들의 밤〉의 한 장면을 라이브로 보고 있는 착각이 들 정도로 소름이 끼쳤다. 사람들이 기름 냄새를 풀풀 풍기면서 스스럼없이 새뮤얼의 머리털을 잡아당기고 살을 꼬집어보다 매끄러운 살갗에 놀랐다. 그러고는 입술을 벌리고 혀를 건드리고, 발가락을 벌려보면서 이토록 보들보들한 발로 어떻게 걸어다닐까, 하는 표정으로 반감이 섞인 놀라움의 탄성을 질렀다.

얼마 후, 이야기꾼이 설명을 끝내고 새뮤얼에게 물었다.

"흰둥아, 어디서 왔느냐?"

새뮤얼은 입을 다물기로 했다. 그럴싸한 설명을 할 수 없기 때문에 머리 하나가 더 크고 몸무게가 족히 50킬로그램은 더 나가 보이는 장정들을 자극할까 겁이 났던 것이다.

"말을 못하는 게 틀림없어요."

한 여자가 단정적으로 말했는데 부하게 뜬 머리가 어찌나 큰지 핀슨 음악 선생님의 사자머리가 연상되었다. 드라이하다 실패했지만 지각할까 봐 그냥 뛰쳐나온 것 같은 머리를 하고 다녀서 보기만 해도 웃음이 났는데…….

"뛰지도 못하게 생겼어요."

옆에 있는 여자가 새뮤얼의 발을 가리키면서 덧붙였다.

"저렇게 가는 팔로는 '긴-코'를 절대 못 잡지."

뺨에 흉터가 있는 수염 기른 남자가 지적했다.

"우리와는 아주 달라요. 혹시 털이 홀랑 빠진 '두발-쨲쨲이'가 아닐까요?" 처음에 말했던 여자―선사시대판 핀슨―는 한술 더 떴다.

"아니, '두발-쨲쨲이'는 긴 꼬리가 있고, 바람막이-동굴 근처에는 얼씬거리지 않아." 이야기꾼이 반박했다. "게다가 이그바가 정령들의 동굴에 있는 흰둥이를 덮쳤어."

그제야 새뮤얼은 어찌된 상황인지 알아차렸다. 곰한테 깔리면서 기절했던 거야!

그때까지 한마디도 없이 잠자코 있던 노인이 울퉁불퉁한 지팡이에 의지하면서 일어났다.

"경계해야 한다!" 노인은 숨가쁜 목소리로 위협했다. "'먼데서-온-나그네'의 말을 잊었는가? 우리 부족이 아닌데 어머니-돌에 접근하는 놈들은 누구든 다 죽여야 해! 모조리 죽여야 해!"

노인이 두 발짝 걸어와서 새뮤얼의 코앞에서 지팡이를 휘둘렀다.

"그런 놈들은 죽여야 한다. 그렇지 않으면 사냥을 못하게 되고, 나무들이 말라죽으니 우리 부족은 아무것도 먹을 것이 없을 것이다! '먼데서-온-나그네'가 그렇게 말했다! 우리 부족은 그렇게 해야 한다!"

새뮤얼은 무엇이 가장 소름 끼치는 것인지 알 수가 없었다. 흉터가 징그럽게 나 있는 노인의 꿰맨 눈? 아니면 지독한 입 냄새? 아니면 지팡이에 박아넣은 장식문양? 뿔 모양의 시커먼 뼈와 동그란 조가비…… 이게 혹시 이상한 모양의 U를 뜻하는 것일까? 동굴 벽에 그려 있던 사슴에도 시커먼 뿔 사이에 태양이 빨갛게 채색되어 있었잖아!

이야기꾼이 끼어들었다.

"애꾸눈 어르신, '먼데서-온-나그네'가 우리 부족을 방문했을 때 저는 어린애였습니다. 그 뒤로 그 사람은 한 번도 나타나지 않았고, 어른들이 그 나그네는 아주 위험한 사람이라고 말씀하셨어요."

"맞아, 위험한 사람이지. 하지만 힘이 있어!" 노인의 목소리가 높아졌다. "그 사람은 한 눈을 감고도 튼튼-이빨은 물론이고 우리 부족을 모조리 때려눕힐 수 있어. 그러니까 그 사람 말대로 어머니-돌에 접근하는 자는 누구를 막론하고 모두 죽여야 해! 아니면 그 사람이 돌아와서 우리를 죽일 테니까!"

새뮤얼이 입을 열 때라고 생각하는 순간 찢어질 듯 날카로운 소리가 울렸다.

"아니아니이이이!"

사람들이 부리나케 창을 집어드는 사이에 애꾸눈은 꼼짝 못하게 새뮤얼의 멱살을 잡았다.

"이그바아니아니이이이!(곰의 후예다!)"

"바로 위에 있어요!" 선사시대판 핀슨이 가리켰다.

"곰의 후예다!" 목소리가 계속 외치고 있었다. "곰의 후예를 놓아주어라!"

모닥불 2미터 위쪽에 있는 암벽에 갑자기 나타난 뿔난 악마가 한 발을 허공에 내밀고 서 있었다. 사냥꾼이 무기를 들고 겨누자 이야기꾼이 말렸다. 그야말로 흉측한 악마의 모습이었다. 목소리의 날카로운 음색, 몸에 뒤집어쓴 누더기 털가죽, 팔과 턱에서 뚝뚝 떨어지는 피, 머리에 뒤집어쓴 흰곰의 두개골. 모닥불의 오렌지 불빛과 파리한 달빛이 섞인 후광에 휩싸여 있어서일까, 악마의 모습은 소름 끼치도록 무시무시해 보였다.

"곰의 후예를 풀어주지 않으면 너희 부족은 불벼락을 맞을 것이다!"

겁먹은 부족 사람들이 뒷걸음쳤는데 귀와 눈을 틀어막는 사람도
여럿 있었다. 용맹한 사냥꾼도 무시무시한 환영과 싸울 자신이 없
는 것 같았다.

이상한 억양에도 불구하고 새뮤얼은 어머니-돌에 씌워져 있던
두개골-뭔가 했더니 곰의 머리뼈였구나-과 털가죽으로 괴상하
게 치장한 악마가 사촌이라는 걸 대번에 알아차렸다. 릴리가 구해
주러 온 거야!

"놓아주세요, 애꾸눈 어르신!"

이야기꾼이 단호하게 말했다.

노인이 마지못해서 멱살을 놓아주는 순간 새뮤얼은 언덕으로 오
르는 비탈길로 달려갔다. 릴리는 발밑의 겁먹은 무리를 향해 계속
엄포를 놓고 있었다.

"감히 '두발로-서서걷는-수컷' 의 정령을 방해하는 자에게는
불벼락이 떨어질 것이다!"

경고가 적중했는지 아무도 쫓아올 기색이 없기 때문에 릴리와 새
뮤얼은 부리나케 도망쳤다.

"빨리 가자!"

릴리가 어두컴컴한 곳으로 새뮤얼을 잡아끌었다.

둘은 정령들의 동굴까지 내쳐 뛰었다. 태양의 돌 앞에 이르러서

야 릴리는 털가죽과 곰의 두개골을 벗어서 토기램프 옆에 조심스럽게 내려놨다. 릴리의 옷이 피로 얼룩져 있었다. 곰의 피겠지? 새뮤얼은 속이 울렁거렸다.

새뮤얼이 꼼짝하지 않았기 때문에 릴리가 동전 하나를 태양의 돌에 있는 수송의 구멍에 집어넣고 다른 하나를 내밀었다.

"빨리 해, 새미!"

어쨌든 이제는 선택의 여지가 없었다. 새뮤얼은 숫양의 머리를 새긴 동전을 태양문양에 갖다대고 곰이 남긴 자국을 살폈다. 발톱에 부서져나간 돌의 파편들, 곰은 정말로 박살 낼 작정이었던 모양인데…… 왜 그랬을까?

태양의 돌이 충분히 진동했다고 느꼈을 때 새뮤얼은 릴리의 허리를 잡고 꼭 끌어안았다. 그리고 돌의 둥근 면에 손을 올려놨다.

X

노예

새뮤얼과 릴리는 데굴데굴 굴러가다 퍽! 단단한 표면에 부딪혔다. 멀미 때문에 속이 뒤집어진 릴리가 잠시 쭈그리고 있는 사이에 새뮤얼은 어디에 와 있는지 알려고 두리번거렸다. 그들은 천장이 낮은 어두운 방에 있었다. 왼쪽에 나무로 만든 기계 같은 것이 있고, 벽에는 네모난 유리창문이 뚫려 있었다. 새뮤얼은 반투명 유리창에 눈을 바짝 붙이고 들여다봤다. 물이 가득한 커다란 통과 물 속에 잠긴 회전바퀴가 보였다. 방수가 되지 않는지 벽에 물이 방울방울 맺혀 있었다. 조금 떨어진 곳에 정령들의 동굴에 있던 것보다는 훨씬 진보된 모델의 기름램프가 보이고, 망치, 장도리 같은 연장이 바닥에 놓여 있었다. 태양의 돌은 맞은편 벽에 기대고 있는데 습기를 먹은 벽에 두껍게 앉은 질산칼륨 성분의 물질 때문에 태양문양이 보일 듯 말 듯했다.

　새뮤얼은 돌의 구멍에서 박물관의 동전을 회수하고 나서 사촌에게 몸을 숙였다.

　"릴리, 괜찮아?"

　"머리가 아파." 릴리는 입을 닦으면서 중얼거렸다.

　"이제 됐어, 릴리, 성공했어."

　"뭘 성공해?"

　"무사히 빠져나오는 데 성공했어."

　"새미, 라틴어 할 줄 아네?"

　"뭐라고?"

　"지금 라틴어로 말하고 있잖아. 나도 그렇고."

　"글쎄, 이렇다니까!"

　"이게 동시번역 기능이란 말이지? 정말 기가 막히다." 릴리가 미소를 머금은 목소리로 덧붙였다. "라틴어 선생님 앞에서 이렇게 잘하면……."

　릴리는 입을 다물고 귀를 기울였다. 어둠에 잠긴 지하실에서 숨죽인 목소리가 들려오고 있었다. 목소리가 점점 가까워졌다.

　"오빠에게 꼭 해야 할 얘기가 있어, 새미. 현재에서 일어나는 일에 관한 거야."

　"말해봐."

　"경찰이 오빠를 찾고 있어."

“경찰이?”

“응. 세인트메리 박물관 도난 사건 때문에. 사건이 일어난 전시실에서 경찰이 오빠 핸드폰을 발견했어.”

아, 핸드폰! 그걸 까맣게 잊고 있었네!

“경찰이 전화번호를 추적해서 정오경에 할머니 집을 찾아왔어! 오빠 없다고 하니까 경찰이 바렌보임 거리로 가보겠다고 했다는 거야. 엄마랑 수상공원에서 돌아오는 길이었는데 그 소리를 듣고 오빠에게 알려주려고 정신없이 달려갔던 건데. 소식을 전하려고 오빠를 붙잡다가 그만……”

“서점도 도둑을 맞았다는 걸 경찰이 알게 되면 한바탕 난리가 나겠네……”

“그래서 바닥에 책들이 떨어져 있었던 거야?”

“그 문신의 짓이 틀림없어.” 새뮤얼이 고개를 끄덕이면서 말했다. “뭔가 찾으러 온 것 같아. 검정 수첩이나 시간의 책이겠지. 게다가 인터넷으로 찾아봤는데 골동품을 파는 아르케오스라는 회사에서……”

“쉿! 아주 가까이 왔어!”

릴리가 속삭였다.

지하실에서 들려오는 말소리가 점점 가까워지고 있었다.

“여기가 제일 오래된 곳이니 폐쇄할 생각을 하셔야 합니다, 코르부스. 도주하는 자들이 많아지면…….”

“무슨 소리하는 건가?” 다른 목소리가 고함을 질렀다. “한여름이라 이제 손님이 몰려들기 시작했는데! 난 어느 곳도 폐쇄하지 않아! 지금 나를 가르치겠다는 건가? 빨리 수리나 해!”

“이쪽으로 오는데 어떡하지?”

릴리가 또 속삭였다.

이제는 누르스름한 빛이 복도를 비추고 있었다. 새뮤얼은 릴리를 일으켜주고 옷에 묻은 먼지를 털어주었다.

“목욕탕을 개장하지 못하게 도주하는 파렴치한 놈은 용서하지 않겠다, 율리우스. 상황을 깨끗이 처리하지 못하고서도 설마 나한테서 급료를 받아갈 생각은 아니겠지? 아니, 얘들은 또 뭐야?”

기계실로 들어서던 두 남자가 새뮤얼과 릴리를 발견하고 흠칫 멈춰 섰다.

“여기서 뭐 하는 거냐?”

램프를 들고 있는 뚱뚱한 남자가 고함을 질렀는데 토가*를 걸친 대머리였다.

“길을 잃었습니다.”

새뮤얼이 얼른 말했다.

* 고대 로마시민이 입는 겉옷.

코르부스라는 이름의 대머리가 진노한 표정으로 둘의 옷차림을 살폈는데 목욕탕 주인인 모양이었다.

"언제부터 노예들에게 지하실을 멋대로 돌아다니는 것이 허용되었지? 게다가 옷은 어쩌고 속옷 차림이야?"

"그게…… 잃어버렸습니다."

새뮤얼이 대답했다.

"뭐라, 잃어버려?"

대머리 뚱보가 오른손에 들고 있는 지팡이를 쳐들더니 새뮤얼의 종아리를 후려쳤다.

"목욕탕은 첫 번째 손님들을 맞을 채비로 한창 바쁜데 너희는 작업장을 이탈해서 돌아다녀? 이름이 무엇이냐?"

릴리가 빨랐다.

"사무스와 릴리아입니다."

"처음 들어보는 이름이구나." 대머리 뚱보가 지팡이를 흔들면서 말했다. "페트루스가 사들인 노예들이냐?"

"네, 페트루스가 맞습니다."

릴리는 천연덕스럽게 대답했다.

"이런 게으름뱅이들을 너무 비싸게 사지 않았기를 바랄 뿐이다. 요즘은 쓸 만한 노예는 눈 씻고 찾아봐도 없으니! 율리우스, 바퀴를 수리하는 데 반시간은 걸린다면서……. 자넨 빨리 시작해!"

목욕탕 주인 코르부스가 또다시 지팡이로 새뮤얼을 때렸다.

"너희는 가서 일해! 꾸물거리지 말고 어서 꺼져!"

코르부스는 욕설을 퍼부으면서 지하실을 지나 바깥으로 이르는 돌계단까지 그들을 데려갔다.

"맙소사!"

릴리가 속삭였다.

돌계단을 올라가자 원기둥이 줄지은 회랑과 석조 건물로 에워싸인 거대한 마당이었다. 중앙에 초록색 식물이 자라고 있고, 멀리 지붕 너머로는 산과 경사면을 따라 손질이 잘된 밭이 보였다. 해는 그리 높이 떠 있지 않지만 기온은 이미 쾌적했다. 화창한 날이 예상되었다. 흰색 튜닉을 입은 하인들이 이 문에서 저 문으로 바쁘게 들락거리고 있었다. 수건뭉치를 짊어진 하인, 과일 바구니나 항아리를 옮기는 하인……. 코르부스가 오른쪽 건물을 가리키면서 또다시 지팡이로 위협했다.

"어서 빨래방으로 가서 옷을 갈아입고 지체 없이 너희가 일할 곳으로 가거라! 페트루스는 곧 나타날 거야. 지금부터 내가 너희를 엄중히 감시할 거니까 정신 똑바로 차려!"

말 안 들으면 늘씬하게 패주겠다는 듯 코르부스가 둘의 머리 위로 지팡이를 빙빙 돌리고 있어서 새뮤얼과 릴리는 순순히 복종하는 수밖에 없었다.

"어떡할 생각이야?"

빨래방으로 가는 동안 릴리가 나직한 소리로 물었다.

"꼭 동전을 찾아야 해. 태양의 돌이 작동했다는 것은 이 근처에 동전이 적어도 한 개는 있다는 뜻이야. 네 생각에는 여기가 어디인 것 같아?"

"로마 제국의 공중목욕탕인가봐. 곳곳에 있는 건물을 봐도 그렇고. 사람들이 목욕하러 오는 것 같아."

인상 좋은 아주머니가 활짝 웃는 얼굴로 두 사람을 맞았다.

"새로 온 아이들이니?"

"네, 페트루스가 가보라고 했어요."

새뮤얼이 대답했다.

"잘됐구나. 요즘 바빠서 일손이 모자랐는데. 필요한 게 있어서 왔지?"

그녀는 벽을 따라 차곡차곡 쌓은 옷 더미에서 튜닉 두 장을 꺼내서 내밀었다.

"크기는 잘 맞을 거야. 근데 빨리 서두르는 게 좋을 거다. 이제 곧 손님들이 올 시간이니까. 할 일에 대해서는 설명 들었니?"

"아직 못 들었어요."

"어머, 그럼 어쩌나! 게으른 페트루스가 아직 오지 않았으니! 소녀야, 너는 저기 훈련장 끝에 있는 여탕으로 가서 알비나에게 물어

보면 될 거다. 소년아, 너는 바로 옆에 있는 남자 탈의실로 가거라. 늙은 트리말키온이 할 일을 설명해줄 거야."

작업복을 걸치고 나온 새뮤얼과 릴리는 무슨 일을 하게 될지 궁금했다.

"당장 떠나는 게 낫지 않을까?"

릴리가 제안했다.

"안 돼, 다른 동전을 찾아야 해. 생사가 걸린 중요한 거야. 기술공이 바퀴를 수리하고 있잖아. 태양의 돌이 바로 거기 있는데……. 어차피 지금은 위험해."

주랑 현관의 대리석 밑에서 쿵, 하는 소리가 요란하게 울렸다. 좀 전의 대머리 뚱보가 지팡이로 바닥을 내리치는 소리였다. 이어서 냅다 고함쳤다.

"주피터시여! 아니, 너희 아직도 꾸물거리고 있니?"

훗날—아니, 2000년 전에—뭐가 될 거냐고 물었다면 새뮤얼은 주저하지 않고 이렇게 대답했을 것이다. 로마 공중목욕탕에서는 절대 일하지 않겠다고. 언뜻 보기에는 누구나 할 수 있는 일이지만 하다보면 완전히 탈진 상태가 되는 중노동이었다. 손가락 두 개가 없는 흑인 노예 트리말키온이 일의 기본 수칙을 설명했고, 새뮤얼은 그야말로 느닷없이 욕탕에 빠진 꼴이 되었다.

132

새뮤얼은 일단 손님들이 옷을 갈아입는 탈의실에 배치되었다. 손님들이 벗어주는 옷을 받아 칸막이 선반에 넣고 대신 수건을 내어주면 되었다. 쉬웠다. 그러나 지나가다가 새뮤얼을 지켜본 목욕탕 주인은 건장한 체격의 소년에겐 좀 더 힘쓰는 일을 시켜야 한다고 판단한 모양이었다. 그래서 새뮤얼은 사우나의 전신이라고 할 수 있는 온탕 청소를 하게 되었다. 뜨거운 온탕 욕조를 꺼칠꺼칠한 마포로 빡빡 문질러서 닦아야 했으니! 깨끗이 닦이면서 욕조 바닥의 모자이크에 묘사된 그림이 드러났다. 하얀 리라*를 켜는 벌거숭이 연인……. 그런데 악기 모양이 두 개의 뿔 사이에 원이 들어 있는 형상이었다! 아르케오스의 로고가 로마 제국의 욕탕 바닥에 있다니! 이보다 기막힌 일이 있을까!

충격을 받은 새뮤얼은 마포를 떨어뜨리고 트리말키온에게 가서 물었다.

"죄송한데요, 온탕 욕조의 모자이크를 도안한 사람이 누구인지 아세요?"

"리라를 켜는 남녀 그림 말이냐? 몇 년 전에 보수한 거였어. 이곳의 장인인 옥타비우스가 열심히 작업한 것인데 왜 어디 깨진 데라도 있니?"

* 고대 그리스의 작은 현악기. 하프와 비슷하다.

"아니에요, 훌륭한 작품이라 궁금해서요. 공중목욕탕에 저런 그림이 또 있나요?"

트리말키온은 잠시 생각에 잠겼다.

"그런 모자이크는 없지. 온탕에 있는 그거 하나밖에. 아! 다시 생각해보니까 그걸 구상했던 사람은 옥타비우스 수하의 한 기술공이었던 것 같구나. 근데 이상한 젊은이였어. 급료도 받지 않고 하룻밤 사이에 사라져버렸거든. 하지만 그림은 주인의 마음에 들었던 모양이야. 리라는 행복과 번영을 가져다주니까……. 그것이 내가 아는 전부다! 이런! 빨리 네 자리로 돌아가서 일해! 저기 코르부스가 온다……."

대머리 뚱보 코르부스가 정말 걸어오고 있었다. 새뮤얼이 농땡이 피우고 있는 걸 발견한 코르부스는 지팡이를 휘두르면서 격투기장으로 쫓아냈고, 꿈에도 생각지 못한 끔찍한 일을 시켰다. 새뮤얼이 항아리를 들고 30분 동안 돌아다니며 격투나 격구 훈련을 하다가 도중에 볼일 보러 나온 남자들이 갈기는 오줌을 받아서 대형 솥에다 쏟아야 했다. 그러면 세탁하는 사람들이 빨래할 때 사용하기 위해 오줌을 회수해갔다. 옛날에는 오줌으로 빨래를 했다는 얘기를 들어본 적이 있었는데…… 그게 진짜였구나!

다시 말해서 새뮤얼은 이동화장실인 셈이었다.

얼마 후, 유혹을 뿌리치지 못한 새뮤얼이 지하실로 내려가는 계단 쪽으로 눈길을 던졌다. 회전바퀴가 작동하고 있었다. 물탱크에 저장한 물을 욕탕에 공급해주는 역할을 하는 바퀴가 삐걱거리는 소리를 내며 다시 돌아간다는 것은 기술공이 수리를 끝냈다는 건데…….

계단 밑에 이른 새뮤얼은 이내 실망했다. 녹슨 철책이 지하실 출입을 막고 있는 것이 아닌가! 그렇다면 태양의 돌에 접근할 수가 없다는 거잖아. 큰일이네……!

"또 네놈이냐? 여기서 무슨 짓을 하려고?"

새뮤얼을 발견한 코르부스가 고함을 질렀다.

목욕탕 주인이 휘두르는 지팡이에 등을 두 대 얻어맞은 새뮤얼은 가차 없이 공중목욕탕에서 최악의 곳인 보일러실로 쫓겨났다. 아래층에 거인이나 다름없는 흑인 노예 두 명이 땀을 뻘뻘 흘리면서 대형 화덕에 장작을 던져넣고 있었다. 화덕 위에 있는 엄청나게 큰 솥에서 물이 펄펄 끓고 그 뜨거운 증기가 온탕으로 연결되어 물을 데우는 시스템이었다. 푹푹 찌는 것이 지옥이 따로 없었다.

"이 아이에게 일을 시켜! 주인이 어떤 사람인지 똑똑히 알게!"

코르부스가 두 노예에게 엄명을 내렸다.

두 흑인은 잠시 비켜서서 새뮤얼이 장작을 드는 걸 지켜보고 있다가 코르부스가 멀리 사라지자 장작을 빼앗았다.

"탐욕스런 늙은이가 하다하다 이젠 별짓을 다하는군." 한 흑인이 이마를 닦으면서 탄식했다. "이런 불가마 속에서는 오래 견디지 못할 거다. 너는 그냥 거기 있어."

이런 행운도 있네! 기분이 너무 좋은 새뮤얼이 뒤틀린 의자에 앉으려고 할 때였다. 갑자기 바닥이 흔들리기 시작했다. 우르르릉 콰쾅쾅! 새뮤얼은 눈 깜짝할 사이에 뒤로 벌러덩 나자빠졌다.

흑인 노예들이 웃음을 터뜨렸다.

"아이고, 저런! 그렇게 될 줄 몰랐던 모양이구나, 꼬마야! 여기는 땅이 가끔씩 화를 내지! 그래서 땅이 흔들릴 때는 넘어지지 않게 주의해야 한다."

그러나 이어지는 진동은 훨씬 강해서 이번에는 두 흑인도 비틀거리다 벌렁 자빠졌다. 천장에서 하얀 먼지가 떨어지고, 불붙은 장작 여러 개가 화덕 밖으로 튀어나와 나뒹굴었다. 거대한 솥에서 끓는 물까지 철렁철렁 넘쳐흐르고 있었다.

"이번에는 장난이 아닌데!"

키가 더 큰 흑인이 일어나면서 말했다.

"계속 이러면 불을 줄여야지 큰일이 나겠어." 다른 흑인이 말했다. "이러다 불이라도 나면…… 아이고, 그건 막아야지."

그들은 보일러실을 둘러보면서 안전한지 확인하고 나서 목욕탕 주인 코르부스에게 상황 보고를 하러 올라갔다. 목욕하다 놀란 사람들이 허리에 수건을 두른 채로 건물에서 뛰쳐나오고 있었다. 옆

어진 조각상들, 지붕에서 떨어진 기왓장들, 무엇보다도 우르릉거
리는 소리는 계속되고 있었다. 훈련장 중앙에 모인 손님 20여 명이
손가락으로 무언가를 가리키며 웅성거리고 있었다. 산 위로 시커
먼 연기가 뭉게뭉게 피어오르고 있었다.

새뮤얼은 소스라쳤다. 차가운 손이 느껴졌던 것이다. 어? 이건 릴
리의 손인데……. 인기척도 못 느꼈는데 언제 왔지?

"새미, 15분이나 찾아다녔어! 오빠가 어디 있는지 아무도 모르더
라고! 저 산의 이름이 뭔지 알아?"

"아니……."

"베수비오 산이야. 화산 말이야! 새미, 여기는 폼페이야. 우리는
폼페이에 와 있는 거야!"

XI

79년 8월 24일 10시

"불이다! 산에 불이 났다!" 한 여자가 외쳤다.

목욕 손님들과 노예들이 아연실색한 얼굴로 우르르 여자에게 몰려갔다.

"불은 무슨! 저건 그냥 산으로 몰려오는 먹구름일 뿐이오." 목욕탕 주인 코르부스가 여자를 안심시켰다. "어서 욕탕으로 돌아가세요, 플라비아. 겁낼 필요가 전혀 없어요."

"겁낼 필요가 없다고 했소?" 좀 전에 훈련장에서 격구를 하던 남자가 물었다. "내가 이 기왓장에 맞아죽을 뻔했는데!"

남자는 화풀이를 하듯 코르부스를 향해 기왓장을 휘둘렀다.

"마르쿠스, 며칠 전부터 흔들림이 있었다는 걸 잘 알면서……. 하지만 아무 일도 없었지 않소. 우리 목욕탕은 끄떡없어요. 그리고……."

"15년 전에 지진이 일어났을 때는 어땠소? 그때도 위험하지 않았소? 도시의 절반이 매몰되었고, 스타비아 공중목욕탕도 화를 면하지 못했는데!"

당황한 코르부스의 이마에 굵은 땀방울이 맺히기 시작했다.

"우리 목욕탕을 스타비아와 비교하면 안 되지요. 벽을 강화했고, 욕조는 더 견고합니다. 자, 여러분, 제일 먼저 온탕으로 돌아가는 분들에게 최고급 포도주 한 잔을 선물로 드리겠소."

그러고는 코르부스가 노예들에게 말했다.

"너희는 돌아가서 일하라! 뭘 꾸물대느냐, 어서 가서 손님들의 시중을 들어야지!"

손님들 사이에서 동요가 일었다. 햇빛이 내리쬐기 시작했고, 새파란 하늘로 보아 쾌청한 날을 예고하고 있었다. 산에서 예사롭지 않은 연기가 피어오르고는 있지만 이런 날씨에 대재앙이 일어날 줄 어느 누가 상상이나 할 수 있겠는가!

그때 용기를 내서 사람들 가운데로 걸어나간 릴리가 단호한 목소리로 경고했다.

"지금 떠나지 않으면 모두 죽을 거예요!"

하지만 코르부스가 갑자기 따귀를 갈기면서 밀치는 바람에 릴리는 플라비아라는 여자의 발치에 넘어졌다.

"못된 계집애가 어디서 거짓말이야!" 코르부스가 욕설을 내뱉었다. "내가 장담하는데……."

그러나 목욕탕 주인의 위협은 이내 엄청난 폭발음에 묻혀버렸다. 콰르르룽콰쾅! 엄청난 힘으로 베수비오 산 꼭대기가 폭발하면서 집채만 한 바위 덩어리들이 분출하고 있었다. 슝, 슝……! 이상한 소리와 함께 불덩어리들이 파란 하늘에 기이한 궤적을 그리면서 땅바닥에 떨어지고 있었다. 쾅쾅 콰르르룽콰쾅!

"산이 내장을 토해내고 있다!"

"이 아이의 말이 맞아. 우리 모두 죽을 거야!"

"진정하고 잠깐 내 말 좀 들으시오, 여러분." 코르부스가 중재했다. "베수비오 산은 멀리 떨어져 있소! 안심하고 목욕탕으로 돌아가세요!"

그러나 손님 대부분은 이미 목욕할 마음이 싹 달아난 상태였다.

"코르부스, 우리 옷을 내주시오!"

"맞소, 옷을 내주시오!" 여러 목소리가 흥분하여 말했다.

"정 그렇다면 할 수 없죠……."

코르부스가 체념한 얼굴로 대답했다.

그가 늙은 트리말키온에게 열쇠꾸러미를 넘겨주자 손님 대부분이 소지품을 받으러 우르르 몰려갔다. 그때 보일러실을 담당하는 흑인 노예 중 한 명이 코르부스에게 말했다.

"땅이 계속 화를 내면 우리는 가족에게 돌아가겠습니다."

"뭐라?" 목욕탕 주인이 분노로 얼굴이 붉으락푸르락해졌다. "언제부터 노예들이 결정을 내렸나?"

"여기 남아 있으면 여러분은 모두 죽어요." 릴리가 당돌하게 끼어들었다. "폼페이는 이제 곧 잿더미에 묻힐 거예요!"

"또 너야?" 코르부스가 가만 안 두겠다는 얼굴로 위협했다. "한 번만 더 주둥이를 놀리면 지팡이로 네 머리를 날려버리겠다. 잿더미라니! 그리고 또 뭐가 어째? 베수비오는 화산이 아냐. 아무도 그런 소리를 들어본 적이 없어! 모두 당장 제자리로 돌아가! 누구도 밤이 되기 전에는 이곳을 나가지 못한다!"

흑인 노예가 언성을 높였다.

"코르부스! 이 아이의 말이 맞을지도 모릅니다! 땅이 흔들리고 산이 불타고 있는데…… 아무래도 불안해서 우리는 나가야겠어요! 내 딸에게 무슨 일이 있었는지 잊었습니까?"

지팡이가 무시무시한 소리로 공중을 가르면서 노예의 뺨을 갈겼다. 얼굴에 불그죽죽한 자국이 나타나더니 피가 주르륵 흘러내렸다.

"크세논, 플락투스, 트릴치아노!" 코르부스가 호명했다. "디오메데를 중탕 욕실에 처넣고 자물쇠를 채워라. 너희에게 10세스테르티우스를 주겠다! 그리고 너희가 여기 있을 때까지는 이 재수 없는 계집애도 책임져!"

코르부스가 릴리의 팔꿈치를 우악스럽게 움켜잡더니 크세논이란 이름의 건장한 빨간 머리 남자에게 거칠게 떼밀었다. 릴리를 보호하려고 나서던 새뮤얼은 돈을 준다는 소리에 흥분한 하인들에게 곧바로 제압되었다.

"이 녀석도 가두어라! 오늘 아침부터 여기저기 알짱거리고 다니는 것이 눈에 거슬렸어!"

"우박이다!" 옷을 담당하는 여자가 갑자기 소리쳤다. "우박이 떨어진다!"

비쩍 마른 키다리 남자의 손에서 빠져나오려고 발버둥치던 새뮤얼은 뭔가가 목덜미를 맞고 튕겨나가는 것을 느꼈다.

"이건 우박이 아니라 돌멩이다!"

돌멩이가 비 오듯 쏟아지고 있었다. 작은 돌, 꽤 큼직한 돌……대개는 달걀만 한 크기에 우툴두툴한 잿빛 돌이었다. 그런데 생각보다 돌이 가벼웠다.

"저기 좀 봐요! 산이 돌을 토해내고 있어요!"

베수비오 산 위로 뭉게뭉게 피어오르는 시커먼 연기가 도시를 향해 퍼지는데 점점 짙어지고 있었다.

"크세논, 이 세 놈을 가둬라. 그리고 너희는 저 돌들을 주워. 오늘 일이 끝났을 때 훈련장을 말끔히 치워놓아라."

여탕으로 끌려간 디오메데와 새뮤얼, 릴리는 온탕과 냉탕 사이의 중탕 욕실에 갇혔다. 지붕에 부딪혀 후드득거리는 돌멩이 소리에

디오메데는 문짝을 쾅쾅, 두드리면서 소리를 질렀다.

"코르부스, 지옥에나 떨어져라! 내 아내와 딸에게 돌아가야 한단 말이다! 나를 애타게 기다릴 거야! 내 가족에게 무슨 일이 일어나면……."

릴리가 새뮤얼을 잡아끌었다.

"새미, 하늘에서 떨어지는 돌은 경석이야! 경석이 떨어진다는 건 화산 분출이 시작되었다는 신호야! 학교에서 화산 폭발에 대한 다큐멘터리 영화를 본 적이 있거든. 앞으로 몇 시간 후 이 도시는 완전히 잿더미에 묻힐 거야!"

왜 항상 릴리가 먼저 아는 걸까? 특히 이렇게 중요하고 결정적인 일은 한 번쯤 내가 먼저 알아도 좋으련만…….

"몇 시간 후가 확실해?"

"어쩌면 더 빠를 수도 있어. 내가 아는 건 폼페이에서 엄청나게 많은 희생자가 났다는 거야. 불타는 연기가 덮치면서 대부분 화산재에 묻혀 돌덩이처럼 굳어버렸어. 남자, 여자, 아이, 노인 할 것 없이 모두! 수세기 후 잿더미에 매몰된 폼페이를 발굴했는데 사람들이 죽음을 맞을 당시의 모습을 고스란히 간직한 채 굳어 있었다는 거야!"

"또 다른 건?"

"여기서 나가야 해, 새미. 아주 급해!"

"문이 끄떡도 안 하게 생겼어. 문을 통과한다고 해도 철책이 통로를 막고 있는데다 자물쇠로 잠겨 있어."

새뮤얼은 욕실 안을 살폈다. 위쪽에 통로가 보이지만 디오메데의 어깨 위로 올라간다고 해도 닿는 것은 불가능했다. 게다가 아무리 둘러봐도 쓸 만한 것이 없었다. 기름 단지, 몸을 씻는 도구들, 나뒹구는 수건 두 장, 숯을 뒤적거리는 데 쓰는 부지깽이, 욕조에서 멀리 떨어진 곳에 놓인 램프들. 벽은 온통 목욕하는 기쁨을 표현한 그림으로 화려했다. 빠져나갈 구멍이라곤 보이지 않았다. 그들은 완전히 감금되어 있는 것이다.

"코르부스, 죽일 놈아! 이빨이 몽땅 목구멍으로 넘어가서 숨막혀 버려라!" 디오메데가 새뮤얼과 릴리를 돌아보면서 말했다. "내 딸은 너무 허약해서 걸을 수가 없고, 아내는 힘이 딸려서 업을 수가 없는데……. 그것도 다 그놈 때문이야!"

"그 사람이 딸에게 나쁜 짓을 했어요?" 릴리가 물었다.

"그놈이 꽃을 따라고 보낸 발코니에서 내 딸이 떨어졌어. 그런 일을 하기에는 너무 어렸는데! 그 뒤로 아이가 일어서질 못해. 딸아이는 절대 도시를 벗어나지 못할 거야. 네가 말한 게 사실이라면, 베수비오 산이 정말로 불을 뿜어낸다면……."

디오메데는 릴리의 손을 잡고 몸을 숙였다.

"내 딸과 같은 또래로 보이는데 너는 아주 어른스럽구나. 정말로 우리가 모두 죽을 거라고 생각하니?"

"그래도 항상 희망은 있는 법이죠." 릴리가 한발 물러서면서 말했다. "그러나 베수비오 산이 활동을 시작한다면……."

그때 갑작스런 진동이 일면서 벽에 이어 바닥이 몹시 흔들렸다. 그들이 잠시 비틀거리는 사이에 건물에서 삐걱거리는 소리가 났고, 밖에서 집이 붕괴되는 것 같은 엄청난 굉음이 들렸다.

"무슨 소리죠?" 릴리가 물었다.

"남쪽 모퉁이에서 나는 소리 같구나. 물의 성이 부서졌으면 큰일인데……." 디오메데가 대답했다.

"빠져나갈 방법이 없을까요?" 새뮤얼이 다급하게 물었다.

"이 문으로 나갈 수밖에 없는데……."

유심히 살피면서 걸어다니던 디오메데가 갑자기 2미터쯤 떨어진 바닥을 가리켰다.

"여기 포석을 깐 바닥이 갈라져 있구나. 운이 좋으면……. 저기 있는 부지깽이를 가져와라."

새뮤얼이 얼른 뛰어가 화덕 옆에서 쇠로 된 부지깽이를 가져왔다.

"좋은 생각 있어요?"

"이 틈을 넓히면……."

디오메데는 쇠 부지깽이로 포석 몇 장을 깨부수고 날카로운 끝으로 갈라진 틈을 넓혀나갔다. 밖에서는 경석이 점점 더 억수같이 쏟아졌고, 해가 지는 것처럼 어둑어둑해지고 있었다.

"쇠꼬챙이로 나를 좀 도와줘."

새뮤얼과 릴리도 쇠꼬챙이를 들고 포석 밑으로 드러난 오톨도톨한 콘크리트 바닥에 구멍을 뚫기 시작했다.

"땅굴이라도 팔 생각이세요?"

15분쯤 말없이 일하던 새뮤얼이 물었다.

"거의 비슷해! 중탕 욕실과 온탕 욕실은 작은 기둥들이 받치고 있어서 지면 위로 떠 있거든. 기둥 사이를 타고 흐르는 보일러실의 뜨거운 공기가 욕실을 적당한 온도로 유지해주고 있지. 그 기둥 사이의 공간으로 들어갈 수만 있으면 빠져나갈 수 있는데……. 벽돌이 보이는 걸 보니 거의 다 된 것 같구나!"

디오메데는 새뮤얼과 릴리에게 물러서 있으라고 하고는 나무꾼처럼 여차, 여차! 소리를 내면서 부지깽이로 벽돌에 구멍이 뚫릴 때까지 내리치고 또 내리쳤다. 흙 냄새를 풍기는 뜨거운 증기가 얼굴에 확 끼쳤다.

"이쪽으로 나가는 게 위험하지 않을까요?"

"보일러실 불이 꺼져 있어서 너희는 무사히 나갈 수 있을 거다."

"우리요?"

"그래, 너희. 너희는 날씬하니까 빠져나갈 수 있어. 나는 너무 뚱뚱해서 오도가도 못할 거야. 자, 아직은 충분하지 않으니까 어서 구멍을 더 뚫어야지!"

10분쯤 더 파내자 새뮤얼과 릴리가 가까스로 빠져나갈 수 있는 구멍이 났다.

"램프를 갖고 가." 디오메데는 용기를 북돋으면서 아이들을 떠밀었다. "이제 안으로 들어가, 어서!"

"어떻게 우리만 가요? 그럼 아저씨는 어떡하고요?"

릴리가 반박했다.

"걱정 마라, 결국은 저들이 문을 열어주겠지."

디오메데가 애써 미소를 지었지만 새뮤얼과 릴리는 알고 있었다. 코르부스가 디오메데를 풀어줄 리 없다는 것을.

"어서 가! 왼쪽 벽을 따라가다보면 뚜껑 문에 이를 거다. 나무로 되어 있으니까 발로 힘껏 차면 될 거야. 그리고 혹시라도 내 아내와 딸을 만나거든 사랑한다고 전해다오."

"부인과 딸도 틀림없이 아저씨를 사랑하고 있을 거예요."

디오메데의 희생정신에 가슴이 뭉클해진 새뮤얼이 울먹이듯 말했다.

마지막으로 작별의 포옹을 하고 나서 새뮤얼은 엎드렸다. 구멍으로 머리부터 집어넣고 미끄러지듯 내려가자 이내 손가락이 다져진 흙에 닿았다. 가까스로 움직일 수 있는 공간이라서 새뮤얼은 최대한 몸을 바닥에 바짝 붙였다.

“램프, 사무스!”

디오메테가 주는 램프를 받으려고 손을 내밀다가 새뮤얼은 고꾸라질 뻔했다.

“얘야, 네 차례야. 겁내지 마, 멀지 않으니까. 왼쪽 벽만 잘 따라가면 돼!”

새뮤얼은 릴리가 들어올 수 있게 배로 밀고 나갔다. 이어서 살갗에 긁히는 벽돌과 시멘트 조각을 잊으려고 애를 쓰면서 팔꿈치와 무릎을 사용하여 조금씩 기어가기 시작했다.

“괜찮아?” 새뮤얼이 속삭였다.

“덥고 어둡다는 것만 빼면.” 릴리가 말했다.

“라디에이터 안의 나선형 코스를 기어가는 느낌이야!”

힘겹게 전진하던 그들은 마침내 뚜껑 문을 발견했다. 새뮤얼은 문을 발로 차려고 몸을 뒤집다가 어깨를 픽! 허벅지를 팍! 부딪혔다. 몸을 좀 더 움츠린 자세로 발길질을 하자 바깥쪽에서 우지끈거리는 소리가 나더니 덧문이 덜컥거리면서 열렸다.

“잘했어, 새미!”

새뮤얼은 릴리를 먼저 나가게 한 다음 뒤따라나갔다.

“휴, 살 것 같다!”

“여기가 어디지?”

“모르겠어.” 새뮤얼이 램프를 쳐들고 살피면서 말했다. “하지만 어딘가와 통하는 복도가 틀림없는 것 같아."

두 사람은 혹시나 하는 생각에 문 쪽으로 올라갔는데 바깥으로 통하는 작은 층계가 보였다.

"저것 좀 봐! 세상에!"

공중목욕탕 위로 비 오듯 쏟아지는 잿빛 돌이 땅바닥에 족히 15센티미터는 쌓여 있었다. 베수비오 산에서 피어오르는 시커먼 연기가 이제는 도시를 뒤덮고 있어서 한밤중으로 느껴질 정도였다. 화산에서 우르릉 쿵쾅, 소리를 내며 오렌지색 빛이 치솟고 있었다. 멀리서 사람들의 고함소리가 나는데 코르부스의 카랑카랑한 목소리도 들렸다.

"서둘러라! 빨리, 빨리!"

"눈에 띄지 말아야 해." 새뮤얼이 중얼거렸다. "가능한 얼굴을 감춰!"

계단을 다 오르자 훈련장이 보이고 주랑 현관이 가까이에 있었다. 코르부스는 반대편에서 하인들에게 노천 수영장을 치우라고 소리소리 지르느라고 바빠서 두 사람을 볼 수 없었다. 어두컴컴한 때를 이용하면 태양의 돌이 있는 데로 가는 것이 어렵지 않을 텐데…….

"이쪽으로!"

새뮤얼이 반대 방향에 있는 여탕 쪽으로 릴리를 잡아끌었다.

“왜 그러는데?”

“디오메데!”

둘은 텅 빈 탈의실을 지나 중탕 욕실을 향해 뛰었다. 문을 두드리는 소리가 쿵쿵 울리고 있었다.

“나를 내보내줘! 문 열라고!”

“디오메데, 우리가 왔어요.”

“사무스? 사무스, 성공했구나!”

“네, 뚜껑 문을 부수고 나왔어요. 물러서 있으세요, 이쪽에서 해 볼게요!”

새뮤얼은 있는 힘을 다해 문을 들이받았지만 끄떡도 하지 않았다. 다시 한 번 뒤로 세 발짝 물러서서 어깨로 훨씬 세게 쾅, 받았는데 문에서는 삐걱거리는 소리만 났다.

“새미, 그만둬!”

릴리가 맞은편 벽을 가리켰다. 굵은 못에 열쇠가 걸려 있었다. 남자는 힘을 쓰고 여자는 머리를 쓴다더니!

새뮤얼은 열쇠를 자물쇠에 집어넣고 돌렸다.

“고맙다, 애들아, 정말 고마워! 아내와 딸을 찾으러 가는 길에 너희를 안전한 곳으로 데려가마.”

“디오메데, 우리는 낡은 바퀴 쪽에서 찾아야 할 게 있으니까 나중에 만나요.”

"낡은 바퀴? 거긴 건물에서 가장 약한 곳이야. 나라면 가지 않겠다. 나랑 같이 여길 빠져나가는 것이……."

"조심할 거니까 걱정하지 말고 빨리 가세요. 부인과 딸이 발을 동동 구르고 있을 텐데." 릴리가 말했다.

디오메데는 둘을 차례로 쳐다보면서 무슨 말인가 하려다가 마지막으로 꼭 끌어안았다.

"정말 고맙구나. 행운을 빈다!"

그들은 주랑 현관 밑에서 헤어졌고, 새뮤얼이 욕실에서 집어온 수건을 릴리에게 내밀었다.

"이걸로 머리를 싸매면 돌멩이들이 떨어져도 충격이 좀 덜할 거야."

둘은 제발 그쪽으로는 경석 덩어리가 떨어지지 않기를 빌면서 벽에 바짝 붙어서 갔다. 훈련장은 이제 돌밭이 되어버렸고, 코르부스는 수영장 쪽에서 여전히 하인들을 들볶고 있었다. 그렇지만 하인들도 위험을 알아차려서 주위에는 몇 명밖에 남아 있지 않았다. 스타비아 목욕탕에서 이미 경험한 적이 있다면 뭐 때문에 꾸물거리고 있겠는가. 공기에서 가스와 화학물질이 섞인 냄새가 진동했다. 릴리가 기침을 하기 시작했다.

"유황 냄새야. 서둘러야 해!" 릴리가 침을 뱉으면서 말했다.

"거의 다 왔어."

그러나 뜻밖의 난관이 둘을 기다리고 있었다. 좀 전에 그들이 있던 지하실이 절반쯤 무너져 있었다. 대형 회전바퀴는 벽돌 더미와 흙먼지에 덮여 보이지 않고, 지하실 출입구는 온통 물바다가 되어 있었다.

"물탱크가 터졌나봐." 새뮤얼이 한숨을 지었다.

마치 공중목욕탕의 북쪽 측면에 부딪혀서 난파한 외륜선을 보는 것 같았다.

새뮤얼은 무너진 건물과 경석 더미 주위를 둘러봤다. 태양의 돌은 그 속에 묻혀 있는 것이 틀림없었다. 깊이가 3, 4미터쯤 될까…….

"그렇다고 구경만 하고 있을 수는 없지. 들어가봐야겠어."

새뮤얼은 아직 남아 있는 두꺼운 널빤지 쪽으로 가서 바퀴의 톱니를 붙잡고 천천히 물속으로 들어갔다.

"조심해, 튼튼한 것 같지 않아."

릴리가 걱정스러운 목소리로 말했다.

새뮤얼은 숨을 길게 들이쉬고 나서 바닥에 뒤덮인 잔해 더미에 이를 때까지 시커먼 물속으로 저벅저벅 들어갔다. 어림잡아 태양의 돌이 있는 쪽으로 더듬더듬 가다가 뒤얽힌 널빤지 더미에 부딪혔다. 널빤지들을 치워가면서 가까스로 태양의 돌에 이르렀는데 떨어지는 들보에 부딪혀 깨졌는지 돌의 윗면이 달아나고 모서리가 날카로운 상태였다.

"어때?" 새뮤얼이 물 밖으로 나오자 릴리가 물었다.

냄새가 점점 더 역해지는 증기 때문에 릴리는 지붕이 남아 있는 안전한 곳으로 피해서 손으로 코를 틀어막았다. 비 오듯 쏟아지던 돌은 약간 소강상태지만 뭉게뭉게 피어나는 연기는 불길한 보랏빛을 띠고 있었다.

"태양의 돌이 손상됐어, 릴리. 윗면이 전부 없어졌어."

"윗면이 전부 다? 태양문양도?"

"아니, 문양은 말짱해. 빛살 한두 개만 빼면."

"그래도 작동할까?"

"작동할 거야! 서두르자!"

릴리가 물속으로 들어오는 동안 새뮤얼은 천에 돌돌 말아서 호주머니에 넣어둔 박물관의 동전을 꺼내서 입에 넣었다. 태양의 돌이 물속에서도 작동할 수 있을까? 일부분이 떨어져 나갔는데 정말 괜찮을까? 어쨌든 새뮤얼은 21세기 여행가의 몸으로 폼페이에 돌처럼 굳어 있을 생각은 추호도 없었다.

"내 손을 잡고 절대 놓지 마. 아주 깊지는 않아도 숨을 깊이 들이쉬는 게 좋아. 준비됐어?"

릴리는 고개를 끄덕이면서 심호흡을 했다. 둘은 함께 물속으로 들어가서 별 문제없이 바닥에 이르렀고, 회전바퀴 밑으로 들어가

자마자 물이 거품을 내며 부글거리기 시작했다. 새뮤얼이 옆으로 치워놨던 널빤지들이 다시 굴러 떨어지고 있었다. 지진이 또 시작되면 돌아가는 길이 막히는 건데!

어두컴컴한 물속에서 릴리는 공포에 떨었다. 새뮤얼은 릴리를 꼭 붙잡은 채로 벽에 기대어 있는 태양의 돌을 더듬더듬 찾아야 했다. 손가락에 닿는 돌의 모서리를 느낀 새뮤얼은 태양문양에 동전을 갖다댔다. 릴리는 빛과 공기를 찾는 작은 동물처럼 심하게 몸부림치고 있었다. 더는 지체할 수 없었다.

새뮤얼은 릴리를 꼭 끌어안고 깨져서 각진 돌의 윗면에 손을 올려놓고 속으로 열을 셌다. 새뮤얼도 숨이 막혀오기 시작했지만 견뎌야 했다. 한없이 길게 느껴지는 시간이 지나고 노란 나비들이 눈앞에서 어른거리기 시작할 때 마침내 손바닥 밑에서 진동을 느꼈다. 태양의 돌에서 일어나는 진동일까, 아니면 마지막 지진일까?

XII

1932년 시카고

땅이 계속 흔들리고 있었다. 부르릉! 우르릉! 새뮤얼은 입에 달라붙은 먼지를 뱉어내면서 일어났다. 주위에 물은 없지만 공기에 흙먼지가 잔뜩 섞여 있어서 숨쉬기가 힘들었다.

"릴리?"

눈이 따가워서 뜨고 있기가 힘든데다 주위가 온통 어두컴컴했다.

"릴리?"

우르릉! 부르릉! 물탱크 밑의 또 다른 구멍에 빠지는 사이에 폼페이가 잿더미에 덮여버린 걸까?

"여기야, 새미." 쉰 목소리가 들렸다. "나…… 여기 있어."

"어? 영어로 말하네, 릴리…… 그럼 우리가…….."

부르릉! 우르릉!

"지하실인가?" 릴리가 더듬더듬 기어오면서 물었다. "어떻게 된 거지?"

"모르겠어, 사방이 흔들리고 있어. 어쨌든 여기서 빠져나가자."

부르릉! 부르릉! 모터 돌아가는 것 같은 소리가 나더니 2미터 위의 천장에서 흙먼지가 일면서 콘크리트 덩어리가 툭 떨어졌다.

"공사 중인가봐." 릴리가 말했다.

틈 사이로 비쳐드는 햇빛에 왼쪽으로 철사다리가 드러나 보였다. 새뮤얼은 남은 지붕이 떨어지기 전에 나갈 수 있게 릴리를 사다리에 올려주었다. 콰르릉, 콰쾅쾅! 일단 위로 올라가서 머리를 숙인 자세로 어두운 방을 통과하자 훤한 바깥이었다. 눈을 깜박이면서 둘러보니 무너진 벽, 간당간당하게 달린 창문틀, 박살이 난 기와가 여기저기에 널려 있었다.

"조심해!"

금속 덩어리가 둘을 향해 돌진해오고 있었다. 끼이익, 덜컥! 그들은 옆으로 몸을 날렸고, 푸른색 기계가 털털거리면서 1미터 앞에서 멈춰 섰다. 앞에 보호방패 같은 것이 달린 무한궤도 트랙터였다.

"이런 빌어먹을!"

안전모를 쓴 남자가 입에 시가를 문 채 트랙터에서 뛰어내렸다.

"이 녀석들, 여기가 어딘지 알아? 공사장이야! 너희를 깔아뭉갤 뻔했잖아!"

인부 몇 명이 달려왔다.

"왜 그래, 로널드? 무슨 일이야?"

"제드, 이 아이들이 난데없이 나타나는 바람에 아휴, 정말 간 떨어지는 줄 알았어!"

제드라는 이름의 남자가 무서운 얼굴로 새뮤얼과 릴리를 살폈다. 릴리는 꾀죄죄한 튜닉에 묻은 먼지를 터는 시늉을 하면서 목욕탕에서 나온 것처럼 머리를 매만졌다.

"여긴 금지구역이다." 제드가 마침내 말했다. "표지판도 안 봤니? 무단 침입자는 벌금형에 처한다고 써 있는데!"

새뮤얼이 얼른 주변을 훑어봤다. 말뚝 울타리와 철조망으로 둘러싸인 공터, 아니 공사장에 들어와 있는 것이 아닌가. 무너진 건물과 엄청난 잔해 더미 주위에 구식 기계들이 보였다. 그 너머로 세인트 메리의 낯익은 언덕은 보이지 않고 우중충한 회색 건물들만 보였다. 새뮤얼과 릴리는 바렌보임 거리에 돌아와 있는 것이 아니었다. 태양의 돌은 이 집 지하실 어딘가에 있는데 인부들이 지금 집을 허물고 있는 중이었다.

"우리 집이란 말이에요. 아저씨들은 때려부술 권리가 없어요!" 새뮤얼이 소리쳤다.

"애야, 우리에겐 권리가 있어!" 제드가 응수했다. "시에서 허가를 받았으니까! 네가 여기 사는지 그건 모르겠다만 네 부모도 떠난 모양이니 난 책임이 없어. 어쨌거나 무단 침입을 했으니까 벌금 5달러를 내놔, 아니면 경찰서로 보내버리겠다."

새뮤얼은 머리를 빠르게 굴렸다. 5달러? 어느 나라 달러를 말하는 거지? 캐나다 달러? 미국 달러? 오스트레일리아 달러?

"너무 윽박지르지 말게, 제드. 아이들인데." 불도저를 운전하던 남자가 말렸다. "애들의 상태가 안 보이나?"

"공사장에 부랑자들이 진을 치기 시작하면 해고를 당하는 건 우리야. 로널드, 그걸 바라는 건 아니지?"

"그건 아니지만 우리도 자식이 있지 않은가. 우리 자식들이 저 구멍에서 나왔다고 상상해보게. 부동산 개발업자들이 실업자들의 집을 헐값에 사서 그 자리에 근사한 아파트를 짓고 있어. 그러고는 얼마나 비싼 값에 아파트를 파는지 알지? 부자들은 항상 가난한 사람들의 불행을 이용한다는 것에는 자네도 동의할 거야. 가뜩이나 불쌍한 아이들인데 우리까지 상처를 준다면……."

제드는 어깨를 으쓱했다. 그도 나쁜 사람이라기보다는 골치 아픈 일 없이 정해진 기간 내에 공사를 끝내야 하는 책임자로서의 고충이 있는 것이었다.

"알았네, 로널드. 하지만 빨리 아이들을 내보내. 일이 많이 지체되었으니."

"이 집을 허물면 안 돼요!" 새뮤얼이 항의했다. "아주, 아주 소중한 우리 집이에요! 집 안에 귀중한 것이 있어서……."

로널드가 새뮤얼의 팔을 잡아끌었다.

"얘야, 우리가 하는 말을 들어. 아니면 벌금을 물고 쫓겨나게 된다. 너희 집이 이미 무너진 게 안 보이니? 다른 데로 가서 지낼 만한 곳을 찾아보아라. 앞날이 창창한데 설마 살길이 없겠니?"

새뮤얼이 반박하려고 했지만 인부들은 더 이상 시간을 낭비할 생각이 없었다. 둘의 목덜미를 움켜잡은 인부들이 공사장 밖으로 끌고 나가서 발길질로 엉덩이를 냅다 걷어찼다.

"또다시 여기서 얼쩡거리다가 내 눈에 띄면 그때는 경찰에 신고할 거야!" 제드가 위협했다.

새뮤얼과 릴리는 멀리 가는 척하다가 이내 말뚝 울타리로 돌아와서 동태를 살폈다. 둘은 쪼그리고 앉아서 널빤지 틈새로 불도저에 허물어진 마지막 벽의 잔해 더미에 태양의 돌이 파묻히는 광경을 지켜봤다.

"이제 어떻게 돌아가지?" 릴리가 중얼거렸다.

"모르겠어."

새뮤얼도 목이 메었다.

"무슨…… 방법을 찾아봐야지."

새뮤얼은 릴리를 꽉 안아주다가 추운 날씨도 아닌데 사촌이 덜덜 떨고 있음을 알았다.

"왜 그래? 어디 아파, 릴리?"

새뮤얼은 릴리의 등을 토닥이다가 기분을 바꿔주려고 간질였다. 그러나 릴리는 엷은 미소를 지을 뿐이었다.

"무서워."

"벗어나게 될 거야, 릴리. 우리는 항상 빠져나왔잖아. 동굴에 있을 때를 생각해봐. 곰의 두개골과 가죽, 그건 정말 기발한 생각이었어! 폼페이에서도 너는 눈부신 활약을 했고. 물속에서 네가 얼마나 잘 버텼는지 생각해봐. 넌 아주 뛰어난 시간 여행가야, 릴리! 우리는 진짜 환상의 커플이야! 그러니까 지금부터는 침착하게 대처하자. 집으로 돌아가는 방법을 꼭 찾겠다고 약속할게. 우선 옷을 제대로 입어야겠어. 그다음은 밤이 되길 기다렸다가 공사장에서 태양의 돌을 찾는 거야. 알았지?"

마지못해서 고개를 끄덕이는 릴리를 일으켜주면서 새뮤얼은 주위를 둘러봤다. 왼쪽으로는 낮은 건물 사이로 깔끔한 풀밭 길이 구불구불하고, 오른쪽으로는 허름한 판잣집이 일렬로 늘어서 있고 그 가장자리를 따라 양쪽으로 비포장길이 나 있었다. 그 너머는 고층 빌딩까지 우뚝우뚝 솟은 완전히 다른 동네로 이어지고 있는 것 같았다. 미완성의 현대적인 도시라고 할까…… 어쨌든 오늘날의 도시는 아니었다.

새뮤얼은 마침내 결심했다. 오른쪽으로 줄지은 판잣집들 뒤로 옷이 널린 빨랫줄이 보였다.

“너한테 어울릴 만한 예쁜 옷으로 골라볼게.”

둘은 제일 한적한 길에 들어서면서 마침 점심때니까 동네 사람들이 식사 준비를 하거나 밥을 먹느라고 집 안에 있기를 바랐다. 한 집의 마당에서 흑인 아이 셋이 고양이와 장난을 치고 있는데 다행히 등지고 있었다. 100미터쯤 가다가 둘은 찾던 것을 발견했다. 식구가 많은 집인지 빨랫줄에 쫙 펴서 널어놓은 셔츠며 군데군데 기운 반바지가 잔뜩 널려 있었다.

“네가 무슨 생각하는지 알아.” 새뮤얼이 릴리에게 속삭였다. “물론 옷가게가 아니니까 돈 주고 사는 건 아니지. 하지만 지금은 어쩔 수가 없어!”

나무울타리를 뛰어넘은 새뮤얼이 옛날 청바지 같은 청색 바지 밑에 가서 섰다. 평소에 새뮤얼은 청바지를 고르는 것이 까다로워서 통이 헐렁하고 팬츠가 보일랑 말랑한 골반바지를 즐겨 입었다. 그러나 최근에는 옷에 신경을 쓰며 패션쇼를 할 필요가 없어서 다행이었다. 새뮤얼은 릴리에게 맞을 만한 밤색 티셔츠를 움켜잡고 빨래집게를 벌렸다. 낡았지만 릴리가 좋아하는 색이었다. 이어서 자신에게 맞는 셔츠를 발견한 새뮤얼은 빨랫줄 맨 끝으로 살금살금 다가갔다. 그때 눈앞에 가지런히 널린 흰색 천들이 갑자기 펄럭거렸다.

“대체 누가 내 빨래에 장난을 치느냐?”

하얀 베갯잇 밑에서 흑인 할머니의 깜짝 놀란 얼굴이 나타났다.

"이런, 옷을 가져가려고 들어왔구나. 매튜! 빨리 마당으로 나와봐라! 백인 소년이 네 셔츠를 가져간다!"

새뮤얼은 후닥닥 돌아서서 울타리를 뛰어넘었다.

"매튜!"

새뮤얼이 릴리의 팔꿈치를 잡고 전속력으로 뛰었다.

"매튜, 네 셔츠가 없어졌다니까! 이 나이에 내가 쫓아가리?"

"도둑이야!" 또 다른 목소리가 소리쳤다. "루시 할머니 집에 도둑이 들었다!"

집집마다 창문에 얼굴들이 보이더니 눈 깜짝할 사이에 골목길에 이웃 사람들이 모였다. 청년 둘이 뛰어나와 길을 가로막는 사이에 아이들이 뒤를 쫓았다.

"도둑 잡아라! 루시 할머니 집에 들었던 도둑이다!"

"알았어요, 알았어요!" 새뮤얼이 멈춰 서면서 외쳤다. "잘못했어요. 다 돌려드릴게요!"

새뮤얼이 항복의 표시로 옷을 흔들자 십여 명이 에워싸면서 소리쳤다.

"루시 할머니 집에서 도둑질한 아이들이야!"

"경찰을 불러야 해!"

"아니, 우리가 직접 혼쭐내자고! 도둑놈들은 동정해줄 필요 없어!"

"게다가 이 동네 아이들도 아니잖아."

오른쪽 따귀를 맞은 새뮤얼은 귀가 화끈거렸다.

"맞아요, 맞아! 경찰까지 부를 필요는 없어요!"

새뮤얼은 어깨를 또 한 방 얻어맞고 돌아서다 두 팔을 흔들며 사람들을 향해 종종걸음쳐오는 좀 전의 할머니를 보았다.

"당신들 미쳤소? 가만 내버려둬요!" 할머니가 소리를 질렀다.

"루시 할머니, 할머니 집에서 도둑질한 놈들이에요!"

"따끔하게 혼을 내야죠!"

"당장 그 아이를 놓아주라니까, 바르텔미 존스!" 할머니가 명령을 내리듯 말했다. "불쌍한 네 어머니가 이 모습을 봤으면 뭐라고 했을까, 쯧쯧!"

새뮤얼의 손목을 움켜잡고 있는 청년이 고개를 떨어뜨리면서 손을 놓았다.

"일요일마다 교회에 가서 도대체 뭘 배운 거니? 가난한 사람들에 대한 동정심이라곤 없단 말이냐?"

"우리 동네잖아요." 면박을 당한 바르텔미가 반박했다. "우리 동네에서 도둑질을 했으니까……."

"바르텔미 존스, 정말 말귀를 못 알아듣는구나! 또 이러면 그땐 나한테 혼날 줄 알아! 네 눈에는 아이들의 행색이 안 보이니? 이 아이들이 재미 삼아 누더기를 입어보려고 부자 동네에서 왔다고 생각하니?”

청년이 당황한 얼굴로 어깨를 으쓱했다.

“이제 너희 둘 다 나를 따라오너라.” 루시 할머니가 새뮤얼과 릴리에게 말했다. “너희에게 뭘 해주면 좋을지 보자꾸나.”

머쓱한 얼굴로 비켜서는 사람들에게 보란 듯이 루시 할머니는 두 아이를 데리고 들어가면서 문을 쾅! 닫았다.

“저 사람들을 용서해야 해. 절망과 가난이 저들을 고약하게 만든 거니까! 여기는 실업자가 너무 많아. 특히 흑인 구역에서는. 아이들은 배고프다고 우는데 부모는 할 일이 없어서 막막하고……. 정말 딱한 일이지! 너희에게 자세히 설명할 필요는 없는데 괜한 말을 했구나. 근데 너는 너무 말라서 그런가 안색이 많이 창백하구나!”

실제로 릴리는 밀랍인형처럼 얼굴에 핏기라곤 없이 눈언저리가 쑥 들어가 있었다.

“배가 고프겠지? 거기 앉아 있어. 이 루시 할머니가 비스킷을 주마. 그리고 아주 달콤한 차를 끓여줄게. 그걸 마시면 힘이 좀 날 거다. 매튜? 매튜, 거기 있니? 너도 차 마실래?”

낡은 소파에 앉은 새뮤얼과 릴리는 뜻밖의 반전에 약간 얼이 빠지고, 이토록 선량한 할머니의 집에서 도둑질할 생각을 했다는 것이 부끄러워 얼굴이 화끈거렸다. 석유램프의 은은한 불빛에 자질

구레한 실내장식품이 드러나 보였다. 골함석을 댄 안쪽 벽면에는
옛날 사진이 잔뜩 붙어 있었다. 발재봉틀, 바구니에 담긴 옷가지,
가구를 씌운 덮개, 알록달록한 유리병들, 반쯤 펼친 상태로 의자 위
에 놓인 신문이 눈에 띄었다. 새뮤얼이 얼른 신문을 집어들고 펼치
자 일면 톱기사가 눈에 들어왔다. 〈대통령 선거, 민주당의 대통령 후
보는? 오늘 시카고 스타디움에서 대통령 후보를 지명하기 위한 민주당
전당대회가 열린다.〉 바로 그 위에 신문 이름과 날짜가 있었다. 시카
고 디펜더, 1932년 6월 30일 목요일.

"릴리, 여긴 미국 시카고야." 새뮤얼이 속삭였다. "1932년! 이것
좀 봐, 곧 대통령 선거야!"

새뮤얼이 신문을 건네주자 릴리의 눈이 똥그래졌다.

"시카고? 그럼……."

"너희도 정치에 관심 있니?"

호리호리한 청년이 들어왔는데 금빛 단추가 달린 흰색 정복 차림
이라서 그런지 소박한 방의 분위기와는 어울리지 않는 것 같았다.

"동네 사람들이 도둑이라고 소리치던데 너희 정말 그런 애들이
니?"

"오해예요." 새뮤얼이 변명했다. "여행하다가 가방을 잃어버리
는 바람에……."

그 사이에 루시 할머니가 뜨거운 차와 비스킷을 담은 쟁반을 들

고 왔다.

"아, 벌써 매튜와 얘기를 나누고 있구나! 우리 매튜 잘생겼지? 나의 자랑거리란다. 지금 일하러 나가니? 차 마시지 않을래?"

매튜가 릴리의 손에서 신문을 빼앗았다.

"91번지에 가야 해요."

"설마 또 이상한 내기를 하려는 건 아니겠지? 그게 불법이라는 건 알지?"

"전혀 위험하지 않아요, 할머니. 오히려 돈을 벌 수 있어요."

"무슨 내기를 하기에 위험하지 않다는 거니? 들키면 무조건 감옥에 가는데!"

"당연히 선거에 대한 내기죠! 민주당에서 대통령 후보로 선택할 후보자를 알아맞히는 거예요. 모든 신문이 떠들어대고 있잖아요!"

"그래서 그걸로 돈을 벌겠다는 거니?"

"50달러를 걸고 1000달러까지 벌 수 있어요. 물론 정확하게 맞혔을 경우지만!"

"루스벨트." 릴리가 낮은 목소리로 툭 내뱉었다.

"뭐라고?"

"민주당은 루스벨트를 선택할 거예요. 그리고 부통령은 존 가너가 될 거예요."

새뮤얼은 눈이 동그래졌다. 루스벨트가 대통령이었다는 것은 나도 알아. 하지만 릴리가 미국의 부통령까지 알고 있다니…….

"루스벨트와 존 가너……? 그 두 사람이 사이가 좋지 않은 걸로 아는데?"

"얘가 하는 말에 신경 쓰지 마요." 새뮤얼이 비아냥거리는 투로 말을 잘랐다. "동생이 엉뚱한 말을 좀 하는 편이거든요. 며칠 전에도 쓸데없는 말을 한 적이 있어요!"

"루스벨트와 가너." 매튜는 생각에 잠긴 얼굴로 되뇌었다. "하긴 알 수 없는 일이지!"

매튜는 옷걸이에서 흰 모자를 집어들고 나서 루시 할머니에게 손으로 키스를 보냈다.

"내일 봐요, 할머니. 일찍 들어오도록 노력할게요."

할머니는 애정 어린 눈으로 바라봤다.

"언제 저렇게 컸는지! 내가 저 아이를 거두었을 때 어떤 상태였는지 알면 아마 놀랄 거다. 지금은 얼마나 잘났는지!"

"친손자가 아니에요?" 새뮤얼이 얼른 물었다. 루스벨트나 릴리의 앞날을 점치는 능력에 대한 얘기로 돌아가면 말이 궁해져서 곤란해질 수 있었다.

"그럼! 매튜 외에도 많아. 십여 명의 아이가 내 집을 거쳐갔어. 20년 전 남편을 잃은 뒤로 나는 갈 곳 없는 불쌍한 아이들을 사랑으로 감싸주고 돌봐주는 걸 낙으로 삼고 있으니까. 그래서 더 열심히 남의 집 빨래를 해주러 다니면서 안 입는 옷을 얻어왔단다. 그냥 우리 집에 들어와서 나에게 옷을 좀 달라고 했으면 좋았을걸. 이 루시 할머니에게는 너희 같은 애들에게 줄 것이 항상 준비되어 있으니까 말이다. 가족은 없니?”

릴리가 먼저 대답했다.

“아니, 시카고에 친척이 있어요. 포크너 식품점이라는 데를 혹시 아세요?”

새뮤얼은 비스킷이 목에 걸릴 뻔했다. 아, 맞다! 포크너 식품점! 시카고! 새뮤얼은 얼른 머릿속으로 계산하기 시작했다. 세인트메리에 있는 아들 앨런과 같이 살기 위해 국경을 넘기 전에 할아버지는 시카고에서 식품점을 했다. 할아버지가 현재 여든 살에 접어들고 있으니까 1932년에는 어린아이였을 테고. 기억이 맞는다면 할아버지의 아버지, 즉 증조할아버지가 제1차 세계대전이 끝난 직후인 1919년에 가게를 샀다고 했으니까 1932년 시카고에는 포크너 일가가 있었던 것이 틀림없네!

“애야, 포크너 식품점이라고 했니? 이 도시에는 적어도 식품점이 2000개는 될 텐데…… 내가 그걸 다 알 수는 없지!”

“주소를 알아낼 방법이 없을까요?”

“여기서 며칠 지내도 난 괜찮은데 그 친척이 너희를 도와줄 거라고 확신하니? 잘 쉬어야지 쓰러지게 생겼어! 매튜가 집에 날마다 들어오는 것도 아닌데……."

"그분들을 빨리 만나고 싶어서요."

루시 할머니는 머뭇거렸다.

"차를 마시고 비스킷을 먹겠다고 약속하겠니? 내가 주는 옷을 입을 거지?"

"네, 그럴게요. 루시 할머니."

"좋아! 내 조카네 집에 전화가 있으니까 분명히 전화번호부가 있을 거야. 떳떳하게 장사를 하는 사람이라면 전화번호부에 이름을 올리지 않겠니?"

시카고에 도착한 뒤 처음으로 릴리의 얼굴에 혈색이 도는 것 같았다.

XIII

마피아, 폭죽과 강낭콩 자루

포크너 식품점을 찾는 것은 쉽지 않았다. 루시 할머니가 추측한 것과는 달리, 살림이 넉넉하다는 조카는 전화를 놓고 살지만 전화번호부는 없었다. 그렇지만 고맙게도 루시 할머니의 조카는 딸을 급히 우체국으로 보내주었고, 세 시간 후—우체국을 갔다오는 데 세 시간이나 걸리다니!—고대하던 주소를 갖고 돌아왔다. 식품점은 어빙 파크의 키케로 거리에 있었다. 루시 할머니는 조카의 딸이 오기를 기다리는 동안 흑인들이 인종 차별이 심한 미국 남부지방을 떠나 시카고에 도착한 뒤로 전례 없는 최악의 경제공황을 맞아 이곳에 빈민촌이 형성되기까지 동네의 역사를 들려주었다. 그러고나서 할머니는 커다란 바구니 중에서 하나를 뒤지며 두 아이에게 어울릴 만한 옷가지를 주섬주섬 꺼냈다. 릴리에게는 좀 짧지만 거의 새것이나 다름없는 파란색 레이스 원피스, 새뮤얼에게는 노란색 셔츠와 오렌지색 조끼에 낡아서 해진 골프바지를 골라주었다. 와, 색깔 끝내준다! 이렇게 입고 세인트메리 거리를 돌아다녔다가는 요란한 휘파람에 야유가 장난이 아니겠어!

루시 할머니는 샌들도 주었고, 보너스로 예전에 키운 아이의 것이던 얼룩말 장난감을 꺼내주면서 릴리에게 말했다.

"이걸 보면 가끔씩 내 생각이 나겠지. 이름이 젭인데 많이 슬플 때 위로가 되어줄 거다."

릴리는 할머니에게 고맙다고 말하고 얼룩말 장난감을 꼭 끌어안았다. 릴리는 너무 기운이 없어 보였고 오후 내내 움츠리고 있었다. 과자를 먹어 뺨에 붉은빛이 도는 듯했지만 이내 탈진한 듯 입을 꾹 다물어버렸다. 떠나는 순간에 루시 할머니는 다시 한 번 집에서 하룻밤을 묵고 가라고 붙들었지만, 릴리는 벌떡 일어나서 아주 많이 좋아졌다고 주장했다. 어떻게 해야 좋을지 모르는 새뮤얼은 릴리가 걱정돼서 힐끔거렸다. 릴리의 건강 상태가 안 좋은 것은 틀림없었다. 그렇지만 내심 포크너 식품점에 빨리 가고 싶었다. 어쨌거나 포크너 집안의 상점이 아닌가……. 지금 처해 있는 상황에서 두 사람을 맞아들이고 도와줄 수 있는 사람은 그래도 증조부모가 아닐까? 그럴 리는 없겠지만 혹시라도 증조부모가 두 사람을 원치 않는 최악의 사태가 일어날 경우에는 루시 할머니 집으로 돌아오면 되는 것이었다.

식품점 주소와 약도를 갖고 새뮤얼과 릴리는 초저녁에 길을 나섰다. 둘은 공사장에 들러서 인부들이 여전히 작업 중인 것을 확인한 다음 남쪽으로 방향을 잡았다. 공터와 빈민촌을 나오자 시카고는 도시다운 면모를 보이기 시작했다. 다양한 간판, 네온사인, 끊이지 않는 행인들, 대형 빌딩들……. 뒤에 예비 바퀴를 단 네모난 모양의 구식 자동차들이 사거리에서 경적을 울렸다.

"우와! 저 차 좀 봐!" 새뮤얼이 감탄했다. "루돌프의 사륜구동 자동차보다 더 멋진 것 같지 않아?"

"지금 루돌프 얘기를 왜 꺼내?" 릴리가 발끈했다. "엄마가 어떡하고 있는지 상상도 하기 싫단 말이야! 안정제 한 통을 몽땅 삼켰을 게 뻔하다고!" 릴리는 설움이 복받치는 목소리로 덧붙였다. "그래도 난 엄마가 우리랑 같이 있으면 좋겠어……."

얼마나 걸었을까, 둘은 그만 길을 잃었다. 갑자기 듣게 되는 자동차 소리와 비슷비슷한 건물 때문에 방향을 잃고 거리를 잘못 들어선 모양이었다. 왔던 길로 다시 돌아나온 그들은 할 수 없이 무료 급식을 타려고 줄 서 있는 젊은 부인에게 물었다. 그녀가 키케로 거리를 가리켜주려고 고개를 돌리자 아이들이 엄마의 치맛자락을 잡아당기면서 배고프다고 성화를 부렸다. 과연 미국의 경제 상황에 대한 루시 할머니의 말은 거짓이 아니었다.

길을 제대로 들어섰으니 이제는 어빙 파크를 향해 곧장 가면 되었다. 땅거미가 지면서 도시의 수많은 불빛이 번쩍이는데 마치 고층 빌딩에 별빛이 쏟아지는 것 같았다. 눈이 휘둥그레진 새뮤얼은 할아버지가 옛날 얘기를 할 때마다 언급하던 교회나 기념비가 나오기를 바랐다. 그러나 1932년 당시 일곱 살에 불과했던 할아버지의 기억력은 제로에 가까웠다. 그걸 믿고 찾았으니…….

"저기!" 삼거리 모퉁이에 있는 세모꼴의 집을 가리키면서 릴리가 속삭였다. "앨범에서 본 사진이랑 비슷해."

정말로 상점 유리문에 아름다운 영어 글자가 적혀 있었다.

Fine Grocery, James Adam Faulkner

"제임스 아담 포크너 식품점……." 새뮤얼은 떨리는 목소리로 읽었다. "증조할아버지!"

"이제 어떡하지? 불쑥 들어가서 '안녕하세요, 우리는 증손들인데 우리 시대로 돌아갈 수 있는 것을 혹시 갖고 계세요?' 하고 말할 수는 없잖아."

새뮤얼은 기억을 더듬었다. 할아버지가 시카고에서 가장 사람들로 붐비는 거리라고 자랑했지만 어빙 파크 주변—훗날 번화한 거리가 될—은 생각보다 조용했다. 달랑 서 있는 가로등 두 개의 희미한 불빛에 간간이 자동차 헤드라이트 불빛이 더해질 뿐이었다. 맞은편 담배 가게는 문이 닫혀 있고, 식품점은 셔터를 반쯤 내린 상태였다. 그렇지만 말소리가 들리고 불빛이 있는 것으로 보아 아직은 사람이 있는 것 같았다.

"불이 완전히 꺼지기 전에 들어가야 해." 릴리가 말했다.

"환기창 얘기 기억나?" 새뮤얼이 물었다.

"환기창?"

"응, 할아버지가 어린 시절을 회상할 때 늘 하는 얘기 말이야. 늦었을 때는 문으로 들어가기보다는 환기창으로 몰래 들어갔다고 했잖아. 아버지한테 들키지 않으려고……."

"그래서?"

"창살이 약간 풀려 있다고 했단 말이야. 정말 그렇다면……."

"그래서 몰래 증조부모 집으로 들어가겠다고?"

"그럼 문으로 들어가서 뭐라고 말해? 사실대로 말하면 미친 아이들로 몰려서 당장 쫓겨날 거야. 환기창이 지하실로 나 있으니까 일단 숨어 있다가 어떻게 할지 생각해봐야지. 동정을 살피다보면 좋은 생각이 날지 모르잖아."

새뮤얼은 내심 지하실에서 또 다른 태양의 돌을 발견할지 모른다는 기대를 하고 있었다. 시간 여행을 하는 취미가 대대로 이어진 것일지 누가 알아? 릴리는 동의하지 않으면서도 못하게 말리지는 않았다. 이제 환기창을 찾아야 했다.

둘은 상점 주위를 돌다가 지면에 나 있는 창살을 발견했다. 새뮤얼이 창살을 만지려고 몸을 숙이는 순간 누군가가 거리를 건너오고 있었다. 둘은 부리나케 외벽에 달라붙었고, 행인은 그냥 지나갔다. 자동차 두 대와 좀 떨어진 데에 주차한 소형 트럭이 있었지만 사람은 보이지 않았다. 새뮤얼은 다시 웅크리고 앉아서 창살을 잡아당기다가 이리저리 흔들어봤다. 약간의 움직임은 있지만 더는 끄떡도 하지 않았다. 새뮤얼이 나사를 풀자 그제야 창살이 아주 조금씩 벽에서 떨어졌다. 창살이 완전히 빠지자 새뮤얼은 조심스럽게 벽에 기대놓고 먼저 들어가서 릴리가 들어오게 도와주었다. 분명히 냄새는 진하게 나는데 커피와 향료는 보이지 않았다.

"거기 가만히 있어, 릴리." 새뮤얼이 속삭였다.

새뮤얼이 조심조심 술통과 자루가 잔뜩 쌓인 곳으로 걸어가는데 찰그랑, 찰그랑! 병이 들어 있는 바구니에 발이 부딪힌 것이었다. 가슴이 철렁 내려앉은 새뮤얼은 그 자리에 얼어붙었다. 그 소리가 어찌나 크게 느껴지는지 시카고는 물론이고 적어도 뉴욕까지 들릴 것 같았다.

1초, 2초……. 뚜벅뚜벅…… 골목에서 나는 발소리. 누군가가 환기창 쪽으로 다가오고 있었다. 발각되었나? 뚜벅뚜벅. 발걸음이 창살을 기대놓은 벽 앞에서 멈췄고, 새뮤얼은 희미한 빛 속에서 앞쪽 끝이 흰색인 반질반질한 구두를 볼 수 있었다. 이윽고 발소리가 멀어져갔다. 뚜벅뚜벅……. 휴!

"새미, 자신 있는……."

"쉿!"

새뮤얼이 다시 문 쪽으로 걸어갔다. 문틈으로 빛이 새어들고 있었다. 새뮤얼은 문의 손잡이를 잡고 숨을 죽이면서 돌렸다. 문에 기름칠이 되어 있는지 부드럽게 열렸다. 문을 살짝 열자 지하실이 약간 밝아졌다.

"…… 경찰? 왜 직접 무기를 사용하지 그러서? 아직도 감을 못 잡았나, 포크너? 우리 돈을 먹고 있는 경찰을 부르겠다? 그래, 불러, 불러보시지!"

위협적이고 빈정거리는 말투였다. 오는 날이 장날이라더니! 층계 위쪽 외의 다른 것은 볼 수 없지만 새뮤얼은 하필이면 시기가 나쁠 때 왔다는 것을 대번에 알아차렸다.

"월슨에게 무슨 일이 일어났는지 알아?" 또 다른 남자가 내뱉었는데 영락없이 담배와 술에 절은 목소리였다. "밀워키 거리의 신문 장사 월슨을 모른다고 하진 않겠지? 불이 나서 모든 것이 연기로 사라졌지, 피식! 언론의 자유가 어쩌고저쩌고 외치면서 월슨이 물동이를 들고 낑낑거리는 걸 봤어야 하는 건데! 자유 좋지, 하지만 그만한 대가가 따르는 법이지, 안 그런가, 포크너?"

"당신들이 다 옳은 건 아니오!"

흥분한 것 같은 세 번째 목소리가 대꾸했다.

새뮤얼은 어렵지 않게 누군지 알아차릴 수 있었다. 그 목소리에 할아버지의 억양이 있고, 음색은 달라도 흥분했을 때의 아버지가 연상되었다. 그런데 제임스 아담 포크너와 시카고의 범죄 집단이 무슨 관계가 있는 거지……? 알 카포네*와 수하의 마피아들이 시카고를 공포에 떨게 했던 때가 이 시대였나? 예를 들어서 혹시 상인들의 돈을 갈취하는 마피아? 그런 영화를 많이 봐서 이런 생각이 드는 걸까?

"포크너, 포크너! 정말 똥오줌 못 가리는군! 안전, 중요한 건 안전이라고! 무서운 세상이란 걸 몰라서 그래? 우리가 지켜주겠다는데! 언제 무슨 일이 일어날지 모른다고!"

퍽! 뭔가가 바닥에 떨어져서 박살 나는 소리가 났다. 유리병 터지는 소린가?

"아이고 이런, 미안하네, 포크너." 골초가 비아냥거렸다. "내가 서툴러서 말이야!"

곧바로 따귀를 갈기는 소리가 울렸다.

"이런, 이런! 포크너, 미안해, 손이 저 혼자서 움직인 거야!"

새뮤얼은 소스라쳤다. 릴리가 등 뒤에 바짝 붙어 있었던 것이다.

---

* 1920년대와 1930년대 미국에서 발효된 금주법 시대에 시카고를 중심으로 조직 범죄단을 이끌었던 갱단 두목.

"가만 내버려둘 수 없어. 경찰에 신고해야 해."

릴리가 소곤거렸다.

"경찰? 과연 경찰이 도와줄 수 있을까?"

새뮤얼은 곡괭이나 몽둥이 같은 무기가 될 만한 것을 찾으려고 두리번거렸다. 뭐, 좋은 수가 없을까, 상황이 상황이니만큼 가만히 있을 수는 없는데…….

"한 달에 20달러 어떤가, 포크너? 장사를 안전하게 하려면 그 정도는 써야지, 안 그런가? 사랑하는 마누라와 자식을 데리고 알콩달콩 살아야지, 포크너! 토끼 같은 자식들을 생각해야지!"

"당신들에게는 그럴 권리가 없…… 윽!"

또다시 때리는 소리가 났다. 새뮤얼은 얼른 선반 앞으로 다가갔다. 상자 중 하나에 폭죽이라고 적혀 있었다.

"오늘이 6월 30일이지." 새뮤얼이 중얼거렸다. "아! 그래, 곧 다가올 7월 4일이 미국의 독립기념일이란 말이야."

새뮤얼은 조심스럽게 상자 뚜껑을 열었다. 독립기념일을 경축하기 위한 다양한 크기의 불꽃놀이용 폭죽이 들어 있었다.

"성냥이 있어야 해! 빨리 찾아봐!"

둘이 지하실을 샅샅이 뒤지고 다니는 사이에 위층에서 불공평한 싸움이 시작되었다.

"여기 있다!"

릴리가 종이가방을 흔들었는데 성냥갑 안에서 성냥개비 소리가 들렸다.

"릴리, 구석에 가 있어." 새뮤얼이 말했다. "내가 저 강도들을 쫓아볼게."

새뮤얼은 폭죽 두 줄을 움켜쥐고 환기창으로 빠져나갔다. 도로에 차 여러 대가 달리고 있지만 개의치 않았다. 텅 비어 있는 것보다는 자동차라도 지나가는 것이 오히려 나을 수 있었다. 새뮤얼은 상점을 한 바퀴 돌다가 심지에 불을 붙이고 목청껏 소리쳤다.

"경찰이다! 항복하라, 너희는 포위되었다!"

경찰의 기습이라기보다는 만화영화에 나오는 위협처럼 싱겁기 짝이 없지만 그래도 할 수 없지 뭐. 새뮤얼이 걸음을 되돌려 뛰는 사이에 폭죽 몇 개가 터졌다. 피용! 팍, 팍 파바박!

"즉시 손들고 나와!"

새뮤얼은 또 한 줄의 폭죽에 불을 붙이고는 도로 위로 가능한 멀리 던졌다. 반대 방향에서 달려오던 차들이 급브레이크를 밟으면서 경적을 울리기 시작했다. 이윽고 피용! 팍, 팍, 파바박! 피용! 독립기념일을 알리는 멋진 콘서트!

새뮤얼은 다시 안전한 지하실로 피했다.

"이런 빌어먹을!" 골초가 성질을 냈다. "에이, 재수 없게 이게 무슨 일이야?"

“마당으로 도망가자!” 거들먹이 지시했다. “포크너, 톡톡히 대가를 치르게 될 테니 두고 봐!”

복도에서 소란한 소리가 나더니 두 남자가 상점 뒤쪽으로 튀어나갔다.

“빨리, 빨리!”

철컥, 문 여는 소리가 나고 포도를 뛰어가는 발소리가 울렸다. 새뮤얼은 다섯까지 세고 나서 층계를 올라갔다. 마당 쪽으로 난 유리문이 약간 열려 있었다. 악당들이 여기로 도망쳤구나. 새뮤얼은 걸쇠를 잠갔다. 거리에서 고함과 욕설이 동시에 들렸다. 자동차 운전자들끼리 싸움을 하나? 이어서 총소리가 났다. 진짜 총소리인가? 자동차가 시동을 거는 소리일지도 몰랐다. 옛날 차에서 비슷한 소리가 나는 걸 영화에서 봤는데……. 새뮤얼은 상점으로 슬그머니 들어갔고, 릴리도 따라왔다. 가게 안은 아수라장이었다. 열려 있는 서랍들, 깨진 유리창, 유리 조각들과 젖은 밀가루가 흩어져 있었다. 그런데 제임스 아담 포크너가 없었다. 악당들이 어떻게 한 거지?

“아이쿠…….”

계산대 뒤쪽에서 소리가 들렸다. 둘은 부리나케 뛰어갔다. 증조할아버지가 꿇어앉아 있는데 코피를 흘리면서 마치 천천히 의식이 돌아오는 듯이 목덜미를 주무르고 있었다.

“누구…… 누구니?”

증조할아버지가 일어나려고 애를 쓰면서 둘에게 물었다.

새뮤얼이 손을 내밀었다.

"식품점 앞을 지나가고 있는데 안에서 싸움 소리가 들렸어요. 도둑이 든 것 같아서 겁을 주려고 폭죽을 터뜨렸어요."

"폭죽을?"

제임스 포크너가 퉁퉁 부어오른 윗입술을 만지면서 얼굴을 찌푸렸다.

"그놈들에게 겁을 주려고 폭죽을 터뜨렸다고? 기발한 생각이구나! 그런데 너희는 어디로 들어왔니?"

"문으로 들어왔어요." 릴리가 반쯤 내려진 셔터를 가리키면서 말했다. "아무래도 셔터를 완전히 내리는 게 안전할 것 같아요."

"아니, 아직 안 돼. 아내가 영화 보러 갔는데 곧 돌아올 거야."

이윽고 증조할아버지가 난장판이 된 가게를 보면서 말했다.

"나쁜 놈들! 다 때려 부쉈네. 시청에 신고해야겠어! 그래, 신문사에도 알리고! 이 도시에 무슨 일이 일어나고 있는지 모든 사람이 알아야 하니까! 경찰에도 신고하고! 무법천지인 양 놈들이 멋대로 날뛰게 내버려둘 수는 없어, 안 그러니?"

제임스 아담은 몸을 제대로 가눌 수가 없어서 금전등록기 옆에 놓인 의자에 앉아야 했다. 새뮤얼은 가슴이 아팠다. 하필이면 우리가 왔을 때 이런 일이……. 가족 앨범에서 사진으로 두세 번 보면서 할아버지의 기분을 생각해서 관심을 갖는 척했던 증조할아버지. 크지도 작지도 않은 키에 양끝이 뾰족하게 선 콧수염, 검은색과 흰색 옷에 앞치마를 걸치고 약간 어색한 표정을 짓고 있던 남자. 하지만 지금은 그 모습과는 정말 딴판이었다. 기회가 있을 때마다 할아버지가 들려주던 증조할아버지에 대한 일화도 한두 가지 있는데 새뮤얼은 반 정도밖에 기억나지 않았다. 하나는 제1차 세계대전 중 참호를 탈출해서 구사일생으로 살아남은 이야기였다. 또 하나는 결혼식 때 눈에 띄려고 재킷에 케이크 크림을 덕지덕지 묻히고 손에는 술병을 들고 있었다는 이야기였다. 바로 그 증조할아버지가 지금 눈앞에 버젓이 살아 있는 것이다!

"우리가 좀 도와드릴까요?" 새뮤얼이 제안했다.

"그래주면 고맙지. 아내가 이 난장판을 보면 불안해서 미칠 거야. 저기 안쪽 벽장에 청소도구가 있어. 물론 수고비를 주마."

그 말에 새뮤얼과 릴리는 눈길이 마주쳤지만 아무 말도 하지 않았다. 둘이 빗자루로 쓸고 마포로 바닥을 닦는 사이에—새뮤얼은 시대마다 다니면서 사고 처리를 하는 것이 팔자라는 생각이 들었다—제임스 포크너는 얼굴에 난 상처를 물로 닦아내고 밴드를 붙였다.

15분쯤 지났을까, 릴리가 청소를 끝내고 심호흡할 때 누군가가 셔터를 두드렸다.

"아빠, 아빠! 우리 왔어요!"

제임스 포크너가 셔터를 올리자 뛰어들어온 어린 소년이 아빠 품에 안기면서 깔깔대고 웃었다.

"엄청 웃겼어, 아빠. 아빠도 가서 봤어야 하는 건데! 찰리 채플린이 놈들의 얼굴을 뭉개놨어요!"

새뮤얼은 가슴이 뭉클했다. 할아버지였다. 우리 할아버지!

"근데 아빠 얼굴이 왜 그래?"

일곱 살의 할아버지, 아주 어린 꼬마!

릴리는 감당하기 힘들었는지 뒤로 한 발짝 물러서더니 풍선 바람 빠지는 것 같은 소리를 내며 눈을 뜬 채 하얀 강낭콩 자루 위로 푹 쓰러졌다.

XIV

41도 7부

릴리는 이틀 밤낮으로 열이 떨어지지 않았다. 뺨과 이마가 불덩이 같고, 이를 딱딱 부딪치는 것 말고는 아무것도 하지 못했다. 급히 불러온 의사는 자세히 진찰하더니 난감한 표정을 지으며 자신의 능력으로는 안 되겠다고 말했다. 목과 폐에는 이상이 없고, 임파선도 붓지 않았고 염증도 없으니…… 의학적으로 설명이 안 되는 희귀한 병이라는 것이다.

"내 능력 밖이오." 의사가 손사래치면서 비관적인 몸짓을 했다.

이틀째 되는 날 한밤중에 릴리의 상태가 더 나빠져서 모두가 회복하지 못할 거라고 생각했다. 계속 냉찜질을 해주는데도 체온이 41도 7부까지 올라갔다. 인체가 견딜 수 있는 한계를 넘어선 것이었다. 포크너 가족은 식품점 위층 전체를 가정집으로 쓰고 있어서 릴리를 손님방에 옮겨놨고 새뮤얼은 침대 밑에 이불을 깔고 잠을

졌다. 새뮤얼은 의문이 들었다. 알 수 없는 이 고열이 단순히 시간 여행 때문일까? 혹시 릴리가 시차를 견디지 못하는 건 아닐까? 현재에서 너무 먼 과거에 오래 머물러 있어서 그럴까? 견뎌야 하는 엄청난 일탈을 몸이 거부하는 걸까? 그 경우라면 치료법이 존재하지 않았다. 만약 이러다가 릴리가 죽으면…… 새뮤얼은 생각도 하고 싶지 않았다. 괜히 이 일에 끌어들였나? 그동안 릴리는 정말 기대 이상으로 지원해주었다. 드라큘라에 관한 자료를 수집하기 위해 도서관의 책들을 뒤지고 다녔고, 브루게 연금술사의 마법서 구절을 번역해주었다. 또 경찰이 온 걸 알려주러 왔다가 시간 속으로 내동댕이쳐진 건데……. 외눈의 부족에게서 구해주려고 보여준 놀라운 순발력은 혀를 내두를 정도였다. 릴리가 없으면 뭘 할 수 있지? 어머니를 잃었고, 아버지는 실종되었는데 오늘 또 릴리까지 잃는다면……. 절대로 안 돼, 생각도 하지 말아야 해.

다행히 증조부모는 놀라운 모습을 보여주었다. 특히 증조할머니 케티는 마피아들이 행패를 부릴 때 아이들이 어떻게 했는지를 자세히 듣고 나서 두말없이 새뮤얼과 릴리를 집에 묵게 했다. 릴리의 상태가 심상치 않다며 당장 의사를 부른 사람도 증조할머니였다. 그러고는 언제 준비했는지 오렌지주스와 쿠키를 만들어와서 걱정하지 말라고 따뜻하게 위로해주었다. 앨범 속 사진에서 보던 엄하고 딱딱한 인상과는 달리 증조할머니는 자상하고 세심한 어머니의 모습을 보여주었다. 증조할머니가 만들어준 햄버거와 양파튀김은 정말이지 지금껏 먹어본 것 중 최고였다.

증조할아버지 제임스 아담은 성격을 파악하기가 좀 힘들었다. 마피아의 협박을 받은 뒤로 검은색 브라우닝 권총과 총알 두 박스를 사서 금전등록기 밑에 감춰두고 있었다. 식품점에 손님이 없을 때는 서랍에서 꺼내놓고 기름병이나 과일시럽 항아리를 향해 총을 겨누고 쏘는 연습까지 했다. 경찰에 신고하라는 아내의 간청에도 불구하고 그러면 보복을 받기 십상이라면서 시청이나 경찰에 알리지 않았다. 새뮤얼은 증조할아버지가 직접 복수하기 위해 악당들이 다시 오기를 기다리고 있는 것이란 의심이 들었다.

제임스에게는 괴벽도 있었다. 케티가 가게를 보고 있을 때마다 슬그머니 지하실로 사라졌다. 혹시 태양의 돌과 관계된 일일까? 호기심이 동한 새뮤얼은 두 번째 날 오후부터 뒤를 밟았다. 맙소사! 증조할아버지가 환기창으로 나가는 것이 아닌가! 몰래 들락거리려고 창살을 일부러 떼었다 붙였다 할 수 있게 만들어놓은 거였구나! 30분쯤 후 돌아왔을 때 제임스는 술 냄새를 풍겼다. 새뮤얼은 물론 침묵을 지켰다. 가족사진에 보이는 증조할머니의 우울한 표정을 이해할 수 있을 것 같았다.

그리고 할아버지 도노반! 새뮤얼은 도무지 적응이 되지 않았다. 일곱 살밖에 안 되는 할아버지와 샤페르세 놀이*라도 하게 생겼는데 그걸 어떻게 아무렇지도 않게 받아들일 수 있을까! 도노반은 착하고 정이 많은 아이였다. 온종일 마당에 나가서 상자와 빈 병으로 건널목과 터널을 만들어놓고 기차놀이를 했다.

"칙칙폭폭! 칙칙폭폭! 타세요, 타세요! 기차가 곧 시카고 역을 떠납니다! 새뮤얼, 역무원할래?"

뭐라 표현할 수 없는 감정에 사로잡힌 새뮤얼은 물끄러미 쳐다봤다. 무릎에 앉혀놓고 귀엣말로 사연을 얘기해주고 싶은 마음이 간절했다. 그러나 과거에서 경솔하게 행동하면 미래를 바꿀 위험이 있다는 것을 새뮤얼은 잘 알고 있었다. 그리고 할아버지의 미래는 곧 새뮤얼과도 관련이 있지 않은가! 새뮤얼은 입을 꾹 다물고 깡통 사이로 빠져나가는 기차를 눈으로 좇고 있었다.

"칙칙폭폭, 꽥! 칙칙폭폭, 꽥! 터널 조심!"

도노반은 릴리에게 관심이 아주 많았다. 자기 방으로 들어오는 것은 허락하지 않으면서도—전염될까 무서워서—릴리를 위해 아침저녁으로 꽃을 따오고 그림도 그려주었다.

"이걸 릴리에게 갖다줘." 도노반은 커다란 태양을 색색으로 칠한 종이를 내밀면서 말했다. "아픈 게 나아서 일어날까? 다 나으면 우리랑 기차놀이를 할 수 있겠지?"

* 쫓기다가 어디든 올라서면 잡히지 않는 놀이.

회복 조짐은 셋째 날에 나타났다. 열이 떨어지면서 릴리는 베개를 받치고 앉아서 잼 바른 빵과 우유를 마실 수 있는 정도가 되었다. 얼굴은 여전히 창백했고 말 한 번 하는 데도 있는 힘을 다하는 것 같았다.

"나…… 난 이겨낼 거니까 그런 얼굴 하지 마. 공사장에 가서…… 돌이 어떻게 됐는지 보고 와."

공사장……. 새뮤얼은 릴리도 걱정이지만 안 좋은 상황을 보게 될까 두려워서 공사장으로 가는 것을 미루고 있었다. 그렇지만 이제는 가서 봐야 했다. 이른 오후에 새뮤얼은 릴리를 케티에게 맡겨 두고 용기를 내 키케로 거리를 따라가다 흑인 동네로 향했다. 공터 쪽으로 가기에 앞서 친척집에서 잘 지내고 있다는 안부를 전하기 위해 루시 할머니 집에 들렀다. 그러나 집이 비어 있었다. 이제 공사장으로 가는 걸 더는 늦출 핑계가 없었다.

상황은 추측했던 것보다 훨씬 최악이었다. 이틀 사이에 집이 있던 바로 그 자리가 콘크리트로 덮여 있었다. 미래의 입주민들을 위한 주차장이 틀림없었다. 새뮤얼은 기적이 일어나길 바라는 심정으로 한동안 말뚝 울타리에 기대고 있었다. 갑자기 땅이 쩍 갈라지고 지하실에서 로켓처럼 솟아오른 태양의 돌이 옆에 살포시 내려앉으면 얼마나 좋을까. 그러나 날아다니는 것이라고는 트레일러가 일으키는 흙먼지밖에 없었다. 현장 감독이 지시를 내리는 소리가

들렸다. 하는 수 없이 입구 쪽으로 눈길을 던지는 순간 한 인부가
고함을 질렀다.

"이봐! 거기, 노란색-오렌지색 꼬마! 거기서 뭐 하는 거야? 빨리
나가!"

돌아서서 가던 새뮤얼은 도로에서 좀 떨어진 어중간한 곳에 주차
해놓은 소형 화물차를 발견했다. 검은색 화물차는 반들반들했고,
차 옆면에 흰색으로 쓴 글씨가 보였다.

수집가들의 천국 골동품상, 이스트 스트리트 63/그로브 전원주택, 시
카고.

그 밑에 상점의 로고가 있었다. 한 쌍의 뿔 사이에 원을 그린 문
양…….

"또? 믿을 수 없는 일이야!" 새뮤얼이 중얼거렸다.

새뮤얼은 소형 화물차 주위를 한 바퀴 돌았다. 운전석 창문을 통
해 들여다봤지만 특별한 것은 보이지 않았다. 문의 손잡이를 잡고
돌려봤지만 잠겨 있었다.

"야! 노란색-오렌지색 꼬마!" 누군가가 뒤에서 외쳤다. "아직도
안 가고 뭐 하는 거야? 나가라는 소리 못 들었니?"

좀 전의 인부였다.

"우리 차랑 똑같아서요!" 새뮤얼이 소리쳤다. "근데 자세히 보니
까 아니네요!"

"야, 이 자식아! 내가 가서 끌어내야 정신을 차리겠냐?"

인부가 성큼성큼 다가오고 있었다. 시대가 달라서 그런가? 도무지 대화가 안 되네! 새뮤얼은 다시 한 번 농담을 던지려다가 포기하고 혼잡한 곳까지 걸음아 날 살려라 뛰었다.

새뮤얼은 숨을 돌리면서 자꾸 보게 되는 U자를 생각했다. 세인트 메리 박물관 도둑의 문신, 어머니-돌의 동굴, 폼페이 욕조 바닥, 그리고 방금 본 시카고 골동품상의 로고. 아르케오스 골동품 회사의 전신인가? 그로브 전원주택 63번지 네거리에 가보면 답을 알겠지…….

새뮤얼은 사람들에게 가는 길을 물어보고 나서 제임스 아담이 차비로 쓰라고 준 주화를 사용했다. 30분을 타고 가다 두 번 더 전차를 갈아타고 나서 티볼리 극장 앞에서 내렸다. 상점과 레스토랑이 줄지어 있고, 자동차들이 두 줄로 정차해 있었다. 사람들로 혼잡한 거리를 걸어가며 두리번거리던 새뮤얼은 '수집가들의 천국' 이란 간판을 발견했다. 커다란 호텔 밑에 자리 잡은 상점의 진열장 안에 골동품, 괘종시계, 금장 손목시계, 그리스와 로마 조각상—라벨에 지명이 명시되어 있었다—들이 빼곡했다. 진열장 중앙에 로고가 있는데 아르케오스의 로고보다는 뿔과 태양의 윤곽이 또렷하지 않았다. 새뮤얼은 문을 열고 들어가는 순간 울리는 요란한 차임벨 소리가 불길하게 느껴졌다. 나이가 지긋한 부인이 경계하는 눈초리로 맞았다.

"무슨 일로 왔니?" 부인이 퉁명스럽게 물었다. 장사에 도움도 안 될 남루한 차림새의 소년이 달갑지 않은 것이 역력했다

"아버지에게 드릴 선물을 찾고 있어요."

"아버지에게 줄 선물? 잘못 들어온 거 아니니? 바로 옆에 술집이 있는데 거기로 가야 하는 걸 잘못 온 거겠지."

새뮤얼은 속으로 말했다. 아버지를 술꾼으로 취급하다니! 이런 마귀할멈 같으니라고!

"아버지가 주화를 수집하시는데요." 새뮤얼은 애써 상냥한 목소리로 말했다.

"아버지가 주화를 수집한다, 고작?" 상점 주인이 버럭 소리를 질렀다. "그딴 걸 모으느니 아들에게 변변한 셔츠라도 한 장 사줄 것이지!"

이 여자가 무슨 말을 하든 참자, 참아. 새뮤얼은 브루게에서 환전상들의 계산을 도와주면서 배운 것을 떠올리며 말했다.

"베네치아의 두카, 피렌체의 플로린, 스트라스부르의 그로스…… 같은 주화는 아버지가 제일 좋아하는 것들이에요!"

"스트라스부르의 그로스?" 상점 주인이 확신이 없는 어조로 말했다. "잠시만 기다려라…… 내가 갖고 있는 것을 보여주마."

상점 주인은 새뮤얼에게서 눈을 떼지 않은 채 메달과 도자기를

전시해놓은 유리 진열장을 향해 걸어갔다. 건물을 제외하고 상점 전체가 발굴 현장 같았다. 선반뿐만 아니라 바닥 곳곳에 물건이 어지럽게 널려 있는 것이 정리라는 개념이 없는 듯했다. 상점 주인이 마침내 서랍을 열어 보여주었는데 비교적 양호한 상태의 옛날 주화가 여러 줄로 놓여 있었다. 그러나 애석하게도 구멍 뚫린 주화는 없었다. 새뮤얼의 관심을 끌 만한 것이 아니었다. 설사 새로운 태양의 돌을 찾아낸다고 해도 꼭 들어맞는 동전이 없으면 어떻게 릴리를 데리고 집으로 돌아간단 말인가!

새뮤얼은 형식적으로 한두 개를 살펴보고 나서 빨간 벨벳 위에 내려놨다. 이제 남은 것은 U문양에 관한 것을 알아내는 것이었다.

"아버지가 수집하는 종류의 주화가 아니에요. 진열장에 아주 예쁜 로고가 있던데 뭘 상징하는 거예요?"

"예쁜 뭐라고?" 이건 또 무슨 소리야? 하는 얼굴로 마귀할멈이 눈을 굴리면서 물었다.

이런, 이런! '로고' 라는 현대어를 사용했으니……. 새뮤얼은 시치미를 뚝 떼고 말했다.

"상점 이름 밑에 있는 진열장 그림이요. 이집트 신들이 머리에 쓰는 것 같은데 맞아요?"

새뮤얼은 내가 이렇게 박식하거든요? 하는 식으로 잘난 척을 해보려다가 실패했다.

"답을 알면서 뭐 때문에 질문하니?"

"저는 그냥 왜 그 그림을 선택하셨는지 알고 싶은 것뿐이에요."

"내가 선택한 게 아냐. 그리고 네가 그걸 알아서 뭐해?"

상점 주인이 짜증스럽게 말했다.

상점 주인이 주화 서랍을 탁! 소리가 나게 닫아버리고는 계산대 뒤로 가면서 원기둥을 스치듯 지나갔다. 원기둥 위에 있는 크리스털 트로피를 보는 순간 새뮤얼은 뭔가 생각날 듯 말 듯 했다.

"그래서 결정했니, 꼬마야? 마음에 드는 게 있어, 없어?"

새뮤얼은 당황하지 않았다. 상점 주인이 직접 로고를 결정한 것이 아니면 뒤에 누군가 다른 사람이 있다는 뜻이었다.

"그럼 혹시 그림을 선택한 사람이 지금 공사장에 있는 사람인가요? 이 상점의 화물차가 공사장 앞에 주차되어 있는 걸 봤어요."

마귀할멈은 곧바로 대답하지 않았다. 눈이 더 커지고 입가에 경련까지 일어나는 것으로 보아 그녀가 겁을 먹은 것 같았다.

"공사장이라니? 무슨 공사장?"

상점 주인이 의심스러운 얼굴로 앙칼지게 물었다.

새뮤얼은 내친 김에 밀어붙이기로 했다. 어떤 정보든 들어야 해. 이 마귀할멈이 태양의 돌에 대해 알고 있을까?

"흑인 동네에 있는 공사장이요. 건물을 부수고 있던데 이 상점의 누군가가 거기에 관심이 있나보죠? 거기서 고대 유물이 많이 발견되었던가……"

"난 네가 무슨 말을 하는지 도무지 모르겠다."

모 아니면 도라고 했는데…… 새뮤얼은 모험을 시도했다.

"혹시 그 화물차 운전자의 어깨에 있는 문신이 한 쌍의 뿔과 태양 아니에요?"

이 말이 효과가 있었나? 상점 주인이 갑자기 계산대 밑으로 내려 갔다. 새뮤얼은 한순간 그녀가 기절한 것이라고 생각했다. 그러나 곧바로 일어난 마귀할멈은 장총을 들고 있었다.

"이런 바퀴벌레 같은 놈!" 상점 주인이 깔때기 모양의 구식 총신 을 겨누면서 떽떽거렸다. "너 어디서 온 놈이야? 공사장에 뭘 찾으 러 갔었어?"

새뮤얼은 크리스털 트로피가 올라앉은 원기둥 뒤로 옆걸음을 치 면서 상점 주인이 모든 걸 박살 내기 전에 깊이 생각하고 행동하기 를 바랐다.

"그냥 둘러보기만 했지 아무 짓도 하지 않았어요."

진열장에 비친 마귀할멈의 일그러진 얼굴을 보는 순간 새뮤얼은 얼마 전 꾼 악몽 속에서 목을 조르던 투명한 얼굴이 떠올랐다. 느낌 이 좋지 않아…….

"대체 너를 보낸 자가 누구냐? 경고하는데 나는 서슴없이 방아쇠 를 당길 수 있어. 선량한 상인을 공격하는 네까짓 놈을 쏴버리는 것은 일도 아니지. 너에게 공사장과 문신에 대해 말해준 사람이 누군 지 순순히 불면 살려주겠다!"

그러나 상점 주인의 위협은 요란하게 울리는 차임벨 소리에 묻혔다. 손님이었다. 상점 주인이 재빨리 장총을 계산대 밑에 감췄고, 새뮤얼은 문 쪽으로 뛰어가다 들어서는 양복 차림의 외알박이 안경을 쓴 신사를 넘어뜨릴 뻔했다. 신사가 소리를 지르거나 말거나 들은 척도 않고 뛰쳐나온 새뮤얼은 무작정 내달렸다. U문양에 대해서는 알아낸 것이 없지만 훨씬 중요한 것을 얻었다. 그 바람에 현재로 돌아갈 수 있는 좋은 생각이 떠올랐으니! 원기둥 위의 크리스털 트로피를 보는 순간 뭔가 떠오를 듯 말 듯하더니 이제는 확실해졌다. 탐험가 자크 카르티에의 트로피! 그것은 바렌보임이 세인트메리 박물관에 유증했던 트로피였어! 바렌보임, 세인트메리! 세인트메리, 바렌보임! 그렇다면 바렌보임도……? 왜 좀 더 일찍 그걸 생각하지 못했을까? 이건 확실한 증거야!

XV

승차하십시오!

"꼭 지금 떠나야겠니? 정말 괜찮겠어?"

시카고 역, 파랑 빨강 단기들로 장식한 넓은 대합실에 재즈 음악이 울려퍼지고, 여행객들이 바쁘게 움직이고 있었다.

"많이 좋아졌어요." 릴리가 단언했다. "피곤하지도 않고……."

갑자기 병이 나서 사경을 헤매던 릴리는 마치 언제 그랬냐는 듯 느닷없이 회복되었다. 새뮤얼이 '수집가들의 천국' 골동품 상점에서 돌아왔을 때 릴리는 침대에 앉아 팬케이크와 사과주스를 마시고 있었다. 다음 날 아침에는 열이 나지 않았다. 아직은 좀 해쓱했지만 릴리는 건강한 모습을 보이려고 무진 애를 쓰면서 광고판 밑에 똑바로 서 있었다.

"그럼 됐어!" 제임스 아담이 말했다. "여행 코스를 적은 종이는 잘 챙겼니? 이제 15분 후에 출발이야!"

새뮤얼이 종이를 흔들어 보이면서 고개를 끄덕였다.

"어떻게 감사드려야 할지 모르겠어요. 따뜻하게 돌봐주시고, 돈도 빌려주시고……."

"하루 이틀 더 있다가 가면 좋으련만……." 케티가 말했다. "여행하는 동안 다시 열이 나면 큰일인데!"

"떠난 지 나흘이나 됐기 때문에 집에서 많이 걱정하고 계실 거예요." 릴리가 말했다.

새빨간 거짓말은 아니었다.

"너희 부모는 자식 키우는 방식이 특이한 것 같구나."

케티가 말했다. 어떻게 아이들끼리 여행하게 내버려둘 수 있는지 도무지 이해할 수 없다는 얼굴이었다.

그때 도노반이 와서 화제를 바꾸었다.

"엄마, 엄마! 저기 퍼시픽 231이 있어! 저렇게 커다란 기관차는 처음 봐! 와, 연기를 엄청나게 내뿜어요!"

"새뮤얼과 릴리가 떠난단다. 도노반, 작별 인사를 할 시간이야."

"정말 가는 거야?" 어린 도노반이 물었다.

릴리는 도노반에게 몸을 숙이면서 고개를 끄덕였다. 그러고는 며칠 전에 루시 할머니가 선물로 준 작은 얼룩말 장난감을 주머니에서 꺼냈다.

"자, 선물이야, 도노반. 이름은 젭이고 슬플 때마다 위로가 되어주었어. 많이 슬플 때 꼭 껴안고 우리를 생각하면 기분이 훨씬 나아질 거야."

릴리가 도노반의 뺨에 다정한 입맞춤을 하고 일어났는데 눈물이 글썽했다.

"어서 가야지. 기차 놓칠라……." 제임스 아담이 말했다.

플랫폼에서 작별 인사를 할 때 케티는 조심하라고 당부하면서 점심 도시락을 싼 바둑무늬 보따리를 새뮤얼의 손에 쥐어주었다. 그들은 마지막 작별 인사를 하고 7호 차량에 올라가서 첫 번째 좌석에 자리를 잡았다. 릴리는 마음의 동요를 감추기 위해 손수건에 얼굴을 묻었다.

"승차하십시오! 승차하십시오! 기차가 곧 출발합니다!"

종소리가 나자 역무원이 외쳤다.

증기를 뿜어내는 강력한 소리를 시작으로 연결봉과 피스톤이 삐꺽거리더니 기차가 덜컹 흔들렸다. 차츰 속도를 내기 시작한 기차는 기적을 울리며 흐물흐물한 금속 뱀처럼 미끄러지듯 도시를 질주했다. 새뮤얼과 릴리는 침묵을 지킨 채 건물들을 뒤로하고 접어드는 들판을 물끄러미 바라봤다.

"잘될까?" 릴리가 마침내 물었다.

새뮤얼은 여행 코스를 적은 종이를 폈다.

"종이에 적은 대로 가면 잘될 거야. 토론토에 도착하면 거기서 세인트메리행 기차로 갈아타면 돼. 늦어도 내일은 집에 갈 수 있어.”

“내 말은 그게 아냐, 새미.”

릴리의 눈이 반짝거리는데 불안하지만 확고한 눈빛이었다. 새뮤얼은 목소리를 낮추었다.

“돌을 찾을 수 있냐고 묻는 거야?”

릴리는 당근이지, 하는 얼굴로 고개를 끄덕였다.

“찾을 수 있다고 생각해. 바렌보임은 20세기 초에도 태양의 돌을 사용했어. 박물관에 보관되어 있는 구멍 뚫린 주화와 집을 들락거렸다는 이상한 사람들에 대한 소문이 바로 그걸 입증하고 있어. 백 년이 지난 뒤에도 태양의 돌이 지하실에 있다는 것은 그 사이에 이동하지 않았다는 뜻이고.”

“그럼 동전은 어떻게 해결하고?”

새뮤얼은 입술을 질끈 깨물었다.

“거기 가면…… 있을 거야. 바렌보임이 죽으면서 세인트메리 박물관에 소장품을 전부 기증했다는 것은 그 집에 동전들이 있었다는 뜻이니까.”

“시간 여행자가 태양의 돌을 작동해서 떠나고 나면 동전이 현장 부근에 남는다고 했지? 그러니까 바렌보임의 지하실에도 당연히 동전이 있을 거란 말이지? 응, 일리가 있다. 그래서 지금 우리에겐 동전이 한 개도 없는 것이고.”

새뮤얼은 골동품상 여자를 만나고 알아낸 사실로 마침내 한 가지 가정을 하기에 이르렀다.

"그 점에 대해 나도 골똘히 생각해봤어, 릴리. 곰의 동굴, 폼페이의 공중목욕탕에서도 그렇고, 지금 여기 시카고에서도 그렇고 가까운 데에 동전은 없고 대신 아르케오스의 로고가 있어. 동굴의 암벽, 온탕 바닥, '수집가들의 천국'이라고 쓴 화물차."

"그래서 결론이 뭔데?"

"검은 옷의 남자는 원하는 시대로 가기 위해 그 방법을 택한 것 같아. 태양의 돌이 인도하는 대로 어딘가에 도착하는 것이 아니라 자신이 로고를 새겨둔 곳으로 시간 여행을 하기 위해서. 이유와 방법에 대해서는 묻지 마, 그건 나도 모르니까. 하지만 예외 없이 한 쌍의 뿔과 태양이 나타나는 것에 대해 다른 이유는 없다고 생각해."

"그것으로 골동품상의 존재는 설명이 되네." 릴리가 인정했다. "1932년의 시카고로 규칙적으로 돌아갈 수 있다는 확신이 없다면 그 남자가 가게를 하지 않았겠지."

"그 남자가 마귀할멈에게 골동품을 공급해주고 이익금으로 재투자를 하고 있다는 생각이 들어. 그 자금 덕분에 아르케오스란 회사를 차릴 수 있었겠지."

"하지만 U문양의 기호로 시간 여행가를 어떤 시대로 유인하는 것이라면 전에는 어째서 한 번도 오빠 눈에 띄지 않았을까?"

"그 시스템이 작동하려면 U문양이 도착 지점과 마찬가지로 출발 지점에도 있어야 한다고 생각해. 각 시대를 통하는 뭔가가 있는 것 같아. 동전을 사용할 때랑 비슷해. 떠날 때 한 개가 필요하고, 돌아올 때를 위해서도 한 개를 갖고 있어야 하니까. 그래서 그 상징을 왜 어깨에 문신으로 새겼을까 곰곰이 생각해봤는데…… 몸에 새긴 상징 덕분에 시간 속으로 이동할 수 있는 거야. 내가 문신 얘기를 꺼냈을 때 골동품 가게 여자가 그렇게 화를 낸 것이 바로 그걸 입증하고 있어. 거기가 본거지야!"

"늘 바른 여행 경로를 알려주는 일종의 다기능 도로지도라고 해야 되나? 그래, 그건 이해가 돼. 하지만 그렇다고 우리도……?"

릴리가 새뮤얼의 팔을 건드렸다.

"설마 나 몰래 문신하지는 않을 거지? 그런데 말이야, 왜 우리가 가는 곳마다 계속 그 기호가 있을까?"

"바로 그게 문젠데 일이 좀 꼬였어. 골똘히 생각해봤는데 박물관에서 내가 당한 것 같아."

"당했다고?"

"응……. 바닥에 나뒹굴며 싸울 때 경보기가 울리자 그 문신의 남자가 바렌보임의 진열장으로 달려갔어. 나는 그자가 동전을 가지러 갔다가 너무 다급해서 닳아빠진 동전 하나를 빠뜨렸다고 생각했어. 그게 바로 U문양을 새긴 동전이었거든. 그런데 지금까지 있었던 여러 사건을 종합해보니까……."

새뮤얼은 이마에 주름을 잡으면서 생각에 잠겼다.

"나는 그자가 동전을 의도적으로 두었다는 결론을 내렸어. 내가 발견해서 그 동전을 사용하기를 바랐던 거지."

"무슨 말하는 거야?" 릴리가 어리둥절한 얼굴로 물었다.

"더 들어봐. 이상한 점이 한두 가지가 아니야. 아무리 머리를 쥐어짜도 주화 진열장 안에서 그런 문양이 있는 동전을 본 기억이 없어. 이상하지 않아? 한 쌍의 뿔이 새겨 있는 동전이라면 당연히 눈에 띌 텐데 내 기억에 그런 건 없었어. 또 한 가지는 너도 알다시피 이번에는 시간 여행을 할 때마다 U문양을 새긴 동전을 갖고 있었어. 계속 수송의 구멍에 넣다가 폼페이를 떠날 때는 태양문양에 올려놨거든. 그런데 말이야, 도착할 때마다 세 번 연속으로 같은 상징을 보게 된 것이 우연일까? 혈거시대 동굴에서, 폼페이 욕조에서, 골동품 상점에서. 아무래도 이상해. 그 동전이 우리를 정해진 목적지로 인도하고 있다는 생각이 들어."

"그럼 오빠가 그 동전을 사용하길 바란 이유는 뭔데?"

"나도 몰라. 어쩌면 나를 감시하는 하나의 방법일지 모르지. 그 동전을 사용하면 적어도 내가 어디로 가는지 알 수 있으니까……."

새뮤얼과 릴리는 의자에 깊숙이 앉아서 그 추측이 정확한 것으로 드러날 경우 어떤 일이 일어날지 생각하고 있었다. 주위를 둘러보니 가족, 연인 또는 부부 등의 승객으로 객차는 반쯤 차 있었다. 어린 여자아이가 좌석 사이를 뛰어다니고 있었고, 반대쪽 끝에서 한 무리의 군인이 웃고 떠드는 소리가 들렸다. 작은 성조기들이 객차 천장에 매달려 있고 대체로 유쾌한 분위기였다. 잠시 후, 역무원에 이어 중산모자를 쓴 남자와 아주 세련된 젊은 여자가 들어왔다.

"보세요, 7호 차량은 승객이 적다고 말씀드렸잖아요."

역무원이 표를 검사하는 동안 중산모자의 남자는 군인들이 있는 자리에 앉았고, 젊은 여자는 새뮤얼과 릴리의 맞은편 자리로 다가왔다.

"앉아도 되겠니?"

새뮤얼은 냉큼 일어나서 여자의 가방을 짐칸에 올려주었다. 그녀는 고맙다고 말하면서 매혹적인 미소를 짓더니 핸드백에서 손거울을 꺼내어 머리를 매만졌다. 몸에 딱 붙는 흰색 원피스, 검정빛 선글라스, 팔을 가린 새하얀 장갑…… 연예인 패션이었다. 영화배우인가? 새뮤얼의 눈이 돌아가고 있었는지 릴리가 팔꿈치로 툭 쳤다. 새뮤얼은 속으로 중얼거렸다. 어쨌든 제아무리 뛰어난 미모의 여배우라도 앨리시어와는 비교도 안 되는데…… 에이, 낮잠이나 좀 자야겠다.

파란 눈의 금발 여자에게 홀린 채로 깜빡 잠이 들어서일까, 입맞춤을 하면서 '샘, 나의 샘' 하는 달콤한 속삭임이 들릴 때 군침이

도는 냄새 때문에 새뮤얼은 눈을 떴다. 기차는 굽이굽이 이어지는 골짜기를 지나고 있었고, 릴리는 증조할머니가 준 보따리를 무릎에 올려놓고 풀어헤치고 있었다. 로스트비프, 소시지, 이탈리아식 소시지 살라미, 피클, 동그란 빵, 크레이프, 초콜릿 과자…… 꼭 소풍 가는 것 같네!

새뮤얼은 그 맛있는 것들을 잔뜩 쌓아올려서 대형 크기의 샌드위치를 만들고는 사람들이 쳐다보거나 말거나 게걸스럽게 먹어치웠다. 품위를 좀 지킬 걸 그랬나, 하는 생각에 주위를 둘러보던 새뮤얼은 중산모자의 남자가 힐끔힐끔 여배우를 훔쳐보고 있음을 알아차렸다. 얼굴은 전혀 알아볼 수 없지만 모자의 움직임만으로도 몰래 엿보고 있는 것은 확실했다.

"마실 거 줄까?" 릴리가 물었다.

새뮤얼은 정체불명의 남자가 원하는 것이 뭘까 궁금해하면서 릴리가 건네주는 레모네이드를 꿀꺽꿀꺽 마셨다. 기차가 기적을 울리며 터널로 들어갈 때 새뮤얼은 릴리에게 남자의 수상한 행동을 말해줄 생각이었다. 그런데 어둠에 잠기는 순간 새뮤얼은 왼쪽에서 뭔가 스쳐 지나가는 것을 느꼈다. 어? 어디로 갔지? 다시 밝아졌을 때 중산모자의 남자가 보이지 않았다. 없어진 것이 아니라 남자는 바로 뒷좌석으로 자리를 옮긴 것이었다. 여자에게서 겨우 2미터 떨어진 곳으로!

새뮤얼은 일부러 통로에 냅킨을 떨어뜨렸다가 줍기 위해 허리를 돌리면서 살폈다. 정체불명의 남자는 시커먼 코트 깃을 세워 얼굴을 가리고 있었다. 허리춤에 차고 있는 불룩한 것은…… 권총인가? 그러나 구두를 보는 순간 새뮤얼은 속이 뒤틀리는 것 같았다. 앞쪽 끝이 하얀 반짝반짝한 구두…… 뚜벅뚜벅, 뚜벅뚜벅, 이건 포크너 식품점의 환기창을 통해 보았던 바로 그 구두잖아? 맙소사, 중산모자의 남자가 엿보고 있는 것은 여배우가 아니라 바로 우리였어!

"너빨리화장실로가!"

새뮤얼은 릴리의 귀에 대고 아주 빠르게 말했다.

"뭐라고?"

"빨리 화장실로 가라고."

새뮤얼은 알아들을 수 있게 다시 말했다.

릴리는 뜬금없이 무슨 말이냐는 듯 눈을 흘겼다.

"정신 나갔어?"

새뮤얼은 여행 코스를 적은 종이 뒷면에 썼다.

아무 말도 하지 마. 중산모자의 남자가 바로 뒤에 와 있는데 우리를 뒤쫓고 있는 거야. 무기를 갖고 있는 것 같아. 9호 차량의 화장실로 가, 나도 금방 따라갈게.

잠시 머뭇거리다 마침내 일어난 릴리가 초연한 태도로 걸어갔다. 새뮤얼은 스물까지 세면서 릴리가 멀리 가기를 기다렸다가 보따리를 집어들었다. 그러고는 여배우에게 미소를 지어 보인 뒤에 통로를 걸어가서 주름처럼 생긴 접이문을 열고 차량 사이의 연결 공간으로 들어갔다. 달리는 기차 소리 때문에 귀가 먹먹했고, 승강구 이음새로 휙휙 지나가는 철로가 보였다. 8호 차량을 나오자 새뮤얼은 사람들의 시선에 개의치 않고 뛰었다. 다음 칸을 향해 계속 뛰어가던 새뮤얼은 하마터면 '숙녀'라고 표시된 검은색 문을 지나칠 뻔했다.

"뭐 하자는 건지 설명해줘야지?"

화장실에서 튀어나온 릴리가 볼멘소리를 했다.

"중산모자의 남자가 앞쪽 끝이 하얀 구두를 신고 있어."

새뮤얼이 숨을 헐떡이면서 말했다.

"그게 뭐 어때서? 왜 양말 색깔이랑 안 어울려서?"

"농담이 아냐! 강도들이 증조할아버지에게 행패를 부리는 동안 골목에서 망을 보던 작자란 말이야!"

"그러니까 오빠 말은…… 그 사람이 마피아 일당이라는 거야?"

"외투 허리춤에 불룩한 것이 있는데 그럼 그게 시집이겠어?"

"우리를 미행하려고 기차까지 탔단 말이야? 무슨 이유로?"

"두고 보면 알겠지! 그 일이 있고 난 뒤로 식품점을 감시하고 있던 게 틀림없어. 복수를 하려고……."

새뮤얼은 추측이 맞는지 확인하기 위해 접이문을 살짝 밀었다. 중산모자의 남자가 통로 맨 끝에서 승객들을 유심히 살피면서 걸어오고 있었다.

"그자가 이쪽으로 오고 있어! 빨리 가자!"

둘은 9호 차량으로 뛰어들다가 역무원과 마주쳤다.

"얘들아, 뛰어다니면 안 돼. 어디 가는 거냐?"

"동생이 배탈이 나서 설사를 하려고 해요. 빨리 화장실에 가야 하는데."

역무원이 못마땅한 표정으로 비켜섰다.

"정말 너무해, 하필이면 설사가 뭐야?"

역무원이 사라지자 릴리가 눈을 흘겼다.

"그럼 역무원의 훈계를 계속 듣고 있을 걸 그랬니? 그 사이에 그자가 올 텐데……."

지금까지의 차량과는 달리 다음 칸은 식당이었다. 열댓 명의 승객이 점심을 먹고 있고, 흰색 유니폼을 입은 흑인 웨이터 두 명이 은색 쟁반과 냅킨을 들고 주문을 받으러 다니는데 두꺼운 양탄자가 깔려 있어서 발소리는 나지 않았다. 테이블마다 싱싱한 꽃이 담긴 꽃병이 놓여 있고, 빨간 벨벳을 씌운 의자는 편안해 보였다.

"잠깐!"

돌아오는 역무원을 보면서 새뮤얼은 릴리를 잡아서 화장실로 밀어넣었다. 역무원이 눈을 부릅뜨면서 말했다.

"통로에서 돌아다니면 안 돼, 알았니?"

새뮤얼은 천사 같은 얼굴로 고개를 끄덕였다. 역무원이 뭐라고 구시렁거리면서 돌아가자 릴리가 나왔다.

"큰일 났다! 앞에는 역무원, 뒤에는 마피아! 어떡하면……."

어, 또 터널인가? 갑자기 캄캄해지고 기차가 몹시 흔들렸다.

"이리 와!"

새뮤얼이 릴리를 강제로 주저앉히고 빈 테이블 밑으로 떠밀었다.

"말로 하지 내 팔을 부러뜨리고 싶어서 그래? 제발 살살 좀 해. 내가 무슨 인형인 줄 알아?"

"쉿!" 새뮤얼도 웅크리고 앉으면서 말했다. "그자가 오고 있어!"

기차가 다시 환해지자 새뮤얼은 식탁보 자락을 약간 들췄다. 앞쪽 끝이 하얀 구두 한 켤레가 다가오고 있었다.

"웨이터!" 허스키하고 꺼칠한 목소리였다.

"손님, 식사하시겠습니까?" 웨이터가 물었다.

"아니, 소년과 소녀, 두 아이를 찾고 있는데 못 보았나?"

"제가 바빠서요, 손님."

"경찰에 쫓기는 것처럼 뛰어오는 아이들을 못 봤을 리가 없는데."

다급하고 위협적인 어조였다. 새뮤얼과 릴리는 구두와 파란색 천의 바지와 낡은 코트자락만 볼 수 있었다.

"죄송합니다, 손님. 일하고 있을 때는……."

"알겠네."

중산모자의 남자는 구릿빛 손을 외투 주머니에 넣었다가 1달러 지폐 두 장을 꺼냈다

"이거면 되겠나?"

웨이터가 머뭇거리는 것 같았다.

"그렇게 말씀하시니까…… 소년 한 명과 소녀 한 명을 본 것 같습니다."

릴리가 손톱으로 새뮤얼의 팔을 찔렀다. 이제 둘은 독 안에 든 쥐였다.

"저쪽, 침대 칸으로 갔습니다. 네, 말씀하신 대로 막 뛰어갔지요."

"알았네. 아이들이 다시 지나가면 알려주게. 나는 7호 차량에 있으니까."

반짝거리는 구두가 시야에서 사라졌다. 2, 3초 후 누군가가 식탁보를 휙 들췄다.

"이리 나와!"

테이블 밑으로 손 하나가 들어왔다.

"옷을 훔치질 않나, 테이블 밑에 숨질 않나, 너희는 만날 때마다

문제를 일으키는구나!"

유니폼, 목소리…… 아! 웨이터는 바로 루시 할머니의 입양아 매튜였다!

"매튜!"

"주방에서부터 너희를 관찰하고 있었어. 이번에는 또 무슨 사고를 쳤니?"

"그 남자는 우리 할아버지의 식품점에 들어와서 행패를 부린 악당이에요." 새뮤얼이 나직한 소리로 설명했다. "원하는 것을 갖지 못했기 때문에 우리를 해코지하려는 거예요."

매튜는 반쯤 믿는 얼굴이었다.

"음…… 그자가 정말로 너희에게 앙심을 품고 있다면 안전한 곳에 숨겨줄게."

안쪽 테이블에서 한 손님이 재촉했다.

"웨이터!"

"네, 곧 갑니다, 부인. 얘들아, 서둘러야 해. 주방장에게 들키면 골치 아파."

매튜는 서둘러서 두 아이를 객차 끝에 있는 식탁보와 수건이 쌓인 창고로 데려갔다.

"침대 칸과 식당에 필요한 침구 세트와 식탁보 세트는 내 담당이니까 아무도 오지 않을 거야. 비좁지만 여기 꼼짝 말고 있어. 나는 이제 가봐야 해. 아! 그리고 너무 더우면 창문을 좀 열어.”

매튜가 문을 닫았고, 다시 올 때까지 몇 시간이 흘렀다. 릴리와 새뮤얼은 식탁보 더미 속에 자리를 만들고 앉아서 점심을 마저 먹었다. 중산모자의 남자가 뒤쫓는 목적과 정체가 무엇인지 머리를 쥐어짰지만 만족스런 답을 얻지 못했다. 누구지? 마피아가 보낸 사람인가? 문신한 남자와 공범인가? 문신한 남자일까?

마침내 날이 저물 무렵 누군가 문을 두드렸다.

“문 열어, 매튜야.”

매튜는 지저분한 식탁보를 한 아름 안고 들어왔다.

“그 사람은 정말 끈질기더라. 오후에도 몇 번을 왔다갔다했는지 몰라. 화장실까지 뒤지면서 확인했다니까. 기분이 아주 안 좋은 것 같던데…….”

“역무원에게 알리는 게 어떨까요?” 릴리가 제안했다.

“메이슨? 비열하기로 말하면 누구에게도 뒤지지 않는 사람이야! 그 사람이 도와줄 거라고는 기대도 하지 마. 토론토까지 갈 거지?”

새뮤얼은 고개를 끄덕였다.

“내가 안전하게 내리도록 도와줄게. 아무도 못 볼 거야.”

“루시 할머니가 자랑스러워하시더니 괜한 말씀이 아니었어요.”

릴리가 고마운 마음을 표시했다.

“꼬마 아가씨, 그렇게 말 안 해도 돼. 정치에 대한 사랑 때문에 도와주는 거니까! 너에게 정보를 준 사람이 누군지 모르겠지만 민주당이 대통령 후보로 루스벨트와 가너를 선택했거든. 너의 예상이 적중했어! 덕분에 내가 1000달러를 땄다니까! 그래서 말인데 또 다른 의견이 있으면……."

"우연이었어요." 릴리가 얼른 둘러댔다. "신문에서 그런 기사를 읽었거든요."

"무슨 신문인지 말해줄래? 나도 구독하게!"

두 아이의 당황하는 표정을 보면서 매튜는 웃음을 터뜨렸다.

"너흰 정말 재미있는 아이들이야! 하지만 마음에 들어! 그 안쪽에 있는 자루를 집어줄래? 침대 칸의 시트를 갈아야 하거든. 도착해도 내가 올 때까지는 꼼짝 말고 있어."

매튜는 약속을 지켰다. 토론토 역에 도착하자 매튜는 철로 쪽으로 내리게 했다. 그러고는 수리공장을 가리키면서 다음 기차 시간까지 거기서 한숨 자라면서 시트를 건네주고 돌아섰다. 다시 시카고로 돌아가는 기차에서 승객 맞을 채비를 해야 하기 때문이다.

마침내 새벽 5시가 되자 새뮤얼과 릴리는 주위를 오랫동안 살핀 뒤에 세인트메리행 첫 기차에 올랐다. 중산모자의 남자는 이제 더는 우리를 해칠 수 없어…….

XVI

오래전의 인연

시간 여행을 하게 된 이후 처음으로 새뮤얼은 시간의 흐름을 실감할 수 있었다. 그동안 생판 모르는 시대의 낯선 도시를 방문하다가 갑자기 자신이 살고 있는 도시의 70여 년 전 모습을 보게 되었으니……. 낯익은 곳이지만 1932년 세인트메리의 모습은 가히 충격적이었다. 기차에서 내려 역을 나온 새뮤얼과 릴리는 목재 패널에 굵은 글자로 세인트메리라고 써 있지 않았다면 자신들의 눈을 믿지 못했을 것이다. 어떻게 된 거지? 변덕쟁이 요정이 요술지팡이로 돌과 유리의 도시를 시골 풍경으로 바꿔놓은 건가?

"어? 저기는 시청이 있어야 하는데." 릴리가 깜짝 놀랐다. "옛날에는 시청이 필요 없었나? 공원도 없어!"

세인트메리는 도시가 아니라 좀 큰 마을이었다. 줄어든 가죽처럼 거리와 건물의 수가 축소되어 있었다. 뒤에 예비 바퀴를 장착하고 트럼펫 클랙슨을 단 구식 자동차 세 대가 찻길을 지나가고 있고, 현대식 건물이라곤 보이지 않았다. 빌딩이 숲을 이루는 자리에는 3층 상가 건물들이 한창 건축 중이고, 인도—흙을 다져놓은 정도의 길이라서 인도라고 하기가 좀 그렇지만—에서는 행상들이 손수레에 실은 과일이나 야채를 팔고 있었다. 전봇대같이 길쭉한 가스가로등이 볼품없이 서 있을 뿐, 21세기 도시의 밤을 밝혀주는 휘황찬란한 거리와는 달라도 너무 달랐다.

"여기 DVD 대여점 자리 맞지? 원래는 바느질 가게였구나!"

"방목장에다 스케이트장을 만든 거였네!"

"저기 좀 봐! 공중화장실이지? 저 자리에 호텔이 들어선 거였어!"

다 열거하자면 한도 끝도 없었다.

세인트메리는 시카고보다 훨씬 뒤떨어진 시골 마을 같은데 분위기는 침체되어 있지 않았다. 사람들의 말소리가 더 크고, 상점도 활기차고, 술에 만취해서 비틀거리는 사람도 몇 명 보였다.

"오전 11시 반인데 벌써 술에 취해 있다니!"

릴리가 한심하다는 얼굴을 했다.

지금은 경작용 말들의 시합을 보러 구경꾼들이 몰려와 있는 진흙탕 방목지에 불과하지만 이 활기를 보면 훗날 상업 중심지가 된 이유를 알 만했다. 시합에 나선 말 두 마리가 갈퀴 모양의 쟁기를 끌고 달리면서 땅바닥에 깊은 고랑을 팠다. 두 패로 갈라진 사람들이 서로 상대편에게 야유를 보내면서 열띤 응원을 하고 있었다.

"몬태나? 쳇! 우리의 절반도 안 되는 땅덩어리인 주제에, 어딜 감히!"

"이기고 싶으면 세인트메리의 말들을 좀 더 잘 먹였어야지!"

"농부들의 축제인가봐!" 릴리가 말했다.

"어떻게 보면 그렇지." 와글거리는 소리 속에서 새뮤얼이 대답했다. "뭐 생각나는 거 없어?"

"뭐?"

"내가 알기로 몬태나와 세인트메리 사이에는 오래전부터 이런 종류의 시합이 있었어. 대개 싸움으로 끝나서 문제였지만. 어쨌든 해마다 7월 1일경에 열렸던 것 같아."

"우리의 국경일이잖아?"

"맞아. 아주 심각한 사고도 있었다는데…… 어쨌든 제2차 세계대전이 끝난 후에 이 시합은 금지되었어. 그래서 두 도시의 좀 더 평화적인 관계를 위해 시작된 경기가 바로 세인트메리 대 몬태나 유도 대회야. 다행한 일이지!"

"그럼 우리가 여행하기에 이상적인 때라는 건 확실하네."

새뮤얼과 릴리는 자신들의 학교로 가고 있다고 생각했는데…… 저게 뭐야? 고구마 밭인가? 돼지 축사인가? 결국 그들은 몬태나와 세인트메리를 열렬히 응원하는 사람들을 뒤로하고 바렌보임 거리까지 걸어갔다. 시내를 지나가는데 한 번도 경험하지 못한 자유를 느꼈다. 교통이 혼잡하기는커녕 찻길에서 아이들이 공이나 굴렁쇠 놀이를 하고, 한가롭게 작별 인사를 나누는 어른들도 있었다. 게다가 동네에 들어서자 지저귀는 새소리가 들리고 꽃향기가 코끝에 와 닿았다. 그러니까 세인트메리에서 자동차 없이도, MP3 없이도 사는 것이 가능하단 말인가?

바렌보임 거리는 더 쾌적해 보였다. 집들은 그들이 알고 있는 것과 같았지만 색이 덜 바래 있고, 정원은 손질이 더 잘되어 있었다. 새뮤얼이 전혀 생각지도 못했던 소박하고 평온한 분위기가 흐르고 있었다. 맙소사, 그런데 그들이 들어가야 할 집이…….

철책을 열자 삐걱거리는 소리가 났다. 입구부터 잡초가 무성해서 현관 앞 층계는 겨우 보일락 말락했다. 창문은 대부분 깨져 있고, 지붕널이 떨어져나간 지붕에는 풍향계만 처량하게 매달려 있었다.

"와, 귀신 나오는 영화 찍으면 딱 맞겠어!"

새뮤얼과 릴리는 약간 덜렁거리는 문을 열고 들어섰다. 꽃향기와 새소리는커녕 썩은 술 냄새와 지린내가 진동했다.

"버려진 집 같아, 청소를 아예 안 하거나!"

새뮤얼이 먼저 집 안으로 들어갔다. 75년 후에 아버지가 서점으로 사용할 방에는 깨진 병 조각과 나무부스러기, 담배꽁초가 널려 있었다. 화재가 났는지 벽과 창문 밑은 불길이 핥은 자국이 있고 천장에는 시커멓게 그을음이 앉아 있었다.

"사람이 살긴 살았던 집일까?"

릴리가 불안한 얼굴로 중얼거렸다.

지하실 쪽으로 가봤지만 내려갈 수가 없었다. 대여섯 명의 아이들이 어두컴컴한 계단에 줄줄이 앉아서 담배를 피우고 있었다.

"네 말이 맞네, 브래들리. 손님이 왔어." 무리 중 한 명이 담배연기를 내뿜으면서 다른 소년을 향해 덧붙였다.

"몽크, 나가서 다른 놈들이 또 있는지 살펴봐."

그 순간 새뮤얼은 전기가 오는 것처럼 등골이 찌릿했다. 유도경기에서 나를 깔아뭉갤 뻔했던 뚱보 몽크가 여기 있단 말이야?

빼빼 마른 소년이 눈을 내리깔고 일어나더니 바깥을 살피러 나갔다. 뚱뚱할 줄 알았더니…… 얘가 몽크인가?

"아무도 없어, 팩스턴."

말라깽이가 돌아와서 약간 짜증 난다는 목소리로 말했다.

팩스턴이라고? 팩스턴도 있단 말이야?

"그럼 됐네." 팩스턴이 흡족해했다. "조용히 대화를 나눌 수 있겠군. 모두 올라가!"

팩스턴이 손짓을 하자 패거리가 릴리와 새뮤얼을 에워싸고 층계 쪽으로 몰았다.

"어디로 가는데?" 새뮤얼이 따졌다. "우린 너희를 따라갈 생각

없어!"

팩스턴이 삿대질을 하면서 새뮤얼의 코앞에 바짝 다가섰다. 후손—앨리시어의 제리 팩스턴—보다는 키가 작고, 이마에 길게 흉터가 나 있질 않나, 이 하나가 절반 이상 부러져 있었다. 어쩐지 팩스턴을 처음 보는 순간 사이좋게 지내지 못할 것 같은 예감이 들더니…… 피는 못 속이는군. 새뮤얼은 이제 이유를 알 것 같았다.

"여긴 내 영역이야. 내가 시키는 대로 해, 자식아!"

릴리가 제발 싸우지 말라는 눈짓을 보냈다. 새뮤얼은 순순히 이층으로 따라갔는데 방들이 말 그대로 부랑아들의 소굴이었다. 마룻바닥에 뒹구는 매트리스들, 쌓여 있는 빈 병, 곳곳에 쓰레기…….
새뮤얼은 속으로 투덜거렸다. 미래의 우리 집인데 신경 좀 쓰지, 얘들 진짜 너무하네!

"너희 몬태나에서 왔지?" 팩스턴이 새뮤얼을 밑이 빠진 소파에 주저앉히면서 외치자 패거리가 에워쌌다.

"천만에." 새뮤얼이 대꾸했다.

"어쨌든 너희는 세인트메리 아이들이 아냐……."

맞는다니까, 이 멍청한 놈아! 너에게 설명하려면 너무 길어서 그렇지, 하고 내뱉고 싶지만 새뮤얼은 간신히 꾹꾹 눌렀다.

"우리는 시카고에서 왔어."

"시카고 좋아하네!"

제리 팩스턴의 할아버지, 아니 중조할아버지인가? 하여튼 조상의 눈빛이 번뜩였다. 이 멍청한 녀석은 제리 팩스턴의 조상임에 틀림없었다.

"시카고는 몬태나보다 더 싫어!" 팩스턴이 지껄였다. "난 시카고에서 왔느니 어쩌느니 하면서 건방 떠는 놈들은 모조리 없애버리고 싶어. 애들아, 너희는 안 그래?"

키득키득, 무리에서 웃음소리가 났다.

"게다가 지금 우리는 연습할 상대가 필요하거든."

약간 불안한 침묵이 흘렀다.

"뭘 연습하는데?" 릴리가 물었다.

"계집애는 빠져! 엄마 치마폭에서 맴도는 덜떨어진 계집애는 입 닥치고 있어!" 팩스턴이 윽박지르고는 패거리에게 말했다. "애들아, 셔츠!"

이런 일이 한두 번이 아닌 듯 패거리 다섯 명이 일제히 멜빵을 풀더니 셔츠를 벗었다. 팩스턴이 뿌듯한 얼굴로 새뮤얼에게 말했다.

"너도 벗어!"

"그럼 이 계집애는?" 몽크가 물었다. "얘는 안 보는 게 낫겠지?"

팩스턴은 잠시 흔들리는 것 같았다.

"너 아주 감상적이 되었다, 몽크. 노인네가 하늘로 가시고 동생을 돌보면서부터인가? 너무 물렁해지면 곤란한데, 불쌍한 자식…….

어쨌든 계집애에 대해서는 네 말대로 하지 뭐. 일단 어디다 가둬
놔. 이따가 내가 알아서 할게.”

그렇게 같잖은 아량을 베풀자 말라깽이 몽크가 릴리의 팔을 잡아
끌면서 복도로 나갔다. 그 사이에 셔츠를 다 벗은 패거리가 주먹을
쥐고 새뮤얼 주위를 빙빙 돌기 시작했다. 새뮤얼은 그제야 눈치를
챘다. 나를 샌드백 삼아 복싱 연습을 하겠다는 거구나!

새뮤얼은 시간을 벌기 위해 셔츠 단추를 천천히 끄르면서 좌우를
살폈다. 창문에 유리창이 남아 있지 않아서 여의치 않을 경우 정원
으로 뛰어내리면 되었다. 하지만 그럴 경우 릴리는 어떡하고……?
새뮤얼은 패거리와 맞서는 수밖에 없었다.

몽크가 돌아와서 패거리에 합류했다.

“먼저 배와 옆구리를 쳐.” 팩스턴이 코치라도 되는 듯 지시했다.

“얼마나 버티는지 좀 보자. 내가 신호할 때까지 얼굴은 때리지
마. 알아들었지? 자, 시작!”

그때 허스키한 목소리가 외쳤다.

“멈춰라! 나는 두 번 말하지 않는다!”

순식간에 조용해지고 모두가 문 쪽을 돌아봤다. 중산모자에 앞쪽
끝이 하얀 구두를 신은 남자가 문간에 서 있었다. 구릿빛 피부에 키
는 작고 표정이 아주 평온한 60대로 보이는 남자. 한 번도 본 적이
없는 얼굴이지만 새뮤얼은 어렵지 않게 알아봤다. 기차에서 알 카

포네의 하수인이나 문신한 남자인 줄 알고 피해 다녔던 사람이 그
럼…… 아몬의 대신관 세트니? 최초로 태양의 돌이 발견되었던 것
이 바로 세트니의 무덤 아니었던가. 그 세트니가 살아 있는 모습으
로 세인트메리에 나타나다니! 어떻게 이런 일이!

　놀라운 순간이 지나자 팩스턴이 비아냥거렸다.
　"한 사람 더 늘었다고 겁낼 내가 아니지! 애들아, 준비하고 있
어!"
　팩스턴이 의자에서 벌떡 일어나더니 다짜고짜로 세트니를 향해
발을 날렸다. 그러나 세트니는 날렵하게 피하면서 언제 꺼냈는지
지팡이로 휙! 공중을 가르는 것이 아닌가.
　"몹쓸 자식! 난 너를 해치고 싶지 않으니까 당장 여기서 나가라!
그러면 다치는 일은 없을 거다."
　"내가 가는지 두고 보시지!"
　팩스턴이 응수하면서 강력한 주먹을 날렸다.
　이번에도 세트니는 옆으로 살짝 피했는데 마치 상대의 공격을 예
측하고 있던 것 같았다. 새뮤얼은 유도경기에서 몽크와 상대할 때
경험했던 것과 같은 '데자뷔' 현상의 결과라고 생각했다. 한 팔을
든 채로 중심을 잃은 팩스턴은 턱을 얻어맞았다.
　"가만 안 두겠어!" 팩스턴이 서슬이 퍼레서 씩씩거렸다.

그러나 또다시 달려들던 팩스턴이 이번에는 벽에 쿵, 부딪히는 바람에 코피가 줄줄 흘렀다.

"야! 뭣들 하고 있는 거야?"

마침내 패거리가 대신관을 향해 달려들었다. 그 순간 믿을 수 없는 현상이 일어났다. 1분 동안 마치 시간이 멈춘 것 같았다. 몽크와 패거리가 갑자기 마비라도 된 듯 아주 힘겹게 움직이는 반면에 세트니는 현란한 속도로 아이들을 차례로 쓰러뜨렸다. 새뮤얼도 보이지 않는 끈끈이에 걸려든 듯 옴짝달싹할 수도, 눈을 깜박거릴 수도 없었다. 째깍째깍…… 이윽고 시간이 제 흐름을 되찾은 것 같았다. 아이들 대부분이 바닥에 넘어져서는 무슨 일이 일어났는지조차 모른다는 얼굴로 목덜미나 엉덩이를 주무르고 있었다.

"마법사다!" 질겁한 브래들리가 비틀비틀 일어나서 외쳤다. "빨리 도망쳐!"

부랑아들은 계단에 주저앉은 팩스턴을 부축해 일으키고는 꽁지가 빠지게 달아났다. 세트니는 지팡이를 짚고 서서 도망치는 아이들을 바라보며 숨을 돌렸다. 땀방울이 뚝뚝 떨어지는 세트니의 얼굴이 핼쑥해진 것 같았다.

"괜찮으세요?" 새뮤얼이 조심스럽게 물었다.

"음…… 괜찮다. 좀 지쳐서 그래. 이러지 말아야 한다는 걸 알지만 이따금 참을 수 없을 때가 있어."

세트니가 천천히 숨을 내쉬었고, 새뮤얼은 아는 척을 해야 하나 망설이면서 선뜻 다가서지 못하고 있었다. 대신관이 마침내 정신을 차리고 새뮤얼을 유심히 살폈다.

"여자아이는?" 세트니가 물었다.

"가까운 데 있을 거예요. 찾아볼게요."

세트니는 고개를 끄덕이면서 릴리를 찾으러 나가는 새뮤얼을 따라 옆방―훗날 새뮤얼의 방―으로 들어갔다. 부랑아들이 모아놓았는지 잡동사니가 가득했다. 자동차 타이어, 농기구, 맥주 한 박스, 저울…… 유령이 사는 방처럼 음산했다. 안쪽 벽에서 완전히 망가진 것 같은 옷장이 흔들거렸다.

"쾅! 쾅! 내보내줘."

새뮤얼이 옷장 열쇠를 돌리자마자 튀어나온 릴리는 당장 할퀴고 깨물어 뜯을 기세였다.

"진정해, 릴리! 나야 나!"

릴리는 키가 작은 구릿빛 얼굴의 대머리 남자를 발견하고 뻣뻣하게 굳었다. 왼손에 중산모자를 쥐고 서 있으니 당연히 놀랄 수밖에!

"당신은……."

세트니가 점잖게 인사했다.

"어제는 오해가 있었던 모양이구나. 기차에서 너희를 해칠 생각이 전혀 없었는데……."

"시카고에서부터 우리를 미행했잖아요! 포크너 식품점에 강도가 들었던 저녁에 오빠가 상점 앞에서 당신을 봤단 말이에요!"

"그래, 맞아. 시카고에서부터 너희를 미행했어."

"릴리, 놀라지 마!" 새뮤얼이 끼어들었다. "이분이 바로 세트니 대신관님이야."

놀랍기도 하고 믿기지도 않는다는 릴리의 얼굴……. 새뮤얼이 정령이나 유령을 불러내는 아주 신비한 고대의 주문이라도 읊었단 말인가. 3000년 전의 사람이 눈앞에 있다니! 피라미드를 짓고, 태양을 숭배하고, 나일 강에서 황금빛 배를 노 젓고, 죽은 사람들을 방부 처리하는 나라의 사람이 아닌가! 이 모든 일이 시작된 원인일지도 모르는 인물……. 그런 사람이 오늘 불쑥 나타나서 자신들을 구해주다니!

"세트니?" 릴리가 되뇌었다.

"영광입니다." 하고 덧붙이면서 새뮤얼이 정중히 대신관에게 허리를 굽혔다.

"고개를 들어라." 대신관이 다정한 어조로 말했다. "그런데 네가 어떻게 내 이름을 알지?"

"제가…… 아드님이신 아흐무시스를 만난 적이 있습니다. 테베에서……."

"아흐무시스를 테베에서?" 세트니가 깜짝 놀랐다. "그렇다면 내가 잘못 짚은 게 아니구나. 너희가 정말로 타후티 신의 돌을 사용한 거였어! 너희가 그래서 무너진 집에서 나온 것이냐?"

릴리가 눈이 똥그래져서 물었다.

"그럼 대신관께서도 공사장에 계셨어요?"

"물론이지. 거기 없었다면 내가 그 식품점을 어떻게 알고 갔겠니? 나는 돌이 파괴된 이유를 알기 위해 시카고라는 대도시에 온 것이다. 몇 달 전부터 심상치 않은 것이 시간의 길을 방해하고 있는데 무슨 일인지 알아내는 것이 내 의무니까. 그런데 폐허가 된 건물 더미에서 불쑥 나오는 너희와 실랑이를 벌이는 인부들을 보았지!"

새뮤얼은 곰곰이 생각했다. 심상치 않은 것이라고? 뭐야, 그럼 내가 심상치 않은 것이란 말이야?

"너희가 타후티 신의 비밀을 간파한 것 같아서 너희에 대해 알아보기로 한 것이다." 세트니가 말을 이었다. "다시 말해서 이상한 일이 일어난 이유가 너희 때문이었는지 알아내려고 미행한 거야. 너희는 시간의 길에서 내가 만난 최초의 아이들이니까!"

"그러니까 우리를 따라 식품점으로 온 거란 말이죠? 안에 있던 강도들과는 아무 관계가 없단 말이죠?"

"물론 관계가 없지! 그들을 도망가게 부추길 필요는 있었지만."

"그럼 강도들이 도망친 것이 대신관님 때문이었어요?"

새뮤얼과 릴리가 합창했다.

"아니, 그들을 도망가게 한 것은 너희지. 나는 그냥 그들을 설득하는 것으로 만족했으니까. 그들이 나를 위협하려고 총을 한 방 쏘긴 했지만……. 좀 전에 어린 부랑아들을 상대하는 걸 봐서 알겠지만 내가 싸움에는 경험이 좀 있거든. 어찌 됐든 그 뜻밖의 사건이 내 호기심을 자극했지. 며칠 동안 엿보고 있다가 어제는 너희를 따라 기차에 올랐어. 그런데 너희가 나를 따돌릴 줄이야!"

아, 그 총소리! 진짜 총소리였구나! 새뮤얼은 기억이 났다.

"근데 어떻게 우리를 찾으셨어요?"

"이 시대의 이 대륙에는 타후티 신의 돌이 몇 개 있거든. 그래서 세인트메리에 자주 오는 편이지."

"바렌보임이요?" 새뮤얼이 넌지시 물었다.

"게리 바렌보임을 아는구나!" 세트니가 반겼다. "정말이지 아주 놀라운 아이들이구나!"

"얘기로만 들었을 뿐이에요." 릴리가 말했다. "하지만 이 집이 그 사람의 집이었다는 건 알아요."

"그럼 돌도?" 세트니가 덧붙였다.

새뮤얼이 손가락으로 아래층을 가리켰다.

"돌이 있는지 확인하고 싶은데……."

"잠깐만요!" 릴리가 말을 잘랐다. "아까 몽크가 저 대들보 위에 뭔가 감추는 걸 옷장 구멍으로 봤어요. 새미, 올라가게 도와주면 내가 꺼내올 수 있는데…….”

새뮤얼은 한숨을 내쉬면서도 릴리가 대들보까지 올라가게 도와주었다. 벽에 달라붙은 릴리가 잠시 더듬거리더니 외쳤다.

“찾았어!”

릴리가 새뮤얼의 손바닥에 평범한 메달이 달린 은줄을 미끄러뜨렸다. 앞면에는 요람이 묘사되어 있고, 뒷면에는 글씨가 새겨 있었다. 버티 몽크, 1917. 11. 13. 엄마.

“싸움하러 오기 전에 메달목걸이를 풀어놨나봐.”

“버티 몽크가 출생 메달을 이렇게 소중히 여기다니 좀 뜻밖이다.” 릴리는 감동을 받은 듯했다.

그들은 메달을 다시 있던 자리에 넣어두고 말없이 지하실로 내려갔다. 지하실이 어둠에 잠겨 있어서 작은 창문에 막아놓은 널빤지들을 뜯어내자 공기와 빛이 들어왔다. 바렌보임이 사망한 뒤로 15년쯤은 아무도 지하실을 청소하지 않은 것이 틀림없었다. 두껍게 앉은 먼지, 숲을 이룬 거미줄, 벽에 시커멓게 핀 곰팡이, 죽은 쥐 두 마리, 악취가 나는 쓰레기 더미, 위생 시설이라곤 전혀 안 되어 있는 것 같았다.

“음, 숨막혀! 이게 무슨 냄새야!”

릴리가 오만상을 찌푸렸다.

“세상의 재앙과 비교하면 이건 아무것도 아니지.”

세트니가 수수께끼 같은 말로 대꾸했다.

안쪽으로 들어서는데 녹슨 기계들이 가로막고 있어서 더는 발을 뗄 수가 없었다.

"빨리 잘 봐! 돌이 있어? 없어?"

릴리가 재촉했다.

새뮤얼은 조마조마한 마음으로 베틀과 큼직큼직한 빈 실패들을 열심히 들어냈다. 한 무더기의 쇠꼬챙이 밑에서 마침내 태양의 돌을 찾았다.

"여기 있어."

새뮤얼은 진동을 기대하면서 손을 올려봤는데 아주 미세한 기미만 느껴졌다. 뭔가 이상한데…….

"문제는 동전이 없다는 거예요."

새뮤얼이 세트니를 돌아보면서 말했다.

대신관의 표정은 종잡을 수가 없었다.

"너희가 태양신 라의 원반 하나만 가지고 무턱대고 시간의 길을 돌아다녔다는 걸 믿어야 할지 모르겠구나."

뭘 원반이라고 하는 거지? 동전을 말하는 걸까? 아, 그래, 그 옛날에는 동전이라는 것이 없었겠구나……. 새뮤얼은 어리둥절한 얼굴로 물었다.

"태양신 라의 원반이요? 저 그게…… 사실은 세 개를 갖고 있었는데 우리는 운이 나빴어요. 매번 황급히 떠나야 했거든요. 우리가 위협을 받거나 돌이 위험하거나……. 그래서 우리가 시간 여행을 했던 세 곳에 태양신 라의 원반을 하나씩 두고 오게 되었어요."

세트니의 눈빛이 심상치 않았다.

"그런 식으로 여행하는 건 아주 경솔한 짓이야. 너희는 모르는 것이 너무 많은 것 같구나."

세트니가 민머리를 만졌다.

"말이 나온 김에 먼저 대화를 좀 나누는 게 낫겠어."

XVII

새로운 사실

지하실을 나와 매트리스가 있던 처음의 방으로 올라온 그들은 소파 주위를 대충 치웠다. 세트니는 편안하게 앉기 위해 코트를 벗었는데 안에는 허리띠로 묶은 튜닉 차림에 가죽자루를 어깨에 둘러메고 있었다. 그는 소파에 책상다리를 하고 앉아서 이따금 창문 쪽으로 눈길을 던지며 골목길을 올라오는 사람이 없는지 살폈다. 팩스턴 무리가 돌아오지 않을까 경계하는 눈치였다. 잠시 후 세트니가 말했다.

"약자에게는 강하고 강자에게는 약한 비겁한 아이들 같구나."

거의 1시간 동안 새뮤얼과 릴리는 돌을 발견하게 된 경위와 시카고에 착륙하기까지 겪었던 일을 얘기했다. 대신관은 한 번도 중단시키지 않은 채 들었고, 아이들이 극복해야 했던 이런저런 난관을 얘기할 때는 고개를 끄덕이는 것으로 대신했다. 새뮤얼이 이야기를 끝냈을 때 세트니는 깊은 생각에 잠겨 있는 듯 멍한 얼굴이었다.
이윽고 세트니가 릴리에게 말했다.

"이리 가까이 오렴."

릴리가 다가가자 대신관이 눈의 흰자위를 꼼꼼하게 살폈다.

"며칠 동안 열이 났다고 했지?"

"사흘이요." 릴리가 대답했다.

"시간의 병에 걸렸던 것이 틀림없구나. 내가 그 열병에 걸렸을 때는 일주일을 꼼짝 못하고 누워 있었지. 목숨을 구한 사람도 있고, 잃은 사람도 있어. 다행히 회복은 했지만 그래도 잘 쉬어야 한다."

세트니는 이어서 새뮤얼에게 폼페이에서 지진이 일어났을 때와 선사시대의 동굴에서 곰이 돌을 공격했을 때 일어난 일에 대해 자세히 물었다. 그리고 문신한 남자와 아르케오스의 로고에 대해서도 알고 싶어했다. 아무런 내색 없이 유심히 듣고 있다가 세트니가 마침내 미소를 지었다.

"임호텝*과 조세르 왕의 이야기를 아느냐?"

새뮤얼과 릴리는 고개를 저었다.

"내가 태어나기 이전의 옛날에 일어난 일이야. 조세르는 아주 신

* 이집트어로 '평화롭게 온 자'라는 뜻을 가진 임호텝(Imhotep)은 이집트 제3왕조 조세르(Djoser) 왕(B.C. 2630~2611 재위) 때의 재상이자 헬리오폴리스에서 태양신 라(Ra)를 섬기는 대신관이었다. 역사에 기록된 최초의 건축가이자 의사였다.

중한 파라오였고, 많은 영토를 정복하여 세상에서 가장 부자가 된 강력한 군주였어. 조세르의 명이 떨어지면 헤아릴 수 없이 많은 군대가 적군을 물리쳤고, 수많은 인부가 으리으리한 궁전을 지었지. 그렇지만 조세르는 불행했어. 왕이 누구보다도 사랑하는 딸 네페루르가 불치병에 걸려 있었거든. 날이 새서 가보면 딸은 온몸이 땀에 흠뻑 젖어 있었고, 전날보다 더 쇠약해지고 말라서 말도 못하고 먹지도 못했지. 왕의 주치의이자 건축가인 대신관 임호텝이 이집트에서 이름난 약이란 약을 다 써봤지만 소용없었어. 그러자 임호텝은 전국 방방곡곡 외딴 마을까지 부하들을 풀어서 비슷한 병에 대해 들었거나 치유할 수 있는 방법이 있는지 수소문하기에 이르렀지. 그것도 소용없었어.

그러던 어느 날 저녁 공주가 완전히 가망이 없는 상태가 되자, 대신관 임호텝은 가장 뛰어난 의술의 신이자 시간과 계절을 주관하는 타후티 신과의 신탁을 허락해달라고 왕에게 청했지. 밤새 기도를 드린 덕분인지 타후티 신이 마침내 왕의 주치의에게 신탁을 내렸어. 공주를 살려주는 대가로 조세르 왕은 이집트 역사상 존재한 적이 없는 기념물을 세워야 한다는 조건을 붙였지. 임호텝은 그리하겠다고 맹세를 했어.

파라오의 딸 네페루르가 살날이 하루밖에 남지 않게 되었을 때 따오기 머리를 한 타후티 신이 임호텝에게 말했어. '이 나라에는 네페루르의 병을 낫게 할 치료법은 존재하지 않는다. 임호텝, 공주를 살리고 싶으면 필요한 치료법을 찾으러 시간의 길을 돌아다녀야 한다.'

그리하여 타후티 신은 임호텝에게 태양문양을 새긴 돌과 태양신 라의 원반 일곱 개를 사용하면 각기 다른 일곱 개의 시대로 갈 수 있다고 설명했지. 그러고는 이렇게 덧붙였어.

'일곱 세상을 돌아다니는데 너에게 주어진 시간은 각각 하루씩이다. 그런데 시간의 길에서 흘러가는 하루는 여기서 말하는 하루의 7분의 1에 해당된다. 따라서 하루가 다 지나갔는데도 네가 돌아오지 않거나 치료법을 찾지 못하면 공주는 죽고, 너도 함께 죽을 것이다. 나는 이 두루마리로 네가 이동하는 과정을 지켜볼 것이다.'

그러면서 타후티 신은 일련의 상형문자가 반복되어 쓰인 파피루스 두루마리를 보여주었어. 그리고 마지막으로 어디에 있든 계속 치료법을 찾으러 다닐 수 있도록 돌을 조각하는 방법도 임호텝에게 가르쳐주었지. 그리하여 해가 뜨기 전에 임호텝은 시간의 길로 뛰어들었지."

세트니는 말을 중단하고 가죽자루를 열었다. 그러고는 돌돌 만 파피루스 뭉치를 꺼냈다.

"나는 타후티 신의 두루마리가 이것과 비슷할 거라고 생각해."

누렇게 바랜 파피루스에 삼사십 개씩 상형문자가 반복되어 쓰여 있었다.

"우리 집에 있는 시간의 책이랑 비슷한 방식이네요." 새뮤얼이 말했다. "똑같은 페이지가 반복되거든요."

"지금 그 책이 어디 있는지 아니?"

"릴리의 방에 있어요."

세트니는 아무 말도 하지 않았지만 그 대답에 실망한 것 같았다.

"그래서 어떻게 됐어요?" 릴리가 물었다.

"뭐가 어떻게 돼?"

"주치의 임호텝과 네페루르 공주의 이야기 말이에요. 그다음은 어떻게 됐는데요?"

"그다음 이야기? 그건 나도 몰라."

"몰라요? 궁금하게 해놓고 이렇게 모른다고 하실 거면 아예 꺼내질 말던가요." 릴리가 따지듯 말했다.

대신관의 눈빛에 장난기가 가득했다.

"내 말은 그 뜻이 아냐. 내가 그다음 얘기를 모른다고 한 것은 동쪽에서 온 유목 민족 힉소스가 쳐들어왔을 때 임호텝이 여행에 대해 기록해놓은 것이 없어졌기 때문이야. 그 여행기가 다른 많은 것들과 함께 이집트 밖으로 나간 것으로 추정하고 있지. 아몬 신전에 감춰 있던 상자 한 개만 무사했으니까. 그 안에 열 개의 서판이 들어 있었지."

234

"대신관님이 그걸 발견하셨군요."

새뮤얼이 넘겨짚었다.

"그래, 맞아. 대신관이 된 지 1년 후에 발견했지. 그 서판에 타후티 신의 돌이 있는 곳과 사용 방법이 자세히 설명되어 있었어."

릴리는 단념하지 않았다.

"그래서 네페루르 공주는 어떻게 됐어요?"

"네페루르? 임호텝은 공주에게 필요한 치료법을 가져왔어. 너희가 사는 시대의 항생제라고 봐야지. 약속한 대로 조세르 왕은 임호텝에게 그때까지 전혀 본 적이 없는 기념물을 짓게 했지. 석조 피라미드, 그게 바로 이집트 최초의 피라미드였단다! 타후티 신에게 봉헌한 그 최초의 피라미드에 조세르 파라오가 묻혀 있지. 네페루르 공주는 임호텝이 어떻게 약을 구해왔는지 전혀 모른 채 오랫동안 행복하게 살았어."

"임호텝이 여행을 일곱 번 했다면 대신관님은?"

잠자코 듣고 있던 새뮤얼이 물었다.

"많이, 훨씬 많이 했지. 내가 몇 살일 것 같니?"

"예순, 아니 예순다섯 살이요!" 릴리가 서슴없이 답했다.

"나는 마흔일곱 살이야. 너희가 내 얼굴에서 보는 세월의 나이는 내가 만났던 수많은 삶의 고뇌와 고통이 남긴 흔적이란다. 어느 세기든 세상은 가슴이 아플 정도로 참혹할 때가 많았지."

"그런데 왜 여행을 계속하셨어요?"

"나에게는 선택의 여지가 없으니까. 타후티 신의 돌을 지키는 사람으로서 나는 돌을 수치스러운 목적으로 사용하는 사람이 없는지 확인해야 하거든. 그래서 시대마다 돌이 있는 위치를 표시하는 지도를 그리고 있어. 이미 많이 진척이 되었는데 보여주마."

세트니는 가죽자루에서 또 다른 두루마리를 꺼내서 자랑스럽게 펼쳐 보였다. 바다와 육지의 경계가 그럴 듯하고—세트니의 상상이 더해져 있지만—검은색과 빨간색으로 표시한 것이 수십 개였다. 초록색으로 표시한 산과 파란색으로 표시한 강도 보이고—그 중 나일 강은 금방 알아볼 수 있었다—점을 찍어서 표시한 도시 이름과 연대 표기, 가는 핀으로 뚫어놓은 구멍들……, 전형적인 지도라고 하기에는 아주 독특한 배치로 이루어져 있어서 전체적으로는 알아보기가 좀 힘든 지도였다. 세트니의 표현대로라면 지구는 윤곽이 명확하지 않은 일종의 군도였고, 돌이 있는 위치를 확인한 지역도 있고, 아직 찾아야 할 곳도 있는 것 같았다.

"이 지도에 돌이 몇 개나 표시되어 있어요?"

"쉰 개."

"쉰 개나 된다고요?" 릴리가 깜짝 놀랐다. "하지만 임호텝의 여행에 대한 전설에 따르면 일곱 번의 여행이니까 돌이 일곱 개가 아닌가요?"

"나도 처음에는 그렇게 생각했어. 타후티 신이 건축가이자 의사인 임호텝에게 돌을 조각하는 방법을 가르쳐주었다고 했던 말 기억하지? 일곱이라는 숫자는 따라서 원본을 뜻하는 것이야. 임호텝이 터득한 조각술이 그 후 다른 여행가들에게 전해지면서 돌이 늘어난 것이 틀림없어. 시간의 길을 다니는 사람은 누구나 한 번쯤은 태양신 라의 돌을 만들고 싶은 충동에 빠지기 마련이지. 무엇보다도 순수한 의도로 갈 곳을 선택하는 자는 마법이 작동하는 돌을 얻게 될 것이야. 그러나 반대로 타후티 신의 마법을 우습게 여기고 오로지 권력을 가진 부자가 될 목적으로 돌을 조각하는 자는 쓸모 없는 돌덩이만 얻을 것이다……."

"이 지도에 브란 성에 관한 것도 있어요?"

새뮤얼이 물었다.

세트니는 지도를 살펴볼 필요조차 없었다.

"안타깝게도 지도가 완성되었다고도, 언젠가는 완성될 거라고도 말할 수가 없구나! 하지만 진정으로 네 아버지를 구하러 가고 싶다면 너는 알아야 할 것이 있어. 특히 태양신 라의 원반에 대해서. 지금 너희가 돌을 사용하는 방법은 너무 불확실해. 단 한 개의 원반을 가지고 떠나는 것은 우연의 노리개가 되는 거야. 브란 성에 가기는 커녕 시간의 길에서 몇 세기 동안 헤매고 다닐 수도 있어!"

"바로 그래서 동전 일곱 개, 아니 원반 일곱 개가 필요한 거예요,

대신관님!"

이때다 싶은 새뮤얼이 얼른 대꾸했다.

"이 시대에서는 원반을 동전이라고 부르니까 나도 동전이라고 하지. 동전 일곱 개에 큰 문제가 없다면 물론 원하는 시대로 갈 수는 있겠지. 하지만 마법의 돌을 작동하고 나면 모두 과거의 시간 속에 남게 되는 것이 문제지. 다시 말해서 너희는 원하는 곳에 이를 수는 있어도 돌아오는 방법이 없으니 그게 문제라는 것이다!"

"하지만 저는 여러 번 돌아오는 데 성공했어요."

새뮤얼이 말했다.

"그건 오직 너의 사촌 덕분이야. 시간의 구조를 모르는 너희에게는 정말 믿어지지 않는 행운이었지. 시간 여행가를 출발지점으로 돌아오게 할 수 있는 존재는 그리 많지 않거든. 몇몇 여자들만 지니고 있는 능력으로 모계 유전이지. 그 능력을 얻는 것은 숙달된 마법사에게나 가능한 일인데 네 사촌 릴리는 천부적인 재능이라고 봐야겠다."

새뮤얼은 릴리를 다시 보게 되었다. 그러니까 현재에서 누군가가 자기를 생각해주는 것만으로 돌아갈 수 있는 것이 아니라 능력이 있는 사람이어야 했어! 아주 특별한 능력, 엄청난 능력이 있어야 하는 거야! 릴리에게 그런 능력이 있다니! 똑똑하다는 건 알았지만 이 정도로 대단한 아이일 줄이야!

잘난 척할 만도 한데 릴리는 우쭐대기는커녕 마치 다른 사람 애기인 양 내색조차 하지 않았다. 그러고는 세트니를 계속 바라보며 말했다.

"돌의 지도를 만들었다는 것은 여행할 확실한 방법이 있다는 뜻인가요?"

세트니는 다시 가죽자루에서 나무로 만든 캡슐 같은 것을 꺼냈고 고리를 풀자 두 쪽으로 벌어졌다.

"중국의 한 황제 미망인이 내게 준 것이란다. 황후는 이 조가비처럼 생긴 것에 태양신 라의 원반 하나를 넣어주면서 원하는 곳으로 나를 데려가 줄 거라고 말했어. 하지만 이것은 딱 한 번만 사용할 수 있는 일회용이라서 나는 사용해볼 엄두를 내지 못하고 있었지."

"그럼 더 확실한 방법이 있는 건가요?"

대신관이 일어나서 창가로 가더니 거리를 살폈다.

"조세르 왕의 전설에서 전혀 알려지지 않은 뭔가가 있었어. 나는 그걸 알아내기까지 수년이 걸렸지. 타후티 신은 임호텝이 여행할 수 있도록 태양의 돌과 태양신 라의 원반들 외에 황금팔찌를 손수 만들어주었더군. 문자가 새겨 있는 정교한 팔찌인데 이 팔찌에 일곱 개의 동전 중 여섯 개를 끼워서 태양의 빛살에 집어넣을 수가 있어. 그러니까 중앙에 갖다대는 동전으로 원하는 목적지에 이를 뿐만 아니라 나머지 동전들도 다 갖고 여행할 수 있는 거지. 황금팔찌

덕분에 임호텝은 일곱 개의 동전이 허락하는 일곱 시대를 마음대로 여행할 수 있었던 거야! 황금팔찌는 시간의 길을 열어주는 열쇠, 즉 열려라, 참깨라고 해야겠지!"

"그래서 동전에 구멍이 뚫려 있는 거군요!" 릴리가 흥분했다. "황금팔찌에 모두 끼워서 갖고 다닐 수 있게!"

충동에 이끌린 새뮤얼이 벌떡 일어나서 대신관에게 다가갔다.

"그게 어디 있는데요?"

세트니가 어깨를 토닥여주었다.

"황금팔찌 말이냐? 임호텝의 여행기록을 잃어버린 뒤로 동양 어딘가에서 복제한 것으로 알고 있어. 오늘날 복제한 팔찌를 갖고 있는 사람이 누구인지는……."

"그럼 원본은 어디 있는데요?"

새뮤얼이 약간 흥분한 목소리로 물었다.

"그건 내가 갖고 있지." 세트니가 천연덕스럽게 대답했다. "하지만 너희에게 주지 않을 거야. 짐작하겠지만 난 보여주지도 않을 거야. 너희 머리가 이상해질 위험이 있거든. 그걸 보는 순간 어떤 일이 일어날지 결과를 예측할 수 없단다. 그걸 손에 넣으려는 생각에 미친 사람도 있으니까."

새뮤얼은 억제할 수 없는 분노가 치미는 걸 느꼈다. 황금팔찌가 필요해! 아버지를 구하려면 그게 꼭 있어야 하는데! 지금 당장! 만약 세트니가 끝내 그걸 양보하지 않을 경우에는…….

새뮤얼이 자신도 모르게 한 발짝 다가서자 세트니가 손짓으로 멈춰 세웠다.

"네 심정이 어떨지 짐작하지만 아까 팩스턴 패거리에게 내가 어떻게 했는지 잊지 마라. 너는 더더군다나 상대가 안 돼!"

대신관의 단호한 목소리와 초연한 표정에 새뮤얼은 단번에 기가 꺾였다.

"용서하세요." 당황한 새뮤얼이 사과했다. "왜 그랬는지 모르겠어요. 저도 모르게 그만……."

"황금팔찌가 발휘하는 마력이 착한 마음을 가진 사람들을 망가뜨리는 거지. 이걸 경고로 생각하고 미래를 위해 다시는 그러지 마라."

"그럼," 릴리가 끼어들었다. "외삼촌을 구해줄 생각도 없으면서 무슨 이유로 이렇게 자세히 얘기해주신 건데요?"

"거짓보다는 진실로 방법을 찾아라. 진실은 통하는 것이니 때가 되면 정당하면서 필연적인 선택을 할 수 있을 것이다. 그런데 너희가 원하는 것보다 훨씬 빨리 때가 올지도 몰라. 태양의 돌과 너희 주변에서 너무 많은 일이 일어나고 있다는 확신이 드니까……. 동굴에서 곰이 공격하질 않나, 지진 때문에 물에 잠겨서 깨지질 않나, 공사장에서 불도저가 파헤치는 건물 더미 속에 묻히질 않나…… 그 모든 일이 우연이라고 생각하니? 과연 우연히 일어난 단순 사고

일까? 일반적으로 사람들은 타후티 신의 돌을 거의 알아보지 못하는데 동물들은……."

세트니는 다시 둘의 눈앞에 지도를 펼쳐놓고 파피루스에 핀으로 구멍 낸 자국들을 가리켰다.

"시간의 길에서 심상치 않은 일이 벌어지고 있음을 알리는 징조가 있었어. 자, 여길 봐. 이 지점들은 최근 몇 달 동안 돌에 문제가 생긴 위치야. 여기가 베수비오 산이 있는 도시 폼페이, 또 여기는 곰이 있던 동굴이고……."

세트니는 알록달록한 색채를 입힌 별 모양으로 유럽을 표현하고 있었다.

"그리고 여기, 시카고에 있는 곳들 중 하나에 들렀다가―세트니가 이번에는 잡아늘인 8자 모양의 영토를 가리켰는데 아메리카 대륙이 틀림없었다―너희를 만나게 되었다. 너희 얘기를 듣고 나니까 '누군가가 시간의 문을 닫으려 하고 있다'는 델포이의 신탁이 맞는다는 확신이 드는구나. 누군가 너희가 돌아갈 수 없게 돌들을 파괴하기로 작정한 거야!"

죽음 같은 침묵이 흘렀다. 불길한 기운이 방을 덮친 것처럼 새뮤얼과 릴리는 등골이 오싹해졌다.

"돌들을 파괴하기로…… 작정했다고요?" 새뮤얼이 마침내 말했다. "고의적으로 그런 거란 뜻이에요? 멀리서도 우리가 돌아올 수 없게 만들 수 있다는 거예요? 어떻게 그런 일이 가능해요?"

"너희가 시간의 책을 제대로 간수하지 못했다면 그럴 수 있지. 악의를 품은 자가 책을 훔쳐서 몇 장 찢으면 가능하니까. 너희도 알다시피 시간의 책은 여행하는 사람과 직접적인 관련이 있어. 페이지를 뜯어낸다는 것은 도끼로 돌을 찍어버리는 것과 같아. 그리되면 여행 중인 사람은 자기가 사는 시대로 영영 돌아가지 못한 채 생을 마감하게 되는 거야!"

"하지만 시간의 책은 내 방에 꼭꼭 감춰놨어요!"

릴리가 말도 안 된다는 얼굴로 응수했다.

"책은 무사하지 않은 것이 틀림없다."

"도대체 왜 우리를 공격하는 거죠? 우린 아무 짓도 하지 않았는데요!"

대신관이 어깨를 으쓱했다.

"너희가 본의 아니게 능력을 넘어서는 일도 할 수 있으니까. 네 아버지를 괴롭히는 문신한 남자를 예로 들어보마……. 그자가 하토르의 상징을 사용하는 능력은 보통 수준이 아냐. 태양과 뿔은 태양신 라의 딸이자, 인간에게 가혹한 벌을 내리기도 하고 은혜를 베풀기도 하는 두 얼굴의 여신 하토르의 강력한 상징이니까. 시간의 길 중 어느 길에 접어들었느냐에 따라 그자는 큰 은혜나 엄청난 고통을 끌어낼 수 있지. 내 추측대로 시간의 책을 훼손했다면 그자가 어떤 길을 선택했는지 아는 건 어렵지 않아……."

"그럼 문신한 남자에 대한 오빠의 판단이 맞는 거예요? 아르케오스의 로고가 있으면 정해진 장소로 이동할 수 있는 건가요?"

"부분적으로만. 하토르의 상징은 그 문양을 이미 새겨놓은 곳으로 너희를 인도하지만 살아 있는 사람들 속으로 돌아가는 건 허락하지 않아. 다시 말해서 돌아갈 때는 아마 열 번은 시도해야 너희가 원하는 곳으로 갈 수 있을까 말까. 그 상징의 문양이 많을수록 불확실성은 더 커지게 되는 것이고……."

"문신한 남자가 책을 훔쳤다는 건 우리 집에 침입했다는 거예요. 그럼 할머니와 할아버지가 위험하다는 건데…… 빨리 돌아가야겠어요!"

"나는 너희를 저버리지 않을 거야." 세트니가 약속했다. "너희 책이 훼손되었다고 해도 나에게는 몇 가지 방법이 또 있으니까……. 자, 이걸 받아. 나보다는 너희에게 더 필요할 것 같구나."

세트니가 새뮤얼에게 중국 캡슐을 내밀었다.

"나머지는 밑에 가서 보여주마."

층계를 향해 걸어가는 세트니를 따라가면서 릴리가 물었다.

"한 가지 궁금한 게 있어요. 타후티 신의 돌이 현재 살고 있는 시대의 과거나 미래로 보낼 수도 있나요? 예를 들어 일곱 살이나 서른 살의 나를 만날 가능성도 있어요?"

“그럴 가능성은 거의 없다. 인간의 몸은 살과 뼈 그리고 액체의 결합체지만 영혼은 단 하나뿐이니까. 따라서 같은 시공간에 같은 영혼이 두 개가 있을 수는 없지. 만약 그런 일이 일어난다면 영혼은 벼락을 맞은 것처럼 타버리고 말 것이다. 여행가가 최면에 걸려 있다면 몰라도. 하지만 그런 경우가 아니라면…….”

“다행이네요. 스무 살에 뚱보가 되어 있는 내 모습을 보게 된다면…… 윽, 생각만 해도 끔찍해요.”

그들은 지하실로 들어갔고, 세트니가 또다시 어깨에 둘러멘 가죽 자루를 뒤졌다.

“이게 적당할 것 같구나. 아까도 말했지만 숙달된 마법사는 시간의 책을 사용하여 여행가를 출발 지점으로 돌려보낼 수 있지. 그런데 여행가가 둘이면 문제가 있을지도 모르지만……. 자, 받아라.”

새뮤얼은 태양신 라의 원반을 받아서 살폈다. 가운데 구멍이 뚫리고 식물문양을 새긴 평범해 보이는 동전이지만 특유의 열기가 느껴졌다.

“우리 목숨을 구해주셨어요, 대신관님.”

“아몬의 신관으로서 그것도 내가 해야 하는 역할이니까. 그건 그렇고…….”

세트니는 마치 최면을 걸려는 듯 이상하게 새뮤얼을 쳐다봤다. 새뮤얼은 한순간 보이지 않는 손이 뇌를 건드리는 것 같은 느낌이 들었다. 섬뜩한 느낌이랄까…….

"난 늙었어. 흐르는 시간을 붙잡아둘 수도 되돌릴 수도 없다는 걸 느껴. 네가 테베에서 내 무덤을 봐서 알겠지만 내가 영원히 살 수는 없어……."

대신관이 사망한 나이를 알고 있는 새뮤얼은 아직은 몇 년 더 살 거라고 안심시키고 싶었지만 세트니는 손가락을 흔들며 말을 못하게 막았다.

"쉿! 내 죽음에 대해서 전혀 알고 싶지 않아. 죽기 이전과 죽은 이후에 대해서도……. 내 임무를 완수하려면 그것을 몰라야 하니까. 그러나 어쨌든 언젠가는 새로운 사람이 타후티 신의 돌들을 지켜야 해. 여행가들이 빠지기 쉬운 유혹을 뿌리칠 수 있는 강인함, 선과 악을 구별할 수 있는 명철함, 시간의 흐름을 역행하지 않는 판단력을 겸비한 사람이어야 한다. 특히 시간의 흐름을 역행하지 않는 것이 아주 중요해. 누군가가 세상의 흐름을 바꿀 경우에는 엄청난 재앙이 연쇄적으로 일어날 테니까. 예를 들어 자신의 이익을 위해 하토르의 상징을 사용하는 사람일 경우는 정말 위험하지. 바로 그래서 돌들을 지키는 사람이 있어야 하는 거란다. 그런데 새뮤얼 포크너, 나는 네가 그 임무를 완수할 자격이 있다고 확신해."

"제가요?" 새뮤얼은 깜짝 놀랐다. "하지만 저는 아버지를 찾아서 집으로 돌아가고 싶은 마음밖에 없어요!"

"물론, 물론 아직은 너무 이르지, 너무 일러……." 세트니는 다정한 목소리로 인정했다. "그렇지만 내 말을 잊지 마라, 때가 올 테니까. 그리고 때가 오면 심사숙고해서 결정을 내려라."

대신관이 한 발짝 다가왔다.

"얘들아, 이제 너희는 떠나야 해. 여행의 막바지에 이르려면 아직 멀었어. 많은 길이 너희를 기다리고 있어!"

세트니는 차례로 짧게 포옹하고 나서 아이들을 태양의 돌 가까이로 이끌었다. 태양문양에 동전을 올려놓기 위해 무릎을 꿇으면서 새뮤얼은 참고 참았던 마지막 질문을 하지 않을 수 없었다.

"대신관님…… 우리가 다시 만날 수 있을까요?"

대신관 세트니는 종잡을 수 없는 표정을 지었다.

"네가 상상하는 방식으로는 아닐 것이다."

XVIII

가슴으로 믿어야 할 문제

　새뮤얼은 모로 누운 채 옴짝달싹하지 못하고 있었다. 그동안 쌓인 피로가 한계에 달한 걸까? 새뮤얼은 무기력 상태에 빠져 있었다. 그러나 육체적인 것보다는 정신적 피로가 더 큰 것 같았다. 증조부모와의 만남, 대신관 세트니와의 만남, 릴리의 병, 현재로 돌아가지 못하면 어쩌나 하는 두려움……. 그 모든 일이 생각했던 것보다 훨씬 큰 충격이었던 모양이다. 그렇다고 벌써 지치면 안 되는데. 아직은 아버지를 구해야 하는 중요한 일이 남아 있는데…….

　새뮤얼은 천천히 눈을 떴다. 이번에는 어디에 와 있을지 짐작하지만 그래도 가슴이 두근거렸다. 벽에 곰팡이가 슬어 있지도 않고, 녹슨 기계도 없고, 죽은 쥐도 없었다. 작은 전등의 희미한 빛이 경이롭게 보이고, 평소에 보잘것없어 보이던 노란 걸상도 근사해 보였다. 아, 정말 집에 돌아오긴 왔구나!

"릴리, 괜찮아? 어디 다치지 않았어?"

태양의 돌에 기댄 사촌은 어머니 배 속 태아의 자세로 웅크리고 있었다.

"들었어, 새미. 두 번씩 반복해서 말할 필요 없어!"

"내가 반복하는 게 아냐, 릴리. 메아리 현상이야. 현재로 돌아오면 일어나는 현상인데 금방 없어질 거야."

릴리가 힘겹게 일어나서 의아한 눈길을 던졌다.

"그럼 우리가 돌아온 거야? 정말이지?"

"응, 릴리. 지하실, 우리 서점의 지하실이야!"

감격한 릴리가 두 손으로 얼굴을 감싸고 흐느끼기 시작했다. 새뮤얼은 끌어안고 달래주다가 시간 여행으로 인한 이상 현상이 사라졌다고 판단되자 릴리가 지하실을 나가게 부축해주었다.

서점으로 올라가보니 정리가 되어 있었다. 소파들이 제자리에 놓여 있고, 바닥에 흩어졌던 책들도 선반에 다시 꽂혀 있었다. 새뮤얼은 릴리를 세워두고 현관문 앞으로 가서 새로운 자물쇠를 설치해 놨는지 확인했다.

"할아버지가 다녀가셨나봐. 경찰이 나를 찾아왔을 때 같이 왔던 게 틀림없어. 서점이 정리되어 있는 걸 보면……. 그런데 릴리, 괜찮아? 집에 가도 되겠어?"

"응. 빨리 가서 할아버지, 할머니를 만나고 싶어!"

서점을 나온 새뮤얼과 릴리는 무슨 나쁜 일이 기다리고 있을까 가슴을 졸이면서 버스에 올랐다. 선사시대―로마―시카고까지 여행한 시간을 현재의 시간으로 계산하면 꼬박 하룻동안 행방불명되었기 때문에 집에 들어가서 환영받을 행운이라곤 거의 없었다. 새뮤얼은 가장 걱정해야 하는 일이 무엇인지 확신이 없었다. 박물관 도난 사건을 수사하는 경찰? 이블린 고모와 루돌프 커플의 끔찍한 공격? 그 커플에게 걸리면 당장 소년원으로 보내려고 난리를 칠 것이 뻔했다. 경찰에게 가면 적어도 그런 일은 당하지 않겠지만…….

집에 도착해보니 차고는 비어 있고, 현관문이 열쇠로 잠겨 있었다. 릴리가 자신의 열쇠꾸러미를 꺼냈다.

"문신한 남자가 무슨 짓을 한 거 아닐까?"

릴리가 겁에 질린 얼굴로 속삭였다.

"모르겠어."

집 안으로 들어가서 할머니를 불렀지만 대답이 없었다. 둘은 곧장 이층으로 올라갔다. 누군가가 새뮤얼의 방에 들어왔던 것이 분명했다. 침대 위에 쌓여 있는 옷가지, 서랍이 활짝 열린 머리맡 탁자, 엎어져 있는 '스파이더맨' 가방, 아버지가 사준 선물인데…….

"내 컴퓨터!"

책상 위가 엉망으로 어질러져 있었다. 어? 컴퓨터 본체는 또 어디 갔지?

“새미!”

옆방에서 릴리가 소리쳤다.

릴리의 방으로 뛰어들어가 보니 거기도 아수라장이었다.

“스피커! 세트니 대신관의 말이 맞았어!”

스피커가 바닥에 내동댕이쳐 있고, 시간의 책과 검정 수첩도 보이지 않았다. 가슴이 철렁한 새뮤얼은 부리나케 방으로 돌아가서 옷장을 확인했다. 태양의 돌에 관련된 자료를 정리해놓은 박스도 열려 있었다.

“왔어, 새미, 왔어!”

귀에 익은 할아버지의 자동차 소리—할아버지의 차 엔진 소리는 절단기 소리와 코끼리 울음소리를 섞어놓은 것처럼 희한한 소리가 났다—가 들렸다. 새뮤얼과 릴리가 반가운 마음에 현관 밖으로 뛰어나가자 할아버지와 할머니는 유령이라도 만난 듯한 얼굴로 쳐다봤다.

“릴리! 새미!” 할머니가 외쳤다. “오, 하느님 고맙습니다!”

할머니는 품에 달려드는 새뮤얼과 릴리를 끌어안고 오열했다.

“오, 내 강아지들! 무사했구나! 귀여운 내 새끼들!”

여간해선 감정 표현을 하지 않는 할아버지는 몹시 화가 난 얼굴이었다. 할아버지는 들어가자고 손짓했고, 모두 집 안에 들어가자 현관문을 닫고 나서 폭발했다.

"새뮤얼, 너 이 녀석! 정말 너를 가둬놔야 정신을 차리겠니? 너 생각이 있는 애니, 없는 애니? 릴리가 몇 살인지 알아? 또 무슨 일에 끌어들인 거니? 경찰이 가택 수색을 했어! 내 집을! 이웃 사람들이 보는 앞에서!"

온종일 기차놀이를 하던 어린 도노반 포크너, 75년이 지난 후의 도노반이 진노하고 있었다.

"경찰이 왜요?"

새뮤얼은 너무나 천연덕스럽게 물었다.

"왜? 박물관 도난 사건 때문인데 네가 정말 몰라서 묻는 거니? 너 분명히 해럴드와 박물관에 간다고 했잖아? 도난 사건이 일어난 직후에 현장에서 네 핸드폰이 발견됐는데도 몰라?"

"그래서 경찰이 우리 방을 저렇게 만들어놓은 거예요?"

"그래, 경찰이 드디어 마약을 찾으려고 들이닥쳤단 말이다! 네가 릴리를 무슨 일에 끌어들였는지 모르겠지만 이젠 정말 루돌프의 말을 믿을 수밖에 없어!"

"그럼 경찰이 내 물건을 가져간 거예요?"

새뮤얼은 당황하지 않고 태연하게 말을 이었다.

너무 흥분한 할아버지는 충격으로 쓰러질 것 같았다.

"네가 감춰놓은 것을 경찰이 찾았는지 알고 싶어서 그래? 너, 이 녀석, 이젠 아예 도덕심도 없구나!"

할머니는 할아버지를 진정시키려고 애를 썼다.

"참아요, 여보. 당신 혈압에 나빠요." 할머니가 이번에는 새뮤얼에게 말했다. "그래, 맞아. 경찰이 무슨 서류와 네 컴퓨터를 압수해 갔어. 마약 밀매 조직망이라던가…… 하여튼 그런 비슷한 걸 추적한다고 하던데 경찰이 잘못 안 거지? 새미, 너와는 상관이 없지?"

"당연히 경찰이 잘못 짚은 거죠!"

새뮤얼이 외쳤다.

"그럼 어떻게 네 핸드폰이 박물관에 있었는지 설명해봐!"

할아버지가 물었다.

새뮤얼은 할아버지와 할머니를 차례로 쳐다봤다. 이제는 피할 수 없는 상황이었다. 경찰이 뒤를 쫓고, 이블린 고모가 기숙사학교로 보내야 한다고 강력하게 밀어붙일 텐데…… 그러면 아버지를 구할 수가 없어. 지지해줄 사람이 필요해. 어느 누가 할아버지, 할머니보다 나를 잘 지켜주겠어?

"역정 내지 않고 15분만 제 얘기를 들어줄 수 있으세요?"

마침내 그들은 응접실에 앉았고, 새뮤얼은 그동안 있었던 일을 거의 모두 얘기했다. 할아버지, 할머니가 불안해하지 않도록 하마터면 목숨을 잃을 뻔했던 해적이나 칼로 위협하던 브루게의 연금술사, 곰의 공격을 받던 동굴 이야기는 건너뛰었다. 그리고 마지막 시카고 여행을 얘기할 때 새뮤얼은 할아버지가 강경한 태도를 보이는 걸 느꼈다. 얘기를 다 듣고 난 할아버지가 주먹으로 허벅지를 탁탁, 치면서 외쳤다.

"그런 일은 있을 수 없어! 헛소리하지 마라! 시간 속으로 여행한다는 건 말도 안 돼! 좀 더 그럴 듯한 구실을 찾았어야지! 그런 헛소리를 경찰이 믿기를 바란다면 네가 네 발등을 찍는 거야!"

"시카고에 있는 포크너 식품점…… 우리가 거기 갔던 거 맞아요, 할아버지!" 잠자코 있던 릴리가 끼어들었다. "오빠가 한 말은 다 사실이에요!"

"내가 속을 줄 알아? 지난번 새미가 다락방에 올라갔을 때 옛날 앨범을 뒤져본 게 틀림없어! 드디어 마약을 복용한 환각 증세가 나타나는구나!"

"상점 뒷마당에서 기차놀이를 했잖아요?" 새뮤얼이 반박했다.

"그 시절의 아이들은 다 기차놀이를 했어! 마당이 있는 집이면 누구나 다!"

"그럼 우리 기억 안 나세요? 릴리가 아파서 손님방에 사흘이나 누워 있었는데요. 그리고 마지막 날 아침 우리를 배웅하러 역으로 갔다가 퍼시픽 231 증기기관차를 봤고……."

"퍼시픽 231 증기기관차? 그건 역에 가면 얼마든지 볼 수 있었어."

릴리는 할아버지의 팔뚝에 손을 올렸다.

"그럼 젭, 젭은 기억나세요? 작은 얼룩말 장난감인데……."

할아버지는 잠시 머뭇거렸다. 뭐라고 신랄하게 대꾸할 것 같던 할아버지의 얼굴이 점점 밝아졌다.

"젭? 젭…… 맞아, 젭이 있었어. 까맣고 하얀 얼룩말, 지그재그 줄무늬가 있는……. 침대에 올려놓고 놀았던 기억이 나……. 근데 너희가 그걸 어떻게 아니?"

"우리가 거기 있었으니까요!" 새뮤얼이 대답했다.

"내가 지금 꿈을 꾸는 거지?" 할아버지는 곤혹스러운 얼굴이었다. "꿈이라면 깨야지! 이 나이가 되도록 나는 시간 여행을 한다는 얘기를 들어본 적이 없다. 더구나 너희들이? 그건 말도 안 돼. 새뮤얼과 릴리……."

할아버지는 한동안 입을 다물었고, 새뮤얼과 릴리도 잠자코 있었다. 갑자기 머릿속의 베일이 벗겨진 듯 할아버지가 사뭇 달라진 눈길로 손자들을 쳐다봤다.

"새뮤얼과 릴리, 그래, 맞아……. 너희 이름과 같은데도 그때 아이들의 이름을 까맣게 잊고 있었구나. 내가 아주 어릴 적이었어! 맞아, 여자아이가 많이 아팠지. 이제 기억나는구나. 그리고 사내아이는……."

할아버지는 눈물 때문에 뿌옇게 된 눈을 문질렀다.

"너희 말이 맞구나. 식품점에 아이들이 온 적 있었어. 나보다 몇 살 많았고, 다른 건 희미하지만 사내아이가 골프바지에 노란색과 오렌지색 옷을 입고 있었던 건 또렷이 기억나. 당치도 않다면서 무조건 의심부터 해 미안하구나. 새미, 릴리, 너희 말을 믿어줬어야 하는 건데."

할아버지는 새뮤얼과 릴리의 손을 잡고 끌어안았다.

"그러게 머리보다는 가슴을 더 믿었으면 좋았잖아요!"

할아버지 못지않게 감동한 할머니가 말했다.

"솔직히 말해서 아주 힘든 때였어. 사건이 연달아 일어나는 바람에!"

"어떤 사건인데요, 할아버지?"

"너희 증조할아버지가…… 정말 하고 싶지 않은 말이지만 그해 여름, 그러니까 1932년 여름, 사람을 죽였어……."

"네?" 릴리가 소스라쳤다.

할아버지는 고개를 떨어뜨렸다.

"어느 날 저녁 아버지가 상점 문을 닫는데 강도가 들어왔어. 패거리는 어머니와 나를 위협하면서 돈을 내놓지 않으면 모두 죽여버리겠다고 협박했지. 그런데 아버지에게 무기가 있었어……."

할아버지가 입속말로 중얼거리는 듯 목소리가 작아졌다.

"브라우닝 권총이죠?" 새뮤얼이 말했다. "놈들은 마피아였죠?"

"맞아. 수사는 제대로 이뤄지지도 않았어. 너희의 말을 듣고 나니까 무슨 일이었는지 이제야 이해가 되는구나. 그 악당에게 이미 위협받은 적이 있었기 때문에 아버지가 권총을 샀던 거야. 놈들이 다시 올 때를 대비해서……."

할머니가 일어나서 할아버지를 위로했다.

"변호사가 정당방위를 주장했고, 아버님은 무죄 선고를 받으셨어요. 하지만 그 일로 불쌍한 아버님은 깊은 상처를 입으셨죠. 어머님도 그러셨고! 그렇지 않아도 술을 좋아해서 걱정이었는데 그 후로는 폭주를 하시는 바람에……."

할아버지는 애써 미소를 지었다.

"너희가 두 분을 만났다니! 그 끔찍한 사건이 있기 직전이었으니까…… 어땠니? 그때는 두 분이 행복하셨지?"

할아버지를 기쁘게 하려고 릴리는 포크너 식품점에 있을 때의 일을 자세히 이야기하면서 증조할머니의 따뜻한 마음씨와 증조할아버지의 친절한 배려를 강조했다. 그 얘기에 기분이 좋아졌는지 할아버지 표정이 밝아졌다.

"그랬다니 정말 다행이구나. 75년 전에 내 부모님은 너희를 도와줬는데 정작 네 할머니와 나는 그러질 못했으니! 쉽지는 않겠지만 우리도 최선을 다하마. 정말 조심해야 해. 경찰이 새미를 뒤쫓고 있고, 이블린은 몹시 화가 나 있으니까……."

"엄마는 지금 어디 계세요?" 릴리가 물었다.

"루돌프가 병원에 데려갔어. 안정제 처방을 받으려고." 할머니가 한숨을 쉬었다. "네가 없어진 걸 알았을 때 신경 발작이 일어났지. 최근에는 잠잠하더니만. 어쨌든 네 엄마한테는 한꺼번에 말하지 말고 천천히 조금씩 설명하면 이해할 거야. 그건 내가 책임지마."

"그건 절대로 안 돼요!" 새뮤얼이 말했다. "다른 사람에게는 태양의 돌에 대해 말하면 안 돼요. 특히 고모한테는! 아버지의 목숨이 달려 있는 일이에요! 지금은 아버지가 있는 시대로 갈 수 있는 중국 캡슐과 동전을 갖고 있으니까 다른 사람의 간섭을 받지 않고 반드시 아버지를 구해올 거예요."

"드라큘라가 산다는 중세의 성으로 가겠단 말이니?" 할머니가 펄쩍 뛰었다. "사방에서 병사들이 너를 죽이려고 달려들 텐데? 농담이지, 새미?"

"완벽하게 해낼 수 있어요, 할머니. 지금까지는 준비가 부족했지만 이젠 달라요. 출발하기 전에 블라드 체페슈에 대한 정보를 최대한 수집해서 성공할 수 있는 방법을 연구하겠다고 약속할게요. 한 번만 갔다오면 될 거예요……."

"그러다 너도 붙잡히면?"

뜻밖에도 할아버지가 손자를 도와주었다.

"여보, 위험에 빠진 아버지를 모른 척하고 살아가는 인생이 어떨 것 같소? 나는 아버지에게 아무런 도움이 되지 못했던 걸 평생 자책하면서 살았소. 그리고 앨런이 새미에게 도움을 청했다지 않소? 그

건 누구보다도 새미를 믿는다는 뜻인데 무슨 증거가 더 필요하겠
소. 내가 조금만 더 젊었더라도……."

할머니는 여전히 허락할 수 없다는 얼굴이었다.

"그럼 경찰은 어떡해요? 그리고 이블린에게는 뭐라고 해요?"

릴리가 학교에서처럼 손을 들었다.

"좋은 생각이 있어요."

모두의 눈길이 릴리에게 쏠렸다.

"내가 가출을 한 거예요……."

"뭐라고?"

"네, 가출이요! 엄마와 경찰은 우리 둘이 같이 사라졌다고 생각하
는 거죠? 그게 문제의 핵심이잖아요? 모든 것이 오빠의 잘못이라고
생각하니까 우리 둘이 사라진 것을 별개의 일로 만들자는 거예요.
그러니까 내가 가출한 것으로 꾸미면 되지요."

"좀 구체적으로 말해보렴." 신중한 할아버지가 말했다.

"내가 제니퍼 오빠 넬슨을 좋아한다고 하는 거예요. 그래서 넬슨
이 떠나 있는 캠프장을 찾아가던 중에 어리석은 행동이라는 걸 깨
닫고 돌아왔다고 말하겠어요. 그러면 새미 오빠와는 아무런 관련
이 없게 되잖아요!"

"남자친구 때문에 가출을 해, 네가?"

할머니가 어이없는 얼굴을 했다.

"열두 살이면 그럴 수 있는 나이예요, 할머니. 그리고 그런 연극을 한 번 해보는 것도 재미있잖아요."

"그럼 새미는? 새미는 어떡하고?"

"오빠는 숨어 있어야지요. 그 사이에 외삼촌을 구해오기 위한 준비를 하는 거예요. 그리고 외삼촌을 모시고 집으로 돌아온 다음에는 우리의 행방불명 사건이 큰 문제가 되지 않을 거예요."

"하지만 새미가 어디에 숨어 있지?" 할아버지가 말했다. "여기는 이블린이 곧 돌아올 거니까 안 되고, 서점은 경찰이 언제 들이닥칠지 모르는데……."

이번에는 새뮤얼이 손을 들었다.

"음…… 나한테도 좋은 생각이 있어요."

XIX

방학 숙제

이게 정말 좋은 생각이었을까? 기괴하게 분장한 고딕 메탈*에 가까운 하드록 밴드의 포스터로 벽을 도배해서일까, 새뮤얼은 음침한 분위기가 감도는 방을 둘러봤다. 가죽 코트에 레이스 장식을 단 해괴한 복장, 눈 화장은 지나치지만 천사 같은 표정을 짓고 있는 얼굴……. 새뮤얼은 해골무늬 침대커버 위에 배낭을 올려놓고 애써 아무렇지도 않은 체했다.

"괜찮겠니?" 헬레나 토드가 물었다. "릭은 왜 이렇게 이상한 것들을 좋아하는지. 대체 어디서 이런 걸 구해오는지 모르겠어!"

"요즘은 이게 유행이에요. 이런 친구들이 많거든요."

"그럼 다행이구나. 어쨌든 편하게 지내렴. 릭은 3주 동안 할머니

* 해골과 양촛대, 죽음과 성, 뾰족한 첨탑 등 고딕 양식을 음악적 소재로 사용하는 장르의 음악.

집에 있을 거니까 조용히 지낼 수 있을 거야. 그럼 편히 쉬게 난 그만 내려갈게. 앨리시어는 오후 늦게 들어올 거야. 혹시 필요한 게 있으면 말해. 난 아래층에 있을 거니까. 저녁 식사는 8시야.”

새뮤얼은 고맙다고 인사했다. 아버지가 2주일이 넘게—새뮤얼은 아버지가 사라진 기간에 대해서는 사실대로 말하고 싶지 않아서 거짓말을 했다—소식이 없는데 그동안 고모와 사이가 점점 더 나빠지면서 험악해진 집안 분위기 때문에 피신을 왔다는 새뮤얼을 앨리시어의 어머니 헬레나는 진심으로 환영해주었다. 게다가 엘리사 포크너가 사망한 후 새뮤얼에게 너무 소홀히 했던 것에 죄의식을 느끼고 있는 헬레나는 이 기회에 만회하고 싶은 마음이 역력한 눈치였다. 오히려 새뮤얼이 집에 와 있는 것을 앨리시어가 어떻게 받아들일지 그게 문제였다.

새뮤얼은 릭의 책상 위에 어질러져 있는 것들을 한쪽으로 치워놓고—내 방도 엉망이면서 왜 남이 어질러놓은 걸 보면 짜증이 나지?—도서관에서 잔뜩 빌려온 것들을 올려놨다. 루마니아 역사책, 루마니아 지도책, 드라큘라 전기 등. 새뮤얼의 계획은 간단했다. 노골적으로 자신을 미워하는 사람들을 피해 하루 이틀 숨어 있으면서 블라드 체페슈에 관한 정보를 가능한 많이 알아내는 것이었다. 적을 이기려면 먼저 적을 알아야 한다는 말이 있지 않은가! 블라드 체페슈에 관한 자료를 많이 찾아볼수록 습관이라든가 성에서의 생활방식을 알게 될 것이고, 그러면 아버지를 구하는 일도 그만큼 수월해지지 않겠는가.

"고딕 메탈은 영원하다", "고딕 메탈 위에는 둠 메탈이 있다"라고 적힌 스티커들과 고딕 메탈에 관련된 음악 잡지들을 책꽂이에 올려놓은 뒤 새뮤얼은 종이와 연필을 들었다. 이제 진지하게 연구를 시작하면 되었다.

블라드 체페슈를 한마디로 표현하면 뭐가 좋을까? 정말 만나기 껄끄러운 인물임에는 틀림없지만…… 변호를 하자면 블라드 체페슈는 발라키아, 트란실바니아*, 오스만투르크**의 세력 다툼에 끼어 파란만장하고 슬픈 어린 시절을 보냈다. 게다가 전쟁에서 패한 군주는 승리한 군주에게 아들을 보내야 하는 중세의 관례에 따라 투르크 궁정에서 4년 동안 볼모로 붙잡혀 있기도 했다. 발라키아의 태수—공작에 해당하는 직위—인 아버지는 평생 전쟁을 하다 불리한 지세 때문에 헝가리 군대에 패하면서 살해되었다. 발라키아는 기독교 영토와 이슬람 세계 사이에 위치해 있고, 유럽과 아시아를 연결하는 교역의 요충지였으니 불씨를 안고 있는 땅이었다.

1456년 블라드 체페슈는 무력으로 발라키아의 권좌를 되찾으면

---

* 루마니아 북서부 지방을 총칭하는 역사적 지명.

** 13세기 말 이후 셀주크투르크의 뒤를 이어 소아시아를 중심으로 형성된 투르크족의 이슬람국가(1299~1922).

서 이름이 나기 시작했다. 당시 나이는 스물일곱이나 스물여덟 살이었다. 불행히도 그는 곧 환상에서 깨어나야 했다. 투르크와 헝가리 사이에 끼어 샌드위치의 고기 조각처럼 된 발라키아에 대해 전 세계가 군침을 흘리고 있었다. 따라서 블라드는 탐욕스러운 이웃 나라들이 통째로 집어삼킬 생각을 하지 못하게 경계를 강화해야 했다.

비정상적으로 돌아가기 시작한 것은 이때부터였다. 블라드는 자신을 예측불허의 사람으로 만들기 위해 공포 정치를 펼치면서 거역할 경우에는 남녀노소를 불문하고 가차 없이 처형했다. 이때부터 그 시대의 연대기에는 발라키아 태수가 사람들을 참혹하게 죽였다는 처형에 관련된 일화가 언급되었다. 병사, 투르크인, 헝가리인, 도시민, 농민…….

블라드는 가혹한 형벌을 즐기고 있는 것 같았다. 도둑은 커다란 냄비에 넣어 삶아버리고, 반역자는 화형에 처하고, 죄수들에게 혈족의 뇌를 넣고 삶은 가재를 먹이는 등…… 정말 소름 끼치는 만행을 서슴지 않았다. 그러나 블라드의 전문 분야—이렇게 표현해도 된다면—는 의심의 여지없이 꼬챙이로 꿰는 형벌이었다. 오죽하면 루마니아어로 ‘꼬챙이’를 뜻하는 체페슈가 이름일까! 블라드가 나이와 성별에 관계없이 꼬챙이로 꿰어 죽인 사람이 천여 명에 이른다고 기록되어 있을 정도였다. 그 기록에 과장된 면이 있다고 해도 어쨌든 앨런 포크너가 무시무시한 살인마에게 붙잡혀 있는 것만은 사실이 아닌가…….

그때 노크 소리가 나더니 대답도 기다리지 않고 앨리시어가 들어왔다. 테니스 복장, 6월의 햇살에 적당히 탄 피부, 뒤로 묶은 금발, 그러나 불쾌한 듯 표정이 굳어 있었다. 새뮤얼을 흘겨보면서 오빠의 침대 위에 올라앉은 앨리시어는 무릎깍지를 하고 턱을 괴더니 샐쭉한 얼굴을 했다. 새뮤얼이 돌아보면서 어물어물 말했다.

"미, 미안해, 앨리시어. 너한테 먼저 의견을 물었어야 했는데. 하지만 이틀 전에 왔을 때는 너희 집에 이렇게 있을 생각이 전혀 없었어. 근데 갑자기 집에 좋지 않은 일이 생겨서……."

앨리시어가 그런 말은 하지 않아도 되니까 입 다물라는 손짓을 했다. 무안해진 새뮤얼은 얼굴이 화끈거렸다. 그러나 앨리시어는 중세의 동굴에서 길을 잃은 엘프들의 여왕이고, 자신은 염치도 없는 초라한 불청객이라는 생각을 떨쳐버릴 수 없었다. 비참하군!

여러 가지 생각으로 머릿속이 복잡해진 새뮤얼은 잠시 어찌할 바를 모르다가 앨리시어가 침묵을 지키고 있기 때문에 공부하는 체했다. 글씨가 어른거려서 문장을 읽을 수가 없고, 불안할 정도로 세게 뛰는 심장이 튀어나오지 못하게 두 팔로 가슴을 감쌌다. 무안을 당하면 어때, 앨리시어가 바로 눈앞에 있는데!

30분쯤 지났을까, 마침내 앨리시어가 입을 열었다.

“엄마한테 들었는데 아버지가 사라지셨다는 게 사실이야?”

다정한 말투는 아니었다.

“응, 2주일이 넘었는데 소식이 없어. 약속하는데 하루 이틀만 너희 집에 있을게…….”

“내가 화나는 건 그 때문이 아냐.” 앨리시어가 말을 잘랐다. “제리와 싸웠어.”

“미, 미안해.”

“미안하다는 말로는 안 되지, 샘! 내가 싸운 건 너 때문이니까! 제리가 몽크를 부르더니 네가 또 나를 만나면 널 가만 안 둘 거라고 말하는 거야. 나한테 들으라는 듯이!”

팩스턴과 몽크! 콩 심은 데 콩 나지 별 수 있겠어? 그 할아버지에 그 손자지.

“유도경기에서 나한테 진 뒤로 걔들이 계속 벼르고 있다는 거 알아.”

“유도 때문이 아니라 나 때문이라니까!”

앨리시어가 발끈했다.

“우리는 아무 사이도 아니라고 계속 말해야 하는 것이 짜증 나 죽겠어.”

“맞는 말이지……. 그런데도 네 말을 믿지 않는다면 제리는 너를 만날 자격이 없어.”

"제리가 자격이 있는지 없는지 그건 모르겠어. 하지만 너를 못살게 굴까 봐……."

"난 제리가 두렵지 않아, 앨리시어." 새뮤얼은 단호하게 말했다. "다다미 위든, 밖이든 덤빌 테면 덤비라고 해. 하지만 만약 너를 괴롭히면 내가 가만 놔두지 않을 거야."

깊이 생각하고 한 말이 아니라 불쑥 튀어나온 말이지만 진심이었다. 앨리시어가 약간 부드러워지는 것으로 보아 그 말을 좋게 받아들인 것 같았다. 앨리시어가 침대에서 내려와 새뮤얼이 보고 있는 책에 눈길을 던졌다.

"공부하는 거야? 너도 방학이잖아?"

"응, 역사 선생님과 약속을 했거든. 이번 학기 성적이 좀 나빠서 중세에 관한 리포트를 쓰기로. 그래서 드라큘라로 알려진 블라드 체페슈에 관한 리포트를 내야 해."

"드라큘라에 관한 리포트를 써야 한다고? 너희 역사 선생님 이상한 사람 아냐?"

새뮤얼이 뭐라고 대답할지 궁리하고 있을 때 마침 1층에서 앨리시어의 어머니가 소리쳤다.

"얘들아, 저녁 먹자!"

그들은 함께 음악을 듣고 옛날 추억을 얘기하면서 저녁 시간을 보냈다. 앨리시어가 제리는 장점이 아주 많다고 자랑을 늘어놓으면서—질투심만 빼놓고—여전히 경계심을 보이고 있지만, 새뮤얼은 어느 순간부터 행복한 느낌이 들었다. 얼마나 오랜만에 느껴보는 행복인가!

다음 날 아침 앨리시어가 아직 자고 있을 때, 새뮤얼은 드라큘라의 모험을 총체적으로 검토했다. 살육을 즐기는 폭군이 대부분 그렇듯 블라드 체페슈도 종말이 좋지 않았다. 잔혹한 통치를 한 지 6년이 지난 후 그는 술탄 군대에게 쫓겨나 옥살이를 하게 되었는데 감옥에서도 쥐들을 나무 꼬챙이로 꿰었다는 얘기가 전해지고 있었다. 그것이 사실이라면 정신적으로 심각한 문제가 있는 것이었다. 이어서 오랜 세월 망명 생활을 하다가 음모를 꾸며서 발라키아를 다시 정복하려는 찰나 뒤에서 공격하는 부하의 칼에 머리가 잘렸다. 옛 신하들이 달려와 그의 죽음을 애도할 만도 하건만 이상하게도 한 명도 보이지 않았다.

이야기는 거기서 끝나지 않았다. 블라드 체페슈가 죽은 뒤에도 그의 전설에는 끔찍한 일화가 끊이질 않았고, 블라드를 가장 위험한 흡혈귀 뱀파이어로 비유하기에 이르렀다. 그리하여 블라드는 '악마의 아들'을 뜻하는 드라큘라라는 별명을 얻었다. 그러나 드라큘이라는 작위를 받은 아버지를 영광스럽게 생각해서 자신의 이름을 블라드 드라큘—라틴어로 '드래곤'을 뜻하는 드라코에서 변

형된—이라고 했다는 설도 있었다. 게다가 19세기 말, 브램 스토커*
가 블라드 체폐슈를 모델로 드라큘라라는 가공의 인물을 만들면서
루마니아 역사에 오스만투르크 군대를 물리친 용장으로 유명한 발
라키아 태수의 실화는 퇴색되고 흡혈귀의 전설이 되었다.

　새뮤얼은 블라드 체폐슈의 전기를 덮고, 아버지가 사라지기 직전
에 이웃집 아저씨 맥스에게 맡긴 동전 중 하나를 살폈다. 이 동전에
똬리를 튼 뱀문양이 있다는 것은 분명히 우연이 아니었다. 뱀, 드래
곤, 드라큘라……. 연관성이 있었다. 아버지가 뱀문양의 동전을 남
기고 갔다는 것은 일이 잘못될 경우 아들이 자신을 찾을 수 있도록
생각해낸 방책인 것이 틀림없었다. 새뮤얼은 중국 황후가 주었다
는 마법의 캡슐보다는 왠지 이 동전 덕분에 브란 성에 이르게 될 거
라는 생각이 들었다.

　10시경, 핸드폰이 울렸다. 위급한 경우를 대비해서 할머니가 빌
려준 것이었다. 릴리는 고모와 루돌프가 돌아왔는데 가출에 대해
꾸민 이야기를 전혀 의심하지 않고 받아들였다는 좋은 소식을 전
해주었다. 이블린 고모는 그 어느 때보다 애정을 표시하면서 더 신
경을 많이 쓰겠다고 딸에게 약속했다. 새뮤얼에 대해서는 자기 아
버지에게서 물려받은 의지 박약과 교양이 부족한 탓이라고 한탄만

* 영국 괴기 소설가. 흡혈귀 전설에서 아이디어를 얻은 『드라큘라』를 발표하여 유명해졌다.

하고는 더 이상 문제 삼지 않았다. 릴리는 할아버지가 빠른 시일 내에 들러서 선물을 줄 것이라고 알려주고 전화를 끊었다. 무슨 선물일까……?

책상 앞으로 돌아간 새뮤얼은 지도를 펼쳐놓고 브란 성의 위치를 살폈다. 놀랍게도 브란 성은 발라키아에 있는 것이 아니라 좀 더 북쪽에 위치한 트란실바니아에 있었다. 새뮤얼이 지금까지 읽은 내용에 따르면 블라드가 브란 성에 살았다는 구체적인 언급이 없고 그의 생활에 대해서도 불확실한 것이 많지만 모든 걸 예상할 수는 있었다. 실제로 오늘날 드라큘라의 저택으로 알려진 브란 성은 그 인물이 발휘하는 마력 덕분에 관광객이 몰리고 있었다. 그런데 큰 난관이 남아 있었다. 요새나 다름없는 브란 성은 블라드의 시절부터 건축물 구조에 변화가 있었는데 새뮤얼은 원래의 설계도를 갖고 있지 않았다. 무너진 성의 벽면을 재건축하는 과정에서 증축하거나 개축했을 수도 있지 않은가. 그런 상황이라면 어떻게 찾아가지? 감옥으로 곧장 가려면 위치를 확실하게 알아야 하는데…….

"새뮤얼! 오빠가 보내온 것 좀 봐!"

앨리시어가 핸드폰을 흔들어대면서 불쑥 방으로 들이닥쳤는데 꽃과 계피 향기가 풍겼다. 새뮤얼은 컬러 액정을 들여다봤는데 낯익은 그림이 있었다. 1430년에 브루게에서 그린 이제르의 초상화!

"네 얘기를 듣고 엄마가 할머니에게 찾아봐달라고 부탁했나봐."

“응, 그게…… 발투스라는 화가에 관한 다큐멘터리를 텔레비전에서 봤거든. 이 초상화를 보는 순간 얼마나 놀랐는지…….”

“엄마도 우리 조상일지 모른다고 생각하는 것 같아. 나랑 닮았다고 생각해?”

새뮤얼은 불빛 때문에 핸드폰을 약간 숙였다.

“응, 아주 많이.”

“정말 매혹적인 여인이지? 나랑 꼭 닮은 조상이 있다니 정말 신기해!”

“정말 아름다워.” 새뮤얼이 말했다.

“이 그림이 50년 동안이나 낡은 가방 속에 방치되어 있었는데 네가 아니었다면…….”

새뮤얼이 핸드폰 액정에 떠 있는 사진을 뚫어져라 쳐다보는 사이에 앨리시어가 검정 수첩의 내용을 베껴 쓴 종이를 봤다.

“이게 뭐야?” 앨리시어가 물었다.

“아, 그거! 그것도 역사 선생님이 내준 숙제야. 사전이나 백과사전으로 풀어야 되는 일종의 역사 수수께끼라고 해야지.”

“수수께끼라고?”

앨리시어는 큰 소리로 읽기 시작했다.

Merwoser (메르워세르) = 0

Calife Al-Hakim(칼리프 알-하킴), 1010
$1000000!
Xerxès(크세르크세스), B.C. 484
L' origine ouvre le chemin
(오리진이 길을 열어준다)
V. = 0
Izmit(이즈미트), 1400?
Ispahan(이스파한), 1386

"그 역사 선생님은 이상한 정도가 아니라 완전히 미쳤구나! 이 수수께끼와 드라큘라에 관한 리포트가 방학 숙제란 말이야?"

앨리시어가 새뮤얼을 뚫어져라 쳐다봤다.

"나한테 뭐 숨기는 거 있지, 새뮤얼?"

새뮤얼은 시선을 피하지 않으려고 애를 쓰면서 말했다.

"그런 거 없어, 앨리시어. 난 아무것도 숨기는 거 없어."

앨리시어의 얼굴이 바로 코앞에 있는데 어찌나 아름다운지 새뮤얼은 빤히 쳐다보고 있기가 힘들었다.

"우리가 어릴 적에 같이 자랐다는 걸 잊었구나, 새뮤얼. 난 네가 거짓말할 때 어떤지 잘 알아. 아버지가 갑자기 사라졌는데 고모와 사이가 안 좋기 때문이라면서 우리 집으로 도망쳐왔어. 그러고는 몇 시간씩 틀어박혀서 드라큘라 연구에다 말도 안 되는 수수께끼를 풀고 있잖아……. 그뿐만이 아냐! 네가 텔레비전에서 본 그림이 우리 할머니 집의 다락방에 있다니! 하여튼 이상한 게 한두 가지가 아냐!"

"다락방에 있는 것은 복제한 그림일 거야. 예술가들은 자신의 작품을 종종 복제해놓으니까."

앨리시어가 고개를 끄덕이면서 다정하게 말했다.

"미안해. 하지만 그동안 나한테 한 걸 생각하면…… 너를 무조건 믿을 수가 있어야 말이지."

앨리시어는 핸드폰을 받아들고 뒤로 한 발짝 물러섰다.

"멜리사네 집에 갈 거야. 오늘 저녁에 캠핑 떠날 준비를 하려고."

"캠핑? 며칠이나?"

"모레 돌아올 예정이야. 너도 갈래?"

초대하는 건가……? 앨리시어가 초대를 하다니! 새뮤얼의 머릿속이 흥분하기 시작했다. 이런 상황만 아니라면 당연히 캠핑을 따라갈 텐데, 그보다 더 즐거운 일이 있을까! 하지만 모레면 이틀인데……. 현재의 이틀은 아버지가 있는 과거에서는 2주일이잖아! 불가능해, 그건 도저히 안 돼!

"미안해, 앨리시어." 새뮤얼은 못내 아쉬운 목소리로 말했다. "다른 계획이 있어서 안 되겠어."

"알았어, 미안해. 그럼 너는 숙제나 하면서 재미있게 보내!"

앨리시어는 아무 말도 덧붙이지 않고 돌아섰고, 새뮤얼은 벼락을 맞은 듯 옴짝달싹 못하고 있었다. 이런 바보……. 멍청한 새뮤얼 포크너! 지금이 기회인데 왜 말하지 않았어? 다 고백했어야지! 어쩌면 앨리시어가 이해해줬을지도 모르는데! 용서해줬을지도 모르고 어쩌면 다시…… 어쩌면, 어쩌면…….

앨리시어는 캠핑을 떠났고, 토드 부부도 일보러 나갔기 때문에 새뮤얼은 혼자 앉아서 점심으로 달콤한 시럽을 넣은 돼지고기 슬라이스를 먹었다. 식사를 끝낸 새뮤얼은 릭의 방으로 올라가서 컴퓨터를 켰다. 이번에는 인터넷으로 브란 성에 관한 자료를 검색할 생각이었다. 새뮤얼은 드라큘라와 트란실바니아에 관한 정보를 추가로 수집했다. 블라드 체페슈에 관한 토론방에도 참여해봤지만 피 수프 제조법과 뱀파이어의 야광 이빨에 대해 이러쿵저러쿵 하는 시답지 않은 내용만 잔뜩 있는 것에 실망했다. 그러다 오스트레일리아의 한 네티즌 덕분에 우연히 알게 된 사이트에 들어갔는데 「탑과 드래곤」이라는 웹페이지에 태수가 기거했던 여러 성들의 정확한 지도가 제공되어 있었다. 그렇게 해서 새뮤얼은 『스트리고이의 밤』이라는 제목의 시나리오를 찾았고, 거기에 한 루마니아 학생이 대학교에 소장된 고문서에 근거하여 복원해놓은 브란 성의 설계도가 있었다. 게다가 젊은 역사학도는 위급한 상황이 닥쳤을 때 성을 빠져나가기 위해 만든 지하도가 있다고 단언했다. 이 지하도는 브란 성 아래쪽의 물레방아로 통하는데 붕괴를 고려하여 18세기에 막아버렸다고 덧붙였다. 거의 목적을 이루었다는 생각에 들뜬 새뮤얼은 그 정보를 모두 복사했다. 이제는 블라드 체페슈가 브란 성에 얌전히 있으면 되는데!

해가 질 무렵 할아버지가 초인종을 눌렀다. 안도하면서도 동시에 근심이 가득한 할아버지의 얼굴이 유난히 쭈글쭈글해 보였다. 할아버지는 뻔히 보이는데도 커다란 비닐봉지를 다리 뒤로 감추고 있었다.

"내가 이 동네를 다시 오게 될 줄이야!" 할아버지가 거실 소파에 앉으면서 말했다. "토드 부부가 잘해주지?"

"네, 아주 친절한 분들이에요."

"다행이구나. 네 할머니와 릴리가 안부 전해달랬다, 새미."

"고모와는 문제가 없었어요?"

"릴리가 말했겠지만 그 아이의 계산이 들어맞았어. 딸을 찾아서 기쁜 이블린이 루돌프를 앞세워 경찰이 압수해갔던 물건들을 찾아왔지. 이게 릴리의 방에 있던 건데……."

할아버지가 비닐봉지에서 시간의 책을 꺼냈다.

"아, 시간의 책! 근데 책이 왜 이래요?"

책을 어디다 내동댕이쳤는지 붉은 표지가 우그러지고 할퀸 자국이 있었다. 마치 햇빛에 노출된 것처럼 색도 군데군데 바래 있었다.

"아주 낡은 헌책이 되어버렸어요!"

새뮤얼은 몹시 놀랐다.

"그게 다가 아냐. 릴리는 여러 장이 없어졌다고 하더구나."

새뮤얼은 불안한 마음으로 책을 펼쳤다. 정말 여러 장이 없었다. 조심스럽게 오려낸 페이지도 있고, 함부로 뜯어버린 페이지도 있었다. 그래도 아직 남아 있는 페이지들은 1932년 세인트메리의 모습을 보여주고 있었다. 각 페이지의 제목도 똑같았다. 「세인트메리의 농촌 축제」.

"세트니 대신관의 말이 옳았어요. 문신한 남자가 우리를 돌아오지 못하게 하려고 방해한 거였어요! 하지만…… 경찰은? 시간의 책이 이렇게 된 것에 대해 경찰은 뭐라고 했어요?"

"그게 아주 이상해. 경찰은 모든 방이 열쇠로 잠겨 있었다고 주장하면서 아무도 접근할 수가 없다는 거야. 어쨌든 경찰의 책임 여부는 두고 보면 알겠지. 그건 그렇고 네가 알아보고 있는 건 어떻게 잘 되어가니?"

"네, 브란 성의 설계도를 확보했어요. 그래서 곧 떠나도 될 것 같아요."

"그럼 됐다. 그땐 네 할머니 앞이라 물어보지 못한 것이 있는데…… 도대체 네 아버지가 발라키아에는 뭘 하러 간 거니?”

새뮤얼도 그 점에 대해서는 애써 피해왔다. 그래서 세계의 배꼽이나 아르케오스 골동품 회사에 대한 얘기는 꺼내지도 않았다.

“아빠가…… 서점에 옛날 책들을 가져올 생각이었나봐요.”

할아버지는 턱을 긁었다.

“그랬을까 봐 걱정했더니…… 네 아버지는 늘 돈에 쪼들렸으니까. 우리가 이렇게 저렇게 도와주긴 했지만 결국은 네 아버지가……. 어쨌든 솔직하게 말해줘서 고맙구나. 그러나 할머니에게는 말하면 안 돼. 얼마나 아들을 자랑스러워하는지 너도 알지?”

“걱정 마세요, 입 다물게요.”

“됐다. 그리고 이걸 가져왔어.”

할아버지는 비닐봉지에서 끈으로 묶은 꾸러미를 꺼냈다. 이어서 떨리는 손으로 끈을 풀고 둘둘 휘감은 셈가죽*을 펼쳤다. 맙소사! 권총? 검은색 권총이 들어 있었다.

“내 아버님의 브라우닝 권총이야.” 할아버지가 설명했다. “무죄 판결이 났기 때문에 재판이 끝난 뒤에 돌려받았지. 난 도저히 이걸 없애버릴 수가 없었다. 아마 이런 순간이 올 거라고 예상했던 건지……. 내가 손질은 잘해놨으니까 언제든지 사용해도 돼. 방법도

---

* 양, 영양 등의 가죽을 부드럽게 가공한 것으로 속칭 세무가죽이라고 한다.

아주 간단해. 자, 봐라.”

할아버지는 빠르게 시범을 보였고 새뮤얼은 약간 두려운 마음으로 지켜봤다. 방아쇠, 노리쇠, 탄창…….

“총알은 일곱 개가 남아 있다. 거기서 요긴하게 쓰일 때가 있을지 모르니까.”

새뮤얼은 두려운 마음으로 무기를 받아서 손바닥에 올려놓고 쳐다봤다. 오늘 저녁 정말로 브라우닝 권총을 갖고 브란 성으로 가는 건가? 하긴 안 될 것도 없지!

XX

브란 성

이토록 고통스러운 이동은 처음이었다. 태양문양에 중국 황후의 캡슐을 올려놓자마자 뜨거운 열기에 휩싸인 몸에서 피가 모두 증발하는 것 같고 수만 개의 핀이 살을 찌르는 것처럼 아팠다. 뜨거운 증기가 고체로 변했나, 불덩어리 같은 것이 혈관을 타고 흐르기 시작했다. 1분쯤 버텼을까, 녹초가 된 새뮤얼은 토할 수도 없고 기침조차 할 수 없었다. 정신이 들었을 때 터진 입술에서는 한 줄기 피가 흘러내리고 있었고, 입안에 도는 비릿한 맛을 없애려고 여러 번 침을 뱉어야 했다. 중국 황후여, 대단히 고맙군요! 그리고 세트니 대신관님, 다음에는 이런 신물을 사용할 경우에 일어나는 현상에 대해 미리 알려주시기 바랍니다!

간신히 일어나서 주위를 둘러보던 새뮤얼은 숲을 가로지르는 강가에 있다는 걸 알았다. 어렵사리 먹구름을 뚫고 나온 햇살이 나뭇

잎에 걸려서 숲 속은 어둡고 으스스해 보였다. 〈반지의 제왕〉에 나오는 나무 지킴이 엔트들의 숲이라고 하면 딱 좋을 듯한데……. 그런데 강물에서 일직선으로 1, 2킬로미터 떨어진 앞쪽에 브란 성의 실루엣이 드러나 있었다. 야호! 제대로 왔구나…….

새뮤얼은 브라우닝 권총을 집어들고 노리쇠를 작동해봤다. 그러고는 권총을 주머니에 집어넣으면서 안전하게 돌아갈 수 있는 동전(새뮤얼에게는 아랍 글자를 새긴 동전, 플라스틱 칩처럼 생긴 동전, 뱀문양의 동전이 남아 있다)을 수송의 구멍에 넣는 대신 눈앞의 위험을 고려하여 권총을 선택했다는 것이 얼마나 위험한 짓을 저지른 것인지 깨닫기 시작했다. 새뮤얼은 중국 캡슐 안에 검은 뱀문양의 동전을 넣어두면 시간 여행을 하는 동안 잃어버리지 않고 목적지에서 찾을 수 있을 거라고 생각했었다. 그게 아니면 캡슐이 무슨 소용 있겠어? 그런데 전혀 그렇지가 않았다. 태양의 돌은 덤불에 처박혀 있는데 동전은 보이지 않았다. 이러면 돌아가는 데 필요한 동전이 없는 건데…… 큰일 났네. 하지만 할 수 없지, 그건 나중에 생각하자. 아버지를 찾는 것이 먼저니까……. 강물을 거슬러가다 들키지 않도록 조심해서 물레방아를 찾아야 해. 물레방아가 있다고 했잖아? 지금은 루마니아 대학생이 역사에 정통한 도사이기를 비는 수밖에.

좀 전까지만 해도 몸이 펄펄 끓었기 때문에 새뮤얼은 상큼한 공기를 마시면서 잠시 강기슭을 따라 걸었다. 풀이 무성한 오솔길이 점점 좁아지고 있어서 새뮤얼은 아름드리나무들을 돌아서 가야 했다. 그런데 이상하게도 주위가 너무 고요했다. 새소리조차 들리지 않았다. 마치 경계를 하는 것처럼 숲이 침묵하고 있었다.

가까워질수록 바위절벽에 올라앉은 성의 무시무시한 모습이 드러났다. 하나는 둥그렇고, 또 하나는 네모난 탑 두 개가 마치 하늘을 위협하듯 높이 서 있었다. 창문의 수가 적고 건축물의 구조나 지붕의 형태가 단조로워서일까, 중세의 성에 비해 브란 성은 밋밋하고 투박해 보였다. 강력한 성벽으로 봐서는 멋스러운 성이라기보다 난공불락의 요새에 가까웠다. 성벽 위에서 보초를 서는 병사 두세 명이 보였다. 새뮤얼은 용기를 내려고 권총을 움켜잡았다.

강물이 풀이 무성한 빈터로 흘러들고 있는데 거기에 시커멓게 탄 물레방아의 잔해가 있었다. 쓸 만한 널빤지를 수거해갔는지 회전바퀴가 분해되어 있었고, 나머지는 거의 쓸모가 없어 보였다. 물레방아 주변의 성벽은 절반이 무너져 있고, 그 잔해 더미에서 시커먼 들보 조각들이 썩은 이빨처럼 삐죽 튀어나와 있었다. 누렇게 된 수풀이 성벽 자락을 점령한 걸 보면 예전에 불이 났던 것이 틀림없었다. 정말로 지하도가 여기서부터 시작된다면 헤치고 들어가봐야겠지?

새뮤얼은 지하도와 연결되는 듯한 입구로 들어가서 천장의 널빤지가 단단한지 확인했다. 돌덩어리, 나뭇가지, 잡초, 거미줄이 복잡하게 얽혀 있었다. 지하도 층계는 위쪽 계단 몇 개가 없는 상태였고, 그 뒤로 보이는 공간은 총안*을 통해 햇빛이 비쳐들고 있었다. 왼쪽에 산더미처럼 돌이 쌓여 있는데 다른 데보다는 그런대로 정리가 되어 있는 것 같았다. 안으로 들어가서 살펴보니 바닥에 뚜껑 문이 보였다. 최근에 사용한 흔적이 있고 녹슨 빗장도 보였다. 누군가가 여기로 들어갔다는 뜻인데…….

새뮤얼은 뚜껑 문을 들어올릴 만한 것이 있는지 주위를 둘러보다 총안 밑에서 휘어진 쇠막대를 발견했다. 쇠막대를 집으려는 순간 벽에 새긴 표시가 눈에 띄었다. AF. 이건 아버지 Allan Faulkner(앨런 포크너)의 이니셜인데……. 아버지가 남겨놓은 것이 틀림없어! 제대로 찾아온 거야!

다리가 후들거리지만 새뮤얼은 쇠막대를 지렛대 삼아 뚜껑 문을 들어올리려고 힘을 썼다. 두 번의 시도 끝에 새뮤얼은 뚜껑 문을 들어서 간신히 뒤로 젖혔다. 구멍은 그리 깊지 않은데 우물 속처럼 시커멨다. 엎드려서 구멍 속으로 손을 넣어봤는데 가로 길이가 50센티미터쯤 되는 사다리 같은 것이 손에 잡혔다. 동굴 탐사 계획이라도 세워야 하는 건가……. 새뮤얼은 내려가기 전에 뚜껑 문을 도로

닿을까 망설이다가 그냥 두기로 했다. 급히 도망칠 경우를 대비해서 퇴로는 열어둬야지!

새뮤얼은 10단 사다리를 내려가서 바닥에 이르렀다. 5미터쯤 되는 깊이……. 터널은 일직선으로 나 있고 습기가 차 있어서 곰팡이 냄새가 진동했다. 무엇보다 아무것도 보이지 않았다. 새뮤얼은 심호흡을 하고 나서 벽을 더듬거리며 조심조심 들어갔다. 쥐였나? 이따금 뭔가가 새뮤얼의 손가락이 스치는 순간 찍찍거리면서 줄행랑치는 바람에 새뮤얼은 몇 번이나 깜짝 놀랐다. 얼마쯤 갔을까, 지하도가 끊어지는 것 같아서 잠시 더듬다가 오른쪽 위에서 층계를 발견했다. 계단이 불규칙하고 미끄러워서 새뮤얼은 기어올라갔다. 용기를 내기 위해 머릿속으로 수를 세기 시작했다. 하나, 둘, 셋……. 백육십오까지 셌을 때 무릎이 뭔가에 부딪혔는데 재빨리 잡지 않았다면 요란하게 굴러갈 뻔했다. 더듬더듬 만져보니 쇠붙이로 만든 두툼한 만년필 같았다. 재질로 봐서는 중세의 것이 아닌데……. 아버지가 대여섯 달 전에 블라드 체페슈의 본거지로 들어가려고 애를 쓰다 잃어버린 것일까? 그런데 아직까지 만년필이 여기 있다는 것은 이 비밀층계를 이용하는 사람이 거의 없다는 뜻인가? 그럼 다행인데…….

다시 올라가기 시작한 새뮤얼은 숨을 돌리기 위해 점점 더 자주 멈춰야 했다. 300계단을 올라가자 자신감이 점점 없어져서 새뮤얼은 아버지와 세인트메리로 돌아간 첫날 저녁에 보낼 즐거운 일을 생각하려고 애를 썼다. 피자 가게? 볼링장? 영화관? 아냐, 그보다는 모처럼 오붓하게 텔레비전 앞에 앉아서 샌드위치를 먹는 게 좋아! 평범한 가정의 생활을 얼마나 그리워했던가!

층계 꼭대기에 이르자 낮은 철문이 있었다. 새뮤얼은 손으로 더듬어봤지만 손잡이도 자물쇠도 돌쩌귀도 없었다. 몸으로 힘껏 부딪쳐봤는데 바위에 박혀 있는 것처럼 문은 꿈쩍도 하지 않았다. 빛이 조금만 있어도! 새뮤얼은 공포를 떨치려고 호흡을 가다듬었다. 이리저리 만져보다가 문짝 끝에 가늘게 파인 홈을 느꼈다. 이런! 앞뒤로 열리는 것이 아니었다. 오른쪽에서 왼쪽으로 미끄러지는 미닫이문인 줄도 모르고 무작정 힘으로 열려고 했으니! 옆으로 밀자 문이 약간 움직였다. 그래도 무게는 엄청난 것 같았다. 조금씩, 조금씩 밀어서 몸이 들어갈 만한 공간을 만들기에 이르렀다. 그러나 장롱인지 찬장인지 모를 장애물이 버티고 있었다. 빛이 보이면서 남자가 부르는 노랫소리가 들렸다.

공기를 헤치고, 물살을 헤치면서~
냄새를 맡으며, 주둥이~

이 시대의 유행가인가?

새뮤얼은 울퉁불퉁한 벽의 움푹 파인 데에 발을 집어넣고 어깨로 힘껏 밀었다. 가구가 삐걱거리는 소리를 내면서 움직였다.

들판을 지나, 물결을 타고~
공기를 헤치고, 물살을 헤치면서~

계속 노래를 불러주니 얼마나 고마운지! 한 번 더 밀면서 배를 집어넣고 발을 뻗었는데…… 휴! 새뮤얼은 마침내 들어갔다.

어두컴컴한 속에 나 있는 층계를 따라가자 바위를 직접 깎아서 만든 방으로 연결되었고 고기 굽는 냄새가 났다. 이런 데서 웬 고기 냄새? 하지만 분명히 고기 냄새였다. 미늘창*, 무기, 방패, 쇠뇌**, 쇠뇌화살, 포탄, 소형 대포 등이 벽에 가지런히 세워 있거나 선반 같은 데에 정렬되어 있었다. 지하도 통로를 막고 있었던 것이 이 선반이었구나. 새뮤얼은 이번에도 이 선반을 표적으로 삼기로 하고 미닫이문을 닫지 않았다. 황급히 도망칠 때 최대한으로 시간을 벌 수 있기 때문이었다. 무기 창고와 연결되는 두 번째 방에는 긴 의자들이 보이고, 탁자 위에 투구가 잔뜩 놓여 있었다. 병사가 등지고 앉았는데 노래를 부르며 벽난로 아궁이에다 고기를 굽고 있었다.

* 나뭇가지처럼 둘 또는 세 가닥으로 갈라진 창.
** 쇠로 된 발사장치가 달린 활.

불길에 떨어지는 기름이 탁탁 튀자 병사가 더 크게 노래를 불렀다.

팔로, 등으로~
공기를 헤치고, 물살을 헤치면서~

혼자서 맛있는 고기를 구워먹느라고 신이 난 병사는 등 뒤에서
무슨 일이 일어나는지 관심이 없었다.
새뮤얼은 본능적으로 권총을 움켜잡았다가 생각을 바꿨다. 무기
창고에서 야구방망이처럼 생긴 몽둥이를 집어들고 병사에게 살금
살금 다가갔다.

공기를 헤치고, 물살을 헤치면서
마르고가 기다리는~
성으로 돌아가네
공기를 헤치고, 물살을 헤치면서~

새뮤얼은 병사의 목덜미를 겨냥해 몽둥이를 휘둘렀다. 팍!
"이런, 머리를 맞았나?"
그대로 쓰러지는 병사를 보면서 새뮤얼은 아궁이 쪽으로 쓰러지
지 않게 얼른 붙잡았다. 그러고는 무기 창고로 병사를 질질 끌어다

놓았다. 불법 침입을 했으니 이 정도는 지켜주는 것이 예의가 아니겠어. 얼굴도 모르는 마르고, 정말 미안해요. 이럴 생각은 아니었는데 내가 급한 사정이 좀 있어서……. 어쨌든 애인의 상태로 봐서는 며칠 기다렸다가 결혼식을 올려야겠네요.

새뮤얼은 경비실 문 쪽으로 눈길을 던졌다. 지하실에서 위층으로 둥글게 말려서 올라가는 나선형 층계가 보였다. 둥근 탑이 틀림없었다. 설계도를 제대로 기억하는 것이라면 감옥은 성의 동쪽 마당 아래쪽에 있었다. 눈에 띄지 않고 이동할 수 있는 가장 안전한 길은 뭐니뭐니 해도 지하실이 최고였다. 새뮤얼은 계단을 내려가서 규칙적인 간격으로 횃불을 밝혀놓은 복도로 무작정 들어갔다. 놀랍게도 이곳 역시 사람은 없고 발맞추어 행진하는 발소리만 어렴풋이 들릴 뿐이었다. 모두 휴가 중인가? 왜 아무도 없지?

복도 모퉁이에서 새뮤얼은 목적지에 이르렀다고 생각했지만 눈앞에 버티고 있는 철책은 술통 저장고였다. 잠시 더 돌아다니다 발견한 또 하나의 층계는 성 안쪽으로 이어지는 것으로 보아 이번에는 감옥으로 통하는 것이 틀림없었다. 꽤 널찍하지만 천장이 낮은 복도는 여섯 개의 감방과 연결되어 있고, 못을 박은 단단한 문이 굳게 닫혀 있었다. 한가운데에 탁자와 의자 두 개가 놓여 있고 간수가 큼직한 칼로 나무토막을 깎고 있었다. 작은 술 단지를 옆에 놓고 간수는 휘파람을 불고 있었다. 브란 성의 병사들은 정말 모두 훈련 중인가? 설마 그럴 수가 있을까?

간수가 층계를 마주보고 있는데다 밝은 곳이라 들어가는 즉시 발각되는 상황이라서 새뮤얼은 망설였다. 하지만 열쇠를 손에 넣어야 하는데……. 새뮤얼은 필요하면 사용하리라 단단히 마음먹고 주머니에서 브라우닝 권총을 꺼냈다. 그리고 오다가 캄캄한 지하실에서 무심코 주워왔던 것을 살폈다. 아버지가 방어용으로 서점에 준비해둔 것과 똑같은 은빛 최루탄이었다. 그렇다면 아버지가 이 지하실을 지나갔고, 최루탄의 자극성 가스를 드라큘라에게 뿌릴 계획이었던 게 틀림없어! 통마늘도 괜찮았을 텐데!

새뮤얼은 권총을 움켜쥐고 두려움을 억누르면서 1미터 앞으로 나아갔다.

"나는 앨런 포크너라는 이름의 포로를 찾으러 왔다!"

새뮤얼은 단숨에 외쳤다.

나름대로 위협적인 어투를 흉내내어 고함친 것인데 소스라쳐야 할 간수는 깎고 있는 나무토막에서 눈도 떼지 않았다.

"뭐라고……?"

"앨런 포크너. 지금 어디 있는지 말해!"

사흘쯤 면도를 하지 않았는지 덥수룩한 붉은 수염에 큼직한 잿빛 무사마귀가 달린 납작코의 사내였다. 간수는 새뮤얼을 아래위로 훑어보더니 하, 요놈 봐라, 장터의 격투사처럼 기골이 장대하다면 몰라도 정말 같잖다는 얼굴로 욕설을 내뱉었다.

"이게 무슨 자다가 봉창 두드리는 소리냐! 머리에 피도 안 마른 이 조무래기가 뭐라고 지껄이는 거야? 그까짓 것으로 나를 때려눕히겠다고?"

시간만 있었다면 새뮤얼은 이렇게 반박했을 것이다. 첫째, 나는 조무래기가 아닌데 그게 무슨 뜻인지 알고 하는 말이냐? 둘째, 네놈이 그까짓 것이라고 깔보는 이것은 500년 후에나 나올 신기술 무기다. 그러나 새뮤얼은 마음이 급하기 때문에 술 단지를 겨누었다. 확실하게 보여주지! 펑! 단지가 박살이 나면서 총소리가 복도에 울려 퍼졌다. 간수는 뒤로 펄쩍 물러나더니 질겁한 얼굴로 칼을 떨어뜨렸다.

"이…… 이건 마법이다!"

새뮤얼은 고개를 끄덕였다.

"정확하다. 내 말에 복종하지 않으면 당신의 머리통을 이렇게 만들어주지! 그러니까 당장 앨런 포크너를 풀어주어라!"

"뭐, 앨러포크너?" 간수가 물었다. "나는 그런 사람 몰라!"

혹시 아버지가 가명을 썼을까?

"대여섯 달 전에 온 사람이다. 키가 꽤 크고 갈색 머리에 파란 눈의 남자!"

"아! 그 미치광이! 하지만…… 포로를 풀어주면 나는 죽어!"

"지금 당장 죽고 싶지 않거든 어느 감방인지 말해!"

간수가 어떤 문을 향해 불안한 눈길을 던지고 있었다.

"사람이 들어 있는 감방은 하나밖에 없는데……."

새뮤얼은 간수의 이마를 향해 권총을 겨누었다.

"셋까지 세겠다!"

"알았어, 알았다고, 열면 되잖아. 그리고 제발 그 이상한 물건 좀 내려. 내 얼굴을 박살 내지는 마, 제발!"

새뮤얼은 속으로 말했다. 알았어, 하는 거 봐서.

간수는 허리춤에 차고 있는 열쇠꾸러미를 빼들더니 자물쇠를 열었다.

"들어가봐!"

간수가 비켜서면서 말했다.

"당신 먼저!"

새뮤얼이 으름장을 놓았다.

XXI

감옥에서 만난 아버지

코를 쏘는 악취가 진동했다. 마치 야생동물을 가둬놓은 것처럼 바닥에 짚자리가 흩어져 있었다. 새뮤얼은 허리를 숙이고 들어가는 무사마귀 간수의 옆구리에 총구를 들이대고 따라 들어갔다. 빛이 희미해서 처음에는 웅크리고 있는 형체밖에 보이지 않았다.

"아빠?"

형체가 천천히 돌아앉았는데 새뮤얼은 가슴이 철렁 내려앉았다. 분명히 사람인 건 맞는데 어찌나 말랐는지 광대뼈가 살을 뚫고 나올 것만 같았다. 눈은 거의 보이지 않을 정도로 퀭하고, 수염이며 머리칼이 어찌나 덥수룩하게 길었는지 로빈슨 크루소의 사진을 보는 것 같았다. 그렇지만 분명히 아버지였다. 맙소사……

"아빠?" 새뮤얼은 다시 불렀다.

"새…… 샘……"

무덤 저편에서 나는 것 같은 떨리는 목소리였다.

새뮤얼은 갑자기 울컥하면서 하염없이 흘러내리는 뜨거운 눈물을 걷잡지 못했다. 그 모든 시련과 두려움 끝에 아버지를 찾았다는 기쁨과 거의 다 죽어가는 비참한 모습의 아버지를 보는 슬픔 때문에 소리 없는 울음을 터뜨렸다. 그래도 아직 살아 계시잖아. 그것만으로도……. 새뮤얼은 어쩌면 다시는 보지 못했을 수도 있는 아버지, 아들을 그리워하는 할아버지와 할머니를 생각하며 울었다. 천국 어디선가 틀림없이 지켜보고 있을 어머니, 이 순간에 어머니가 느꼈을 자랑스러움을 생각하며 울었다. 마침내 아버지를 찾았어…….

그렇게 잠시 방심하고 있던 것이 큰 실수였다. 기회를 놓치지 않고 간수가 팔꿈치로 새뮤얼을 가격했다. 미처 방아쇠를 당기기도 전에 권총이 공중으로 날아가면서 새뮤얼은 근육질의 간수가 날리는 주먹에 가슴을 정통으로 맞았다. 새뮤얼은 비틀거리면서도 재빨리 몸을 숙이며 다시 날아오는 주먹을 피했다.

"맛 좀 봐라, 이 조무래기야!"

무사마귀 간수가 달려들면서 으르렁거렸다.

그러나 분노의 고함소리는 목구멍을 빠져나오지 못했다. 어둠 속에서 불쑥 나타난 정체불명의 실루엣이 두 팔을 쳐들고 있었다. 또 다른 포로인가? 남자는 손목에 차고 있는 쇠사슬로 간수의 목을 휘감아버렸다. 간수는 성난 말처럼 씩씩거리며 발을 쿵쿵 굴렀지만 상대는 눈 하나 깜짝하지 않았다. 이윽고 거칠게 헐떡거리는 숨소리와 꾸르륵거리는 소리에 이어 신음소리만 흘러나왔다.

“멍청한 놈!” 하고 내뱉으면서 남자가 새뮤얼에게 덧붙였다. “열쇠를 가져와. 놈이 깨어나기 전에……. 저기 탁자 밑에 걸려 있어.”

새뮤얼은 권총부터 집어든 다음 열쇠를 가져왔다. 남자가 사슬을 푸는 동안 새뮤얼은 그제야 아버지를 끌어안았다.

“아빠…… 아빠. 샘이에요, 샘이 왔어요. 아빠를 찾아서 얼마나 기쁜지 몰라요!”

새뮤얼은 피골이 상접한 노인을 껴안고 있는 느낌이었다. 몸무게가 절반은 빠져 있는 것 같았다.

“샘-샘-샘-샘.” 아버지는 멍한 얼굴로 중얼거렸다.

“아빠, 이것 좀 마셔봐요…….”

새뮤얼은 물동이와 국자를 가까이 가져다놓고 바짝 말라서 허옇게 된 아버지의 입술에 물을 약간 부었다. 온몸에 앉은 붉은 딱지에서는 진물이 나고, 때가 찌들어서 시커메진 누더기는 풀어헤쳐져 앙상한 갈비뼈가 드러나 보였다. 누더기를 걸친 허수아비라고 하면 좋을까…….

“구해줘, 샘…… 구해줘…….”

“아빠, 나 여기 있어요. 내 말 들려요? 아빠를 구하러 왔다고요!

이제 집으로 돌아갈 거니까 안심하세요!"

옆에 웅크리고 앉아서 쇠사슬을 풀던 남자가 이번에는 앨런의 사슬을 풀어주었다. 20대로 보이는 남자는 얼굴에 도끼자국이 있고 표정은 단호했다. 그런데 그는 감방동지인 앨런보다 고통을 덜 겪은 것 같았다.

"괜히 힘 빼지 마라. 그렇게 된 지 아주 오래됐어. 내 생각에는 머리가 돌았어." 남자가 손을 내밀었다. "내 이름은 드라고미르야."

새뮤얼은 기꺼이 악수를 했다.

"여기 들어온 지 오래됐어요?" 새뮤얼은 쇠사슬 자국이 나 있는 아버지의 발목을 주물러주면서 물었다.

"서너 주쯤 됐을 거야. 감방에 있으면 시간 개념을 잃어버리지. 흑해에서 오는 후추와 향료로 쓰이는 사프란을 수송하고 있었는데 캐러밴이 공격을 당했어. 브란 성의 주인이 나를 돌려보내는 조건으로 내 가족에게 몸값을 요구하고 있는데 그게……."

"브란 성의 주인이라면…… 혹시 발라키아의 태수를 말하는 건가요?"

드라고미르는 이를 드러내면서 비웃음을 흘렸다.

"그래, 꼬챙이. 하지만 내가 알기로 그건 비밀인데 네가 제법 이쪽 사정을 좀 아는 모양이구나."

"뭐가 비밀이에요?"

"그러니까…… 꼬챙이가 브란 성의 일부분을 샀다는 사실 말이야. 꼬챙이는 사람들이 아는 걸 특히 싫어하거든."

"아…….” 새뮤얼은 무슨 말인지 이해가 되지 않았다.

"물론 태수는 마음만 먹으면 성을 정복할 수 있었을 거야. 내가 이 성이 탐나는데 전쟁을 하면 많은 희생이 따를 것이니 알아서 납작 엎드려라 식의 속내를 드러내는 것만으로도 충분했겠지. 하지만 그러면 태수의 일거일동을 주시하는 투르크나 헝가리의 호기심을 불러일으킬 거란 말이지. 그래서 태수는 비밀리에 브란의 영주에게서 성의 오른쪽 부분을 사는 것으로 일을 마무리지었고, 그 사실을 아는 사람은 아무도 없었지."

"태수가 브란 성을 탐낼 만한 특별한 이유가 있나요?"

드라고미르는 어깨를 으쓱했다.

"그걸 알고 싶으면 가서 직접 그에게 물어보든가."

"그럼 지금 여기 있어요?"

"브란 성의 영주와 체결한 계약 조항 중 하나는 그가 네모난 탑을 마음대로 사용할 수 있다는 것이었지. 그는 기별하지 않고 언제든 자기가 원하는 때에 제한된 호위대를 이끌고 올 수 있어. 따라서 그가 여기 있는지 없는지 아무도 알 수가 없지. 그의 부하들 외에는 아무도 접근할 수 없으니까. 그러나 내가 알기로 그는 지금 발라키아에서 술탄 메메드*와 전투를 벌이고 있어. 브란 성의 영주도 속국과 전쟁 중이고."

휴, 이제야 안심이 되는군. 그래서 성의 복도가 텅 비어 있었던 거야!

"태수가 그 모든 걸 비밀로 했다면서 그걸 어떻게 알고 있죠? 이렇게 갇혀 있으면서……."

드라고미르가 빈정거리듯 입술을 삐죽거렸다.

"영주와 태수의 브란 성 매매계약서를 작성했던 공중인이 몇 달 동안 여기 갇혀 있었거든. 물론 그의 입을 막기 위해서였겠지. 며칠 전 폐렴에 걸렸는데 그가 죽기 전에 내게 털어놓았어."

증인도 없고, 블라드의 흔적도 없으니…… 역사가들이 드라큘라와 브란 성을 쉽게 연결 짓지 못했던 이유를 이제야 알겠군!

드라고미르가 일어나면서 말했다.

"그 공중인처럼 죽고 싶지 않으면 빨리 도망치는 것이 나을 거야. 누군가 우리 얘기를 들었을 가능성은 거의 없지만 그래도 순찰은 도니까."

"곧 나갈 거니까 걱정하지 마세요."

새뮤얼은 겨드랑이 밑으로 팔을 넣어 아버지를 일으켰다.

"이제 됐어요, 아빠. 나가요."

* 오스만 제국의 제7대 술탄으로 정복자로 불리는 메메드 2세를 가리킨다.

앨런은 한 발짝을 떼기도 힘든 상태여서 아들의 부축을 받아 간신히 걸음을 떼었다. 탁자 앞에 이르자 앨런은 양초 불빛에 눈이 부신지 손으로 눈을 가렸다.

"여, 여기가 어, 어디지?" 앨런이 우물우물 말했다.

"브란 성의 감옥이에요." 새뮤얼이 대답했다. "하지만 이제 끝났어요. 우린 집으로 돌아가는 거예요."

"우리 집……?" 앨런은 생각에 잠긴 얼굴로 중얼거렸다. "그래 우리 집으로 돌아가야지!"

이윽고 앨런이 정신이 든 것처럼 말했다.

"새뮤얼? 네가 새뮤얼이야?"

앨런은 이글거리는 눈빛으로 아들을 뚫어져라 쳐다보면서 손으로 뺨을 어루만졌다.

"새뮤얼 포크너! 앨런 포크너의 아들! 오, 내 아들!"

"아빠, 크게 말하지 마요. 들키겠어요!"

그러나 앨런은 아랑곳없었다.

흥분한 앨런이 앙상한 팔로 아들을 끌어안으면서 외쳤다.

"왔구나! 내 아들이 왔어! 앨런과 엘리사 포크너의 아들이 왔어!"

이번에는 새뮤얼이 아버지를 끌어안으면서 행복한 순간을 음미했다. 아버지의 품에 안겨보는 것이 얼마 만인가!

"새뮤얼 포크너!" 너무 흥분한 앨런은 흥얼거렸다. "샘-샘-샘!"

보다 못한 드라고미르가 한마디했다.

"더는 꾸물댈 시간이 없어. 너무 위험해!"

새뮤얼은 마지못해서 포옹을 풀고 아버지를 부축해서 간신히 층계까지 걸어갔다. 드라고미르와 새뮤얼은 힘이 전혀 없는 앨런을 가까스로 끌어올렸다.

"그는 여기 있어." 위층에 이르자 앨런이 중얼거렸다. "그가 지금 여기 있다는 걸 난 알아."

"누가 있다는 거예요?" 새뮤얼이 물었다. "블라드 체페슈가 있다는 거예요? 그는 지금 투르크군과 전쟁 중이에요."

"블라드 체페슈……." 앨런이 공상에 잠겨 있는 것처럼 말했다.

"블라드가 그걸 갖고 있어!"

"그가 뭘 갖고 있는데요?"

"그가 이즈미트에서 그걸 훔쳤어. 그가 젊었을 때……. 이제 기억나!"

드라고미르가 고개를 돌리면서 손가락을 입에 댔다.

"소리 내면 안 돼요, 아빠." 새뮤얼이 속삭였다. "멀지 않은 곳에 병사들이 있어요. 그들에게 붙잡히면 절대로 집으로 돌아가지 못해요."

앨런은 꼼짝하지 않은 채 아들을 노려봤다.

"난 집으로 돌아가지 않아." 앨런이 단호하게 말했다. "나는 아무

데도 안 갈 거야!”

“아빠, 아직도 모르겠어요? 여기 있으면 우린 죽는단 말이에요!”

“그것 없이 떠나느니 죽는 게 나아. 내 말 알겠니? 난 차라리 죽겠다고!”

새뮤얼은 강제로 아버지의 팔을 잡아끌었지만, 앨런은 두 다리에 힘을 주고 버티고 있었다.

“메르워세르의 팔찌…….” 앨런은 아들의 호기심을 자극하려는 듯 중얼거렸다. “메르워세르의 팔찌가 네모난 탑 꼭대기에 있어! 그러니까 쉽게 가져올 수 있어!”

“우린 아무것도 가져가지 않아요. 그리고 그게 뭔지 몰라도 그까짓 물건에 관심 없단 말이에요! 그러니까 가요, 아빠!”

새뮤얼은 격렬하게 잡아끌었지만 앨런은 바닥에 주저앉아서 외쳤다.

“간수! 간수! 탈옥이다!”

드라고미르가 재빨리 달려들어서 손으로 입을 틀어막았다.

“당장 입 다물지 않으면 당신의 숨통을 끊어버릴 거야!”

“으음……! 으으음!” 앨런이 얼굴을 흔들면서 몸부림쳤다.

“제발 조용히 좀 시켜! 들키면 우린 끝장이야!”

드라고미르가 위협했다.

새뮤얼은 모든 예상이 빗나가고 있는 느낌이 들었다. 아버지에게 오기 위해서 곰의 공격을 받아야 했고, 마피아 일당을 쫓아내야 했고, 화산 폭발의 위험까지 무릅썼는데 정작 아버지가 걸림돌이 될 줄이야, 정말 상상도 못했던 일이 아닌가! 이렇게 소란을 피우면 당장 병사들이 들이닥치거나 아니면 드라고미르가 아버지의 목을 조르게 생겼는데…… 어떡하지?

"알았어요, 아빠. 내 말 잘 들어요. 비밀층계 앞에서 나를 기다리겠다고 약속하면 내가 가서 아버지가 말하는 팔찌를 찾아올게요. 됐죠?"

"비밀층계라니?" 드라고미르가 눈을 번뜩이면서 물었다.

"성 밖 물레방아와 연결되는 지하도로 들어왔어요. 경비실을 지나면 지하도로 이르는 통로가 있거든요. 그 통로 기억하죠, 아빠? 시커먼 층계 말이에요."

드라고미르가 여전히 입을 틀어막고 있기 때문에 앨런은 힘겹게 고개를 끄덕였다.

"소리 지르지 않을 거죠?" 새뮤얼이 간절하게 당부하듯 물었다.

"그리고 내가 돌아올 때까지 경비실에 조용히 숨어 있을 거죠?" 앨런이 고개를 끄덕였다.

"드라고미르, 이제 걱정 말고 놓아주세요."

드라고미르는 마지못해 앨런의 입에서 손을 뗐다. 그들은 혹시라도 또 소리를 지를까 봐 앨런을 벽에 바짝 붙어 서게 하고 걸었는데 이제는 많이 진정된 것 같았다.

"아빠, 그 팔찌가 어디에 있는지 정확한 장소를 설명해주세요."

"네모난 탑에서 가장 높은 방에 있어, 샘!"

"어떻게 생겼어요?"

"힉소스 민족의 파라오 메르워세르의 팔찌야! 금방 알아볼 수 있을 거야."

힉소스…… 새뮤얼은 기억을 더듬었다. 세트니 대신관도 힉소스 민족에 대한 말을 했다. 동쪽에서 쳐들어온 유목 민족이 이집트를 침략했다고……. 그다음에는 또 뭐라고 했더라?

"새장 안에 있어." 앨런은 자세히 설명하고 싶은데 기억이 잘 나지 않는 얼굴이었다.

"새장이요?"

"응, 그건…… 아주 귀중한 거야. 그래서 그자는 아무도 훔쳐가지 못하게 새장에 넣어두었어! 하지만 그걸 열려면……."

앨런이 갑자기 신경질적으로 이마를 긁으며 발가락을 쳐다봤다.

"왜 그래요, 아빠?"

"음, 그게…… 커다란 맹꽁이자물쇠로 새장을 잠가놨어. 그래, 맞아. 그리고……."

그러면서 앨런이 아들을 쳐다봤는데 그 눈빛에 고뇌의 절규가 담겨 있었다.

"샘, 놈이 내 머리에 무슨 짓을 했는지 아무것도 기억 안 나! 너한테 더 자세히 설명해주면 좋겠는데……. 하지만 가서 보면 기억날지도 모르는데 나도 같이 가면 안 될까? 그 팔찌가 꼭 필요해. 내 말 알겠니? 아니면 난 여기서 죽는 게 나아!"

아버지가 다시 흥분하기 시작해서 새뮤얼은 드라고미르가 또 개입할까 조마조마했다. 어떻게 해서든 아버지를 비밀층계로 데려가야 해, 그다음에…….

"내가 찾아오겠다고 했잖아요, 아빠. 나 믿죠? 아빠를 이 감옥에서 구하기 위해 여기까지 왔는데 네모난 탑 꼭대기쯤이야 당연히 갈 수 있어요."

"그래, 그래, 내 아들, 물론 너를 믿지! 네가 오지 않았다면…… 아, 생각하기도 싫구나."

다시 부드러워진 앨런은 아들을 향해 몸을 숙이더니 뺨에 입맞춤을 했다.

"난 언제나 너를 믿었어. 오, 내 아들 샘!"

"나도 그 비밀 지하도로 가고 싶은데 괜찮겠지?" 드라고미르가 끼어들었다. "뒤쫓는 군대가 없을 테니 그보다 좋을 순 없겠지!"

XXII

메르워세르의 팔찌

그들은 둥근 탑의 2층에서 헤어졌다. 드라고미르는 경비실까지 앨런을 데려가서 위험이 닥치지 않으면 같이 기다리고 있겠다고 약속했다.

"하지만 병사들이 들이닥치면 나도 어쩔 수가 없어."

드라고미르가 알려준 대로 새뮤얼은 네모난 탑의 지하실과 연결되는 다른 복도로 접어들었다. 하마터면 반대 방향에서 오는 두 경비병과 마주칠 뻔했지만 새뮤얼은 아슬아슬하게 브란 성의 문장을 새긴 거대한 기둥 뒤로 숨었다. 경비병들은 이날 저녁에 귀환하는 영주와 군대를 찬양하기 위한 향연을 앞두고 이런저런 얘기를 하고 있었다. 아, 그래서 성의 경비가 허술한 거였어! 술에다 고기 구워먹는 병사까지 있더라니!

일단 네모난 탑에 들어선 새뮤얼은 잠시 층계에서 나는 소리에

귀를 기울였다. 뭔가 삐걱거리는 소리, 총안을 통해 들어오는 바람 소리, 강아지가 낑낑대는 것 같은 소리…… 그 외에는 아무 소리도 나지 않았다. 새뮤얼은 꼭대기까지 올라가서 팔찌가 어디 있는지 그 주위를 살펴본 뒤에 돌아가서 도저히 훔칠 수가 없었던 상황을 설명하기로 결정했다. 자세히 봐두지 않으면 아버지가 믿으려고 하지 않을 것이 분명했다. 어차피 그렇게 귀한 보물이라면 눈에 띄게 놔둘 리가 없지 않은가. 그런 다음 구멍 뚫린 동전을 찾아야 현재로 돌아갈 수 있다고 설득하면 되지 않을까…….

드라고미르의 예상대로 탑은 비어 있었다. 브란 성의 병사들이 규칙을 엄수하거나, 위반할 경우 받게 되는 가혹한 형벌 때문인지는 몰라도 감히 탑 안으로 발을 들여놓을 생각은 아예 하지 않는 것 같았다. 두 번째 기둥 위에 있는 작은 창문을 통해 들여다보니 벽에 둘러친 빨간 태피스트리들과 검은 나무상자 같은 것들이 있었다. 세 층을 더 올라가자 갑자기 계단 폭이 어찌나 좁은지 간신히 발을 올려놓을 정도인데다 옷을 통해 돌의 냉기가 그대로 전해졌다. 열 계단을 올라가보니 철문이 있고 창 두 개를 세워놨는데 톱니 모양의 날이 무시무시했다. 둥근 손잡이는 제 꼬리를 물고 똬리를 튼 뱀의 모습이라서 손을 대기가 망설여졌다. 아버지가 그토록 원하는 팔찌가 정말 이 안에 있다면 문이 쉽게 열릴까? 그러나 무심코 뱀의 아가리를 눌렀을 뿐인데 자동문처럼 스르륵 열리는 것이 아닌가!

새뮤얼은 문간에서 멈춰 섰다. 사각형 방인데 전망이 사방으로 확 트여 있었다. 구멍처럼 뚫린 커다란 창문들이 골짜기와 숲 쪽으로 나 있어서 거의 300도로 전경이 훤히 내다보였다. 울창한 송림 너머의 바다, 잿빛 바위, 농가의 붉은색 지붕들, 손에 잡힐 듯 가까운 하늘……. 창문마다 밑에 검은색 의자가 놓여 있는데 의자다리는 모두 여러 동물의 다리 모양이었다. 게다가 의자에 씌운 주홍색 천에도 갑옷 기병들이 쓰러뜨린 사자와 그리핀*이 묘사되어 있었다. 창문마다 그 사이에 찌푸린 얼굴을 수없이 새긴 상앗빛 기둥이 서 있었다. 블라드 체페슈에게 희생된 사람들일까?

이 이상한 전망대의 나머지 부분은 텅 비어 있고, 중앙에 놓인 받침대 위에 창살이 달린 새장 같은 것이 놓여 있었다. 아버지가 말한 것이 이건가? 가까이 가서 살펴보니 문짝 바로 위에 날카로운 침이 뾰족뾰족한 내리닫이 살문**이 있었다. 이상하네, 이건 이렇게 철저하게 해놓았으면서 철문은 왜 스르륵 열린 거지……?

새장은 가로세로 길이가 50센티미터쯤 되는 정육면체인데 휘어진 불꽃 모양의 창살은 서로 단단하게 용접되어 있었다. 그런데 새장 안에다 이 방을 통째로 재현해놓은 미니어처는 정말 인상적이었다. 회색으로 칠한 나무창문, 상앗빛 기둥들, 빨간 커버를 씌운

---

* 독수리 머리와 날개를 가지고 있고, 뒷다리와 몸은 사자인 상상의 동물.
** 살을 가로세로 넣어서 짠 문.

검은색 의자……. 한가운데 은빛 받침대 위에 놓인 메르워세르의
팔찌가 신비한 광채를 번쩍이고 있었다. 그러나 겉보기에는 아주
평범한 팔찌였다. 금으로 만든 동그란 팔찌, 잠그는 쇠고리, 아주
단순하게 파인 홈…….

새뮤얼은 팔찌를 보면서 대번에 알아차렸다. 팔찌 테두리에 태양
과 여섯 개의 빛살이 새겨 있었던 것이다. 메르워세르의 팔찌는 세
트니가 말해준 복제 황금팔찌가 틀림없었다! 일곱 개의 동전과 결
합하면 어느 시대든 원하는 곳으로 시간 여행을 할 수 있다는 팔찌
중 하나가 아닌가!

지금까지 흩어져 있던 여러 조각이 기적적으로 맞춰지는 퍼즐 같
다고 할까! 메르워세르부터 시작해보자……. 힉소스 민족의 파라
오 메르워세르는 이집트를 정복하는 것으로 만족하지 않고 임호텝
대신관의 보물을 약탈해갔는데 무슨 이유인지 모르지만 이미 손아
귀에 넣은 황금팔찌를 복제했다. 그렇다면 아버지가 검정 수첩에
적어놓았던 메르워세르의 의미는……? 새뮤얼은 머릿속으로 하나
하나 따져보기 시작했다.

Merwoser (메르워세르) = 0

Calife Al-Hakim (칼리프 알−하킴), 1010

$1000000!

$$\text{Xerxès}(크세르크세스), \text{B.C. }484$$
$$\text{L' origine ouvre le chemin}$$
(오리진이 길을 열어준다)
$$V. = 0$$
$$\text{Izmit}(이즈미트), 1400?$$
$$\text{Ispahan}(이스파한), 1386$$

'메르워세르 = 0'는 힉소스의 파라오가 팔찌를 복제한 사람이라는 것을 의미하는 거야. 여기서 '0'는 팔찌를 가지고 있다는 뜻이거나 팔찌의 모양을 상징하는 것일 수 있어. 그 후 팔찌는 여러 손을 거쳤던 것이 틀림없어. '크세르크세스', '칼리프 알-하킴' 등. 그래서 시대와 장소도 달랐던 거야. B.C. 484, 1010년, 이스파한, 이즈미트 등. 'V. = 0'는 블라드 체페슈가 팔찌를 가지고 있는 최후의 사람이라는 뜻이고. 좀 전에 아버지가 한 말이 사실이라면 블라드 체페슈는 이즈미트라는 도시에서 이걸 훔쳐온 거야. 다 종합해보면 서점을 운영하면서 돈에 쪼들리는 아버지가 100만 달러의 가치가 있는 이 팔찌를 손에 넣을 욕심으로 브란 성을 표적으로 삼았을 수 있어!

새뮤얼은 불꽃 모양의 창살 사이로 손가락을 넣어보려고 했지만 안에 있는 것을 아무것도 꺼낼 수 없게 고안된 새장 같았다. '그걸 손에 넣으려는 생각에 미친 사람도 있다’고 세트니 대신관은 말했다. 아버지 앨런 포크너가 그 경우일까? 무엇보다도 팔찌가 지닌 엄청난 힘을 생각하면 팔찌가 매혹적인 물건이라는 것은 인정하지 않을 수 없었다. 블라드 체폐슈는 그 힘을 어디에 쓰려는 걸까? 그런데 그렇게 귀한 신물을 네모난 탑 꼭대기, 그것도 안이 다 들여다 보이는 새장 안에 넣어둔 이유가 뭘까?

잠금 장치가 예사롭지 않았다. 새장 바닥에 있는 두께 10센티미터의 쇠로 만든 물림장치 때문에 열리지 않는 것이었다. 아버지가 말했던 커다란 맹꽁이자물쇠로 이 물림장치를 잠가놓은 것이 틀림없었다. 자물쇠는 숫자가 적힌 피스톤 네 개와 회전식 지렛대로 이루어져 있었다. 원리는 간단했다. 숫자 조합을 하고 레버를 작동한 다음 팔찌를 꺼내면 되는 것이었다.

새뮤얼은 피스톤 중 하나를 굴려봤다. 1-2-3-4-5-6-7-8-9-0. 다시 말해서 확률은 1만 분의 1. 브란 성의 병사 중 열어보려고 시도해본 사람이 없었을까? 누가 봐도 탐낼 만한 황금팔찌인데…… 모두가 모험을 싫어하거나, 아니면 뭔가 두려운 것이 있기 때문에 건드리지도 않았을까?

새뮤얼은 쇠창살을 단단하게 얽어서 기둥처럼 만든 새장 받침대를 살폈다. 안쪽에 도르래 한 개와 쇠사슬 고리들이 널빤지에 박혀 있었다. 이것은 맹꽁이자물쇠가 새장을 여는 것 이외의 다른 기능이 있다는 뜻인데…….

가까이 있는 창문 앞에 서자 성의 마당이 내려다보였다. 한 경비병이 무사태평하게 순찰로를 왔다갔다하는 사이에 또 다른 병사는 술통에 걸터앉아서 술을 마시고 있었다. 아무도 보물이 있는 네모난 탑에 관심이 없는 눈치였다. 창문틀을 향해 얼굴을 들던 새뮤얼의 눈길이 꽂혔다. 두꺼운 벽에 숨어 있는 뾰족한 철침 살문…….

이건 또 뭘까?

여기서 다시 정리를 좀 해보자. 감히 이곳으로 들어온 자가 숫자 조합을 시작해서 첫번에 맞추면 엄청난 행운이지만…… 네 개의 숫자 조합이 틀리면 쇠사슬 고리들과 도르래로 장치해놓은 구조 때문에 모든 창살이 동시에 떨어지는 거야. 아! 이 방은 메르워세르의 팔찌가 들어 있는 새장을 그대로 복제해놓은 거야. 그래서 숫자 조합이 틀리면 이 방 전체가 새장이 되어 침입한 사람이 갇히게 되는 거구나! 정말 대단한 장치야! 그러면 새장에 갇힌 상태로 드라큘라와 맞닥뜨릴 테니 그 결과가 어떻게 될지는 불 보듯 뻔하군!

이제는 뭐라고 아버지를 설득할지 그림이 그려졌다. 무분별한 위험을 피하기 위해서는 어쩔 수 없는 결정이었다는 걸 아버지는 틀림없이 이해해줄 것이다. 그런데 이 팔찌가 정말로 100만 달러의 가치가 있는 걸까? 새뮤얼은 황금팔찌 앞에서 잠시 꾸물대고 있었다. 완벽한 형태, 팔찌에서 나오는 눈부신 광채, 아주 간결한 장식……, 정말 그만한 가치가 있는 걸까? 숫자 네 개를 조합하면 저걸 손에 넣을 수 있다니!

새뮤얼은 머릿속에서 속삭이는 목소리를 지우려고 머리를 흔들었다. '이걸 손에 넣으려는 생각에 미친 사람도 있어.' 하지만 이대로 포기하고 물러서기에는……. 팔찌가 브란 성의 꼭대기 방에 있다는 걸 알아내기 위해 아버지는 엄청난 정보를 수집한 것이 틀림없었다. 물론 새장과 맹꽁이자물쇠의 존재를 알아내기 위해서도. 그렇다면 아버지가 과연 맹꽁이자물쇠의 비밀번호도 모른 채 무작정 흉악한 태수의 영역에 뛰어들었을까? 그건 말도 안 돼……. 게다가 아버지는 아들을 위해 여러 가지를 남겨놨다. 예를 들어 아버지가 이웃에 사는 맥스 아저씨에게 맡겨놓았던 뱀문양의 동전……. 감방의 돌벽에 새긴 구원을 요청하는 글……. 아버지가 브란 성에 있다는 확신을 갖게 한 검정 수첩. 메모를 적은 마지막 쪽만 남기고 다 뜯겨 있던 페이지들. 무심코 역사 서가에 꽂아둔 걸까, 아니면 일부러 꽂아둔 걸까? 새뮤얼의 생각은 점점 일부러 꽂아둔 쪽으로 기울었다. 그런데 아버지는 왜 하필이면 역사 서가에 그 수첩을 꽂아두었을까? 어떻게 아들이 역사 서가를 살펴볼 거라고 기대했을까?

새뮤얼은 다시 한 번 아버지의 메시지를 떠올렸다.

Merwoser (메르워세르) = 0

Calife Al-Hakim (칼리프 알–하킴), 1010

$1000000!

Xerxès (크세르크세스), B.C. 484

L' origine ouvre le chemin

(오리진이 길을 열어준다)

V. = 0

Izmit (이즈미트), 1400?

Ispahan (이스파한), 1386

혹시 암호? 잘 모르는 사람에게는 이해하기 힘든 횡설수설로밖에 보이지 않는 메시지인데…… 그렇다면 아버지는 이 암호를 내가 풀 수 있다고 생각했다는 거잖아.

암호……? 맞아. 여기서부터 시작해야 해. 네 개의 숫자를 알아내는 데 도움이 되는 암호……. 그런데 메시지는 총 여덟 줄, 숫자가 많고, 연도는 특별한 의미가 있을 듯한데 연대순을 무시하고 배열했다. 메르워세르—기원전 1, 2000년?—로 시작해서 칼리프 알–하킴, 1010년으로 건너뛰었다가 크세르크세스, 기원전 484년으로, 다시 1400년에서 1386년……. 아버지는 인물과 장소의 연대순을 지키지 않았다. 일부러 뒤섞어놨을까? 아버지가 암호화할 생각이었다면 그럴 가능성도 있어. 그렇다면 연대순으로 다시 배열을 해보면? 그러나 이해할 수 없기는 마찬가지였다.

그럼 다섯 번째 줄은? 유일하게 고유명사나 연도, 엄청난 금액의 달러도 적혀 있지 않았다. '오리진이 길을 열어준다* ……. 여기서 오리진은 기원, 원점, 기점, 원천…… 등 여러 가지 뜻이 가능한 단어가 아닌가. 기원이 길을 열어준다, 기점이 길을 열어준다……? 새장까지 가는 길을 열어준다는 건가? 아니면 시간의 길? 혹시 기원인가? 이 팔찌의 기원을 뜻하는 것이라면 물론 메르워세르인데……. 어쨌든 메시지에 단어와 숫자가 너무 많아. 일단 메시지 여덟 줄 각각의 첫 글자만 떼어서 나열해보자.

새뮤얼은 글씨를 쓸 만한 것이 있는지 주위를 둘러봤다. 방의 마룻바닥에 먼지가 두껍게 쌓여 있었다. 새뮤얼은 쭈그리고 앉아서 손가락으로 바닥에 썼다.

MC$XLVII

어? 이건 어디서 많이 본 건데……. 맞아, 로마숫자! 이것으로 숫자 네 개의 조합이 만들어지지는 않지만…… 새뮤얼은 제대로 짚

---

* 프랑스어 문장 L'origine ouvre le chemin = 영어문장 The origin open the way로 바꿀 수 있다.

은 것 같은 느낌이 들었다. 여기서 $ 기호를 달러(dollar)의 D로 바꿔보면……

MCDXLVII

새뮤얼은 할머니 집에 들어가서 살기 이전 시절에 아버지와 영화를 자주 봤다. 영화 첫머리의 자막에 이런 종류의 이상한 글자가 자주 보이는데 이것은 아버지가 아들에게 그 의미를 묻는 게임이 되었다. 열 살 때인가, 처음으로 아버지는 이 문자들—M, C, L, X, I 등—이 사실은 로마숫자이며, 20세기 초에 영화 제작사들은 영화의 날짜를 기수법으로 사용하는 습관이 있었다고 설명해주었다. 신작이라고 자처하지만 사실은 5년이나 10년 전에 이미 만든 코미디영화나 서부영화를 극장에 올리면서 제작자들이 이런 종류의 표기법에 익숙하지 않은 관객들이 제작 연도를 쉽게 알아보지 못하게 하려는 수법으로 자주 써먹은 것이었다.

아버지는 각 문자의 뜻—M = 1000, D = 500, C = 100, L = 50, X = 10……—과 숫자들을 조합하는 방법에 관해서도 자세히 알려주었다. 앞의 문자가 더 큰 수에 해당하면 덧셈을 하고(예: MC = M + C = 1000 + 100 = 1100), 앞의 문자가 더 작은 수에 해당하면 뺄셈을 하는 식이었다(예: CM = M − C = 1000 − 100 = 900). 아버지는 아들이 이 기수법을 완벽하게 풀 것이라는 확신을 갖고 사용한 것이었다.

실제로 새뮤얼은 로마숫자를 아라비아숫자로 옮기는 것이 어렵지 않았다. MCDXLVII: (M = 1000) + (CD = 500 − 100 = 400) + (XL = 50 − 10 = 40) + (VII = 5 + 1 + 1 = 7). 합 = 1447. 맹꽁이자물쇠를 여는 데 필요한 숫자 네 개는 바로 이거야!

새뮤얼은 새장 쪽으로 돌아갔다. 1447……. 이 숫자만 잘 돌려서 맞추면 팔찌를 가질 수 있어!

'혹시 숫자 조합이 그 사이에 바뀌었다면?' 좀 전에 머릿속에서 나던 목소리가 또다시 속삭였다. 하지만 드라큘라가 메르워세르의 팔찌를 사용하고 있다면? 미치광이 흡혈귀가 역사 속 어딘가를 돌아다닌다면 끔찍한 일이 일어나는 것인데……. 이건 전 인류의 안전이 걸린 문제였다! 그런데 아버지가 나를 믿는 것만큼 나는 아버지를 믿을 수 있을까?

새뮤얼은 첫 번째 피스톤을 '1'에 놓고, 두 번째 피스톤을 '4', 세 번째 피스톤을 '4', 마지막 피스톤을 '7'에 맞췄다. 손이 축축해지면서 가슴이 두근거리고 관자놀이에서 뛰는 맥박이 느껴졌다. 번호가 틀린다면, 아니 만약 아버지가 잘못 짚은 것이라면 도르래와 쇠사슬이 요란한 소리를 내면서 살문이 쾅, 내려올 텐데. 그러면 성 전체가 전투 태세를 취할 테고 결국 죽은 목숨이나 다름없었다. 하지만 정확하게 알아낸 것이라면……. 이젠 어쩔 수 없어, 운에 맡기는 수밖에!

새뮤얼은 조심스럽게 사자머리처럼 생긴 지렛대 손잡이를 잡아당겼는데 약간 저항하는 것 같더니 가장 낮은 지점까지 미끄러졌다. 처음에는 아무런 반응이 없는 것 같더니 잠시 후 물림장치가 철컥 소리를 내면서 풀어졌다. 이어서 삐걱거리는 소리가 길게 이어지더니 새장이 위부터 위풍당당하게 열리는 것이 아닌가! 믿을 수 없어! 이렇게 경이로울 수가! 팔찌를 가질 수 있게 되다니!

새뮤얼은 팔을 내밀고 조심스럽게 팔찌를 집어서 손바닥에 올려놨다. 가까이에서 보니 훨씬 아름다웠고, 태양신 라의 원반과 똑같은 열기가 발산되고 있었다. 이게 꿈이야, 생시야? 분명히 실제 상황이었다. 복제한 황금팔찌를 갖게 되다니! 그럼 세트니 대신관과 동등해진 건가!

"축하한다."

등 뒤에서 목소리가 들렸다…….

XXIII

마법사 샘

주머니에 손을 집어넣으면서 돌아서던 새뮤얼은 문턱에 서 있는 실루엣을 보면서 이내 생각을 바꿨다. 총을 빼들기도 전에 죽을 것이 뻔했다. 블라드 체페슈에 관한 조사를 하면서 새뮤얼은 태수의 초상화를 여러 번 봤기 때문에 혼동은 불가능했다. 작지만 다부진 체격, 구불구불한 긴 머리, 인상적인 콧수염, 앞으로 나온 턱, 큼직한 코, 이글거리는 초록빛 눈……. 진주를 박은 빨간 모자를 쓰고 검정 윗도리 위에 헐렁한 빨간색 튜닉을 걸치고 있었다. 게다가 새뮤얼을 향해 쇠뇌를 겨누고 있으니…….

"그러니까 그 이방인이 완전히 미쳤던 건 아니었어." 블라드 체페슈가 부드러움을 가장한 목소리로 중얼거렸다. "누군가 올 거라고 큰소리치더니."

새뮤얼은 팔찌를 꽉 움켜쥐면서 눈 하나 깜짝하지 않으려고 애를 썼다. 무슨 말로도, 무슨 짓으로도 살아서는 이 성을 빠져나갈 수 없다는 걸 대번에 깨달았다. 방법을 찾아야 하는데…….

"그런데 새파랗게 젊은애를 보게 될 줄이야!" 블라드 체페슈는 쇠뇌를 흔들면서 말을 이었다. "아니, 거의 어린애구면. 농부의 옷차림에다가…… 어린 도둑인 모양인데 운이 좋구나!"

"나는 그분의 아들입니다." 새뮤얼이 짤막하게 대꾸했다.

"이방인의 아들? 여길 어떻게 들어왔느냐?"

새뮤얼은 신중하게 행동했다. 블라드는 해로운 동물을 죽이듯 1초도 망설이지 않고 처형할 것이기 때문에 섣불리 그럴 듯한 이야기로 둘러대는 것은 큰 도움이 되지 않을 것이었다. 블라드의 호기심을 끌거나 아주 인상적인 말을 해야 하는데…….

"멋진 곳을 찾아 여행하고 있는데 이 성이 내 발길을 잡아서 들어왔습니다."

블라드는 웃음을 터뜨리려다 좀 더 날카롭게 새뮤얼을 쳐다봤다.

"네 아버지와는 아주 다른 것 같구나. 그자는 감옥에서 썩고 있은 지 꽤 오래됐는데……."

"네, 아버지와는 다르죠."

"새장을 여는 번호를 누가 알려주었느냐?"

"나는 사람들이 모르는 것을 많이 알고 있거든요."

새뮤얼은 정신을 바짝 차리고 말했다.

"예를 들면?"

드라큘라에 관한 자료를 많이 읽었으니 이쯤에서 관심을 끌 만한 말을 던져야 하는데…….

"예를 들어서 당신의 가슴에 징표가 찍혀 있다는 걸 알고 있죠. 가문의 아들에게만 만들어주는 비밀 징표인데 언젠가 왕좌에 오르는 날 그 합법성을 인정받기 위한 것이지요. 당신의 징표는 드래곤이고요."

블라드가 솔깃했는지 대꾸했다.

"내 수하의 귀족 스무 명이 내가 즉위식을 할 때 드래곤문양을 볼 수 있었으니 누군가 알려줬을 수도 있겠지. 내 아내들은 당연히 알고 있고!"

내 말에 대꾸한다는 건 호기심이 동했다는 거야……. 새뮤얼은 블라드가 자신에게 말려드는 느낌이 들었다.

"또 이즈미트에서 이 팔찌를 훔쳤다는 것도 알고 있죠. 1447년에……."

위험한 도박이지만, 블라드가 그 연도를 맹꽁이자물쇠의 비밀번호로 택했다는 것은 특별히 중요한 의미가 있다는 뜻이 아닌가. 분명히 팔찌와 무슨 관련이 있을 거야.

"이즈미트?" 블라드는 생각에 잠긴 얼굴로 말했다. "너에게 이즈미트에 대한 이야기를 할 수 있는 사람은 단 한 명밖에 없어. 오늘은 드디어 그 클러그란 작자를 만나게 되리라 예상하고 있었는데……."

클러그? 브루게의 연금술사를 말하는 건가? 태양의 돌로 금을 만들려고 실험하던 사람이 아닌가! 현재로 돌아오기 위해 클러그의 실험실에 들어갔다가 하마터면 죽을 뻔하지 않았던가.

"한 번 만난 적이 있는데 연금술사였죠." 새뮤얼이 인정했다.

"그래, 연금술사지. 내 아버님이 맨 처음 접견을 허락했을 때 놈을 죽였어야 했는데! 클러그는 나의 형님 미르세아와 나에게 가정교사가 되겠다고 제안했지……. 내가 일곱 살인가 여덟 살 때였어. 우리에게 라틴어와 서양에서 가르치는 학문을 가르쳐주고 싶다는 거였지!"

새뮤얼은 빠르게 계산했다. 드라큘라는 1428년경에 태어났고 내가 브루게에 갔던 때는 1430년이었어. 다시 말해서 연금술사는 나를 만난 지 5, 6년 후에 루마니아로 갔다는 건데 태양의 돌을 찾으러 간 것이 틀림없어. 무슨 속셈인지 뻔해.

"그런데 사실은 다른 목적이 있었던 거야." 블라드가 씁쓸한 어조로 계속했다. "브란 성에 머물면서 멋대로 돌아다닐 속셈이었던 거지. 그 시절에 우리는 트란실바니아에 살았고, 아버님은 그자에게 어디든 드나들 수 있게 모든 문을 개방해주었어. 일주일이 지나자 클러그는 이따금 밤에 나갔다가 돌아오곤 했지. 그러더니 뭐가 불만인지 형님과 나를 거칠게 대하는 거야. 어느 날 저녁 발라키아의 포도주를 엄청 마시더니 너무 심하게 취했는지 투르크에 번개 같은 속도로 세상을 이동할 수 있게 해주는 더없이 귀한 팔찌가 있다고 털어놓았어. 브란 성의 비밀장소에서 그 팔찌를 사용하면 보물 중의 보물, 지니고 있으면 영생한다는 돌로 만든 반지를 찾을 수 있다는 거였어. 그자의 말에 따르면 팔찌는 이즈미트에 있는 술탄의 궁전 중 하나에 있다는데……. 처음에 나는 술에 취해서 헛소리를 하는 거라고 생각했는데 그게 아니었어.”

블라드가 새뮤얼을 응시하고 있지만 얼굴만 쳐다보고 있을 뿐, 오랜 세월 가슴을 짓누르고 있지만 거의 할 기회가 없었던 이야기를 홀가분하게 털어놓는 것 같았다. 그러나 일단 이야기를 끝내고 나면 비밀을 알게 된 새뮤얼을 없애버려야 할 이유가 되는 것이기도 했다.

“그렇게 몇 년이 흘렀고, 클러그는 아버님에게 오스만투르크와 화해하라고 조언했지. 물론 그 팔찌를 차지하려는 놈의 속셈이었는데…… 우리가 당한 거였지. 그때부터 골치 아픈 일이 시작되었어. 헝가리가 우리를 공격하자 술탄이 단박에 배신했으니까. 나는 투르크에 볼모로 보내졌고, 얼마 후 아버님은 헝가리군에 살해되었지. 그 모든 일이 그 저주받을 클러그 때문이었어…….”

블라드는 쇠뇌를 들지 않은 손으로 표범꼬리 모양의 검은 콧수염을 가다듬었다.

"투르크에서 4년 가까이 살면서 권모술수에 능한 사람들은 필요할 때 무력을 행사한다는 걸 알았지. 거기서 정말 많은 걸 배웠어. 그러고는 이즈미트에 관해 수소문을 하기 시작했지. 놀랍게도 그 팔찌가 정말로 존재하며, 마법의 힘이 있는 것도 사실이라는 걸 알게 되었고. 아주 오랜 옛날에 그 팔찌가 이슬람 땅으로 왔다는 걸 기억하는 사람은 이제 아무도 없어. 볼모로 잡혀 있기로 약속된 마지막 해인 1447년 나는 술탄이 전혀 알아채지 못하게 그 팔찌를 훔칠 수 있었지. 자, 이제 그 팔찌를 새장 안에 도로 집어넣어라."

블라드가 당장이라도 손가락 하나를 잘라버릴 것 같은 느낌이 들었다. 선택의 여지가 없는 새뮤얼은 마지못해서 팔찌를 조심스럽게 은빛 받침돌 위에 올려놨다.

"암, 그래야지! 이제 뒤로 물러서 있어. 얘기를 마저 끝낼 테니까. 10년 동안 발라키아를 탈환하려고 절치부심하면서 나는 내로라 하는 점쟁이와 마법사들을 찾아다니며 그 팔찌의 힘에 관해 물었어. 아무도 나를 도와주지 못했지. 브란 성의 어디서 그걸 사용하면 되는지 말해줄 수 있는 사람은 아무도 없었으니까. 나는 그걸 아는 사람은 클러그밖에 없다는 결론을 내렸지. 하지만 그 미친개가 감쪽같이 사라져버린 거야. 그래서 태수의 자리를 되찾은 날, 나는 놈을 끌어들여서 비밀을 털어놓게 한 다음 죽이기로 계획을 세웠지……. 그래서 브란 성의 영주와 협상해서 네모난 탑의 사용권을 얻었고, 꼭대기 방을 짓는 데 여러 달이 걸렸지. 나는 클러그가 내 함정에 걸려들 거라고 생각했는데 난데없이 네 아버지가 걸려들었으니…….

무슨 고집이 그렇게 센지 네 아버지는 정말 별나고 우직하기 이를 데 없는 인간이었지. 입도 벙긋하지 않고 고집을 피우는 통에 하마터면 꼬챙이로 꿰어버릴 뻔했으니까. 하지만 그냥 죽어버리면 아무 소용없다는 생각이 들더군. 그래서 쥐들이 우글거리는 불결한 구덩이 속에 몇 달을 가둬뒀더니 말이 많아지긴 했지……. 그런데 늘 그랬듯이 내가 왕국의 일 때문에 바빴어. 전쟁을 하거나 준비를 해야 하니까. 게다가 술탄이 충성을 표시한다는 증표로 3년 동안 투르크의 물품을 수입해야 하며, 젊은이 500명을 보내라는 무리한 요구를 해왔어. 곧 투르크의 특사가 협상하러 올 예정이라서 결정을 내리기 전에 여길 들르고 싶더니만……. 오늘도 클러그란 놈 대신 이렇게 내 새장 안에 어린 새가 날아들어 있을 줄이야!"

블라드는 쇠뇌를 배에 받쳐서 새뮤얼의 심장을 겨누면서 한 발짝 다가섰다.

"나는 죽음을 잘 알아. 수백 번도 넘게 사람을 죽였고, 죽음이 수천 명의 남자와 여자를 덮치는 것도 지켜봤어. 아주 야릇한 광경이지……. 연구를 하면 할수록 죽음이란 건 허망할 뿐이더군. 그래서 나는 죽음을 원치 않아. 무슨 뜻인지 알겠니? 절대로! 바로 그래서 영원히 살게 해준다는 반지가 꼭 필요해. 따라서 클러그가 필요한 것이고. 네가 그자가 어디 숨어 있는지 털어놓지 않으면 먼저 네 아버지부터 가만두지 않겠다. 귀에 이어서 코, 입술을 베어서 돼지에게 던져줄 거야. 그다음에……."

끔찍한 이야기를 더는 듣고 있을 수 없어서 새뮤얼이 블라드의 말을 잘랐다.

"나는 이미 아버지를 감방에서 구해냈어요."

"확실히 네 아버지보다는 영리하지 못하구나." 블라드가 비꼬듯이 너털웃음을 흘렸다. "예상컨대 수완 좋은 드라고미르도 네가 풀어주었겠지?"

"네, 드라고미르도 탈옥했어요."

블라드는 눈물까지 흘리면서 폭소를 터뜨렸다.

"드라고미르는 내 심복이야, 이 순진한 녀석아! 네가 그 알량한 재주로 혼자서 여기까지 왔다고 생각했겠지? 오늘 아침에 팔찌가 반짝거려서 무슨 일이 일어나고 있다는 걸 난 이미 알아챘어. 드라고미르는 클러그가 네 아버지에게 접근할 경우를 대비하여 감시할 목적으로 내가 감방에 심어둔 심복이란 말이다. 네가 이 성을 어떻게 들어왔는지 모르겠지만 드라고미르가 곧 알아오겠지!"

강타를 얻어맞은 셈이었다. 드라고미르가 협잡꾼이었다니! 그런데 아버지를 협잡꾼과 함께 비밀층계—블라드가 그 존재도 모르는—로 보냈으니 늑대 아가리에다 몰아넣은 꼴이 아닌가!

"의기양양하더니 어린 마법사께서 기가 죽으셨나!" 블라드가 노골적으로 비웃었다. "넌 이제 독 안에 든 쥐야! 클러그가 어디 있는지 말해, 아니면 네 심장을 뚫어줄 테니……."

"클러그는 브루게로 돌아갔어요." 새뮤얼이 대담하게 말했다.

"그럼 할 수 없지……. 팔찌를 어디에 놓으면 반지를 얻을 수 있는지 알려주지 않으면 너를 죽이겠다."

블라드가 당장이라도 쇠뇌의 시위를 당길 기세였지만 새뮤얼은 태양의 돌에 대해 알려줄 생각이 추호도 없었다. 영생의 반지라는 건 클러그가 꾸며낸 이야기일 가능성이 큰데 같이 말려들 필요가 있을까. 팔찌가 손닿는 데에 있다는 것이 새뮤얼에게 용기를 불어넣는 걸까, 두려움이 엄습해오는데도 새뮤얼은 이상할 정도로 의연한 태도를 유지할 수 있었다. 아직은 방법이 남아 있을지도 몰라…….

"내가 지금 죽으면," 새뮤얼은 또박또박 말했다. "술탄과 특사의 의도를 너무 늦게 알게 될 겁니다."

블라드는 쇠뇌의 걸림쇠에서 손가락을 약간 뗐다.

"지금 무슨 수작을 하는 거냐?"

"나는 사람들이 모르는 것을 알고 있다고 분명히 말했는데요. 이

주머니 안에 미래를 점칠 수 있는 물건이 있죠. 아버지와 나를 성에서 나가게 해주면 당신이 미래에 대해 알고 싶은 것을 대답해줄 수 있어요."

"그걸 어떻게 믿느냐?"

"아버지와 내 목숨이 달려 있는데 뭐 때문에 위험을 무릅쓰겠습니까? 당신은 두려울 것이 없지 않습니까? 팔찌는 새장 안에 있고, 당신이 시위를 당기면 어차피 나는 이 자리에서 죽을 텐데요."

"좋아, 약속하지." 블라드가 반신반의하는 눈빛으로 대답했다.

"그래, 네 생각에 술탄의 야심이 무엇이냐?"

"실린더를 꺼내야 하는데 허락하시면……."

새뮤얼은 신중하게 주머니에서 최루탄을 꺼냈다. 브라우닝 권총을 꺼내면 총구 때문에라도 블라드가 단번에 눈치 챌 위험이 있었다.

"또 무슨 짓을 꾸미는 것이냐?"

"이게 바로 미래를 점치는 물건이에요."

"경고하는데 나에게 그걸 던질 생각이라면……."

블라드는 쇠뇌 걸림쇠에 손가락을 다시 걸고 시위를 당기는 자세를 취했다.

"그 이상한 글자는 무엇이냐?" 블라드가 신경질적으로 물었다.

최루탄에 달린 금속 라벨을 본 것이었다.

최루탄: 방어용 젤리 상태의 액체.

20% CS 가스(orthochlorobenzylidene 오르토클로로벤지리덴).

사정거리 1.5~3m.

지금 나에게 꼭 필요한 거리잖아. 새뮤얼은 속으로 쾌재를 불렀다.

"실린더와 대화하는 데 필요한 주문이에요. 우선 이 캡을 벗겨야 하는데……."

"거짓말이면 네놈의 살가죽을 벗겨버릴 테니까 명심해!"

새뮤얼은 최루탄의 분사장치 캡을 벗겼다. 이제는 블라드를 안심시키면 되었다.

"오르토-클로로-벤지-리덴." 새뮤얼은 나직한 소리로 읊조리기 시작했다. "오르토-클로로-벤지-리덴……."

좀 우스꽝스럽긴 하지만 새뮤얼은 의외로 아브라카다브라 주문* 이랑 비슷하다는 생각이 들었다.

"그래서?"

블라드가 재촉했는데 반은 빈정거리고 반은 불안한 어조였다.

"실린더가 말하기를 술탄이 함정을 놓을 거랍니다." 새뮤얼은 블라드 전기에서 읽은 일화를 떠올리면서 자신 있게 말했다. "발라키

---

* 병에 걸리지 않기 위해서 마법의 힘으로 선한 영을 불러들이는 신비의 주문.

아의 태수는 국경에서 특사를 맞는 것이 관례가 아닌가요? 거기에 당신을 생포하기 위한 투르크군이 매복하고 있을 겁니다."

"뭐라?" 블라드가 격분했다. "매복이라니! 그다음은? 그다음에 는 어떻게 되는데?"

"모든 것이 당신에게 달려 있지요. 만약 그 부근에 수하의 부하들 을 배치해놓는다면……."

"물론 당연한 일이지." 블라드가 홍분하기 시작했다. "우리가 먼 저 기습해서 놈들이 신에게 기도할 시간도 주지 않겠어! 실린더인 지 뭔지 하는 네 기구는 결정적으로 술탄을 끝장내는 방법도 알고 있느냐?"

계시를 받는 눈초리로 보이려면 어떻게 해야 하지? 새뮤얼은 일 단 게슴츠레한 눈으로 최루탄을 처다보면서 단조로운 목소리로 읊 조렸다.

"오르토-클로로-벤지-리덴."

라벨 밑에 주의 사항이 적혀 있었다.

주의! 이 가스는 신경말단에 유해함. 실명, 화상, 호흡곤란을 일으킬 수 있음. 어린이의 손에 닿지 않는 곳에 보관하도록 주의를 요함!

설마 뱀파이어한테도 당연히 유해하겠지?

"실린더가 말하기를 변장을 하고 투르크로 잠입한 다음 어둠을 타면 오스만투르크 진영으로 들어갈 수 있답니다. 투르크어로 말하는 데 어려움이 없죠? 그러면 수장의 천막을 쉽게 찾을 겁니다."

멋대로 지어내는 것이 아니라 역사에 기록된 사실을 근거로 한 말이었다. 실제로 블라드는 투르크 진영을 습격했지만 천막을 잘못 짚는 실수를 하는 바람에 술탄 대신 재상을 살해했다.

"아주 기발한 생각이야." 블라드가 인정했다. "변장을 하고 한밤중에 기습을 한다…… 음, 그럴 듯해. 그런데 너의 실린더는 어떻게 그 모든 일을 예언할 수 있지? 너는 어떻게 그 말을 알아듣고?"

"이건 마법의 물건이라서 뭐라고 자세히 설명할 수가 없어요. 말하는 방식은 일종의 중얼거림인데……."

일리가 있다고 판단한 걸까? 블라드는 믿음이 간다는 얼굴로 고개를 끄덕였다.

"음…… 술탄을 제거하면 더 이상 적이 없는 건가? 그럼 내 치세 기간이 얼마나 되는 거지? 20년? 30년? 영원히?"

'앞으로 6년, 그 이상은 아닙니다. 하지만 내가 그렇게 순순히 다 말해줄 거란 기대는 하지 마시죠!'

새뮤얼은 속으로 내뱉으면서 겉으로는 온순한 얼굴로 주문을 읊는 시늉을 했다.

"오르토-클로로-벤지-리덴. 오르토-클로로-벤지-리

덴……."

"내가 발라키아 너머 어디까지 영토를 확장할 수 있는지 물어봐!" 완전히 말려든 블라드가 흥분해 있었다.

새뮤얼은 마치 실린더가 난처한 말을 해준 것처럼 잠시 뜸을 들였다.

"뭐라고 하느냐?" 블라드가 재촉했다.

"실린더가 말하기를 측근 중의 누군가가 옥좌를 노리고 있답니다."

"뭐라? 내 측근 중의 누군가가? 그게 누구야?"

블라드가 격분했다.

이럴 때는 역사 공부를 해온 것이 전혀 기쁘지 않군. 사실은 투르크에서 교육을 받고 성장한 블라드의 동생 라두가 끝내 1462년 왕위를 찬탈했으니!

"가족 중에 있는 것 같아요." 새뮤얼은 난처해하는 얼굴로 머뭇거리다가 말했다. "하지만 이름을 잘 알아듣지 못했는데…… 직접 들으시겠다면……."

새뮤얼은 반역자의 신원을 알고 싶어하는 블라드를 향해 팔을 뻗으면서 앞으로 몸을 숙이고 최루탄을 바닥 쪽으로 향했다.

지금이 다시없는 기회야! 새뮤얼은 스스로를 격려했다.

새뮤얼은 최루가스 분사기를 세게 눌렀다. 피시시식! 붉은빛의 구름 같은 가스가 공기와 접촉하는 순간 액체로 변하는 것 같더니 블라드 체페슈의 얼굴이 붉은 젤리로 뒤덮였다.

"이건……."

욕설을 퍼부을 겨를이 없는 블라드가 시위를 당겼다. 어느새 공기를 가르며 날아온 쇠뇌화살이 새뮤얼의 두 발 사이에 꽂혔다. 새뮤얼이 잽싸게 옆으로 피하는 사이에 블라드는 얼굴을 감싸면서 울부짖었다.

"악마, 악마다! 여봐라, 여봐라!"

새뮤얼은 팔찌를 집어들고 최루물질 때문에 눈을 가리면서 밖으로 뛰쳐나갔다.

"아, 따가워!" 블라드 체페슈는 온몸을 비틀면서 외쳤다. "여봐라, 게 아무도 없느냐? 놈을 잡아라! 네모난 탑이다!"

새뮤얼은 쾅, 소리가 나게 문을 닫은 다음 주위를 둘러보다 창 한 개를 집어들고 문의 손잡이가 돌아갈 수 없게 받쳐놨다. 이렇게 해놔야 조금이라도 블라드의 발목을 잡을 수가 있지……. 이제는 아버지만 찾으면 돼!

XXIV

앨런 포크너에 관한 진실

충계를 급히 내려가던 새뮤얼은 마지막 계단을 건너뛰었다. 병사들이 탑 쪽으로 몰려오고 있어서 꾸물거릴 상황이 아니었다. 드라고미르가 아버지를 어디로 데려갔을까? 블라드 체페슈가 말하는 걸 보면 그와 부하들은 지하도가 있다는 것을 아예 모르고 있었다. 엄청난 금액을 받고 어쩔 수 없이 껄끄러운 사람들을 받아들이게 된 브란 성의 영주는 혹시라도 성을 넘겨주게 되는 날이 오면 그때나 지하도에 대한 비밀을 알려줄 생각으로 함구하고 있는 걸까? 그렇다면 드라고미르는 당연히 지하도에 관심이 있을 테니까 처음 예정대로 아버지와 무기 창고 쪽으로 갔을 것이 틀림없었다. 무기 선반 뒤의 미닫이문을 닫아두지 않았는데……. 그걸 본 드라고미르가 터널이 어디로 연결되는지 확인하러 혼자 들어갔다면? 그러면 그 사이에 아버지를 찾아서…….

"놈이 네모난 탑을 빠져나갔다!" 경비병이 목이 터져라 소리를 질렀다. "샅샅이 뒤져라, 감옥까지!"

새뮤얼은 재빨리 무기 창고 기둥 뒤로 숨었다. 그러고는 최루탄과 메르워세르의 팔찌를 주머니 깊숙이 잘 넣은 다음 권총을 꺼내 들었다. 정말 이 황금팔찌만 사용하면 집으로 돌아갈 수 있을까?

새뮤얼은 주방 쪽으로 달려가는 병사들이 멀리 사라질 때까지 기다렸다가 기둥 뒤에서 나왔다. 바로 그 순간 양탄자에 가려 있던 문에서 창을 든 병사가 튀어나왔다. 그대로 찌를 듯이 창을 겨누던 병사는 새뮤얼이 휘두르는 작은 대포처럼 생긴 이상한 물건을 발견하고 멈칫했다. 새뮤얼은 총 쏘는 자세로 머리를 겨냥했다. 스무 살쯤 됐을까, 병사는 금발이었고 아직은 앳된 얼굴이었다. 총을 쏘려는 찰나에 순간적으로 젊은이의 얼굴에 몇 가지 이미지가 포개졌다. 시카고에 있는 포크너 식품점의 간판, 키케로 거리에 주차해 있던 자동차, 담배를 물고 있던 줄무늬 양복차림의 남자, 증조할아버지 제임스 아담……. 똑같은 실수를 반복하면 안 돼. 정당방위였지만 증조할아버지가 사람을 죽인 것 때문에 얼마나 고통을 받았다고 했던가……. 인간의 생명은 어떠한 경우에도 보호되어야 해! 새뮤얼이 손목을 약간 움직이자 총알이 채광창을 뚫고 나가면서 요란한 소리를 냈다. 병사는 끽소리도 내지 못하고 걸음아 날 살려라 줄행랑쳤다.

새뮤얼은 이마에 맺힌 땀방울을 닦으면서 둥근 탑으로 향하는 복도로 들어갔다. 회색 돌, 곰팡이 냄새, 사방에서 뛰어다니는 발소리가 메아리치고 있었다. 다행히 경비실은 텅 비어 있고, 고기 구운 냄새도 여전히 나고 있었다.

"아빠?" 새뮤얼이 속삭였다.

아무 대답도 없었다. 드라고미르가 혹시 감방으로 도로 데려갔을까? 새뮤얼이 살금살금 다가가는데 갑자기 무기 창고 문턱에서 금속 같은 것이 반짝거렸다. 새뮤얼이 잽싸게 피하는데 몇 센티미터 떨어진 바닥에 도끼 날이 꽂혀 있었다.

"아빠?"

문 뒤에서 나온 앨런이 얼빠진 얼굴로 도끼자루를 움켜잡고 있는데 무슨 짓을 저질렀는지 모르는 듯했다.

"아빠, 나예요, 샘, 샘이에요!"

"새…… 샘……." 앨런은 믿어지지 않는 듯 더듬거렸다.

"드라고미르는 어디 있어요?"

앨런은 고갯짓으로 뒤쪽을 가리켰다. 비밀통로 입구에 드라고미르가 쓰러져 있는 것이 아닌가. 2미터쯤 떨어진 곳에 노래 부르던 병사도 널브러져 있었다.

"저놈은 포로가 아니었어." 앨런이 쉰 목소리로 설명했다. "저놈은 가짜였어……. 놈은 내가 미쳤다고 하지만 난 미치지 않았어! 나는 포로였는데 그는 아니었어!"

빨리 도망쳐야 하는 순간이 아니라면 새뮤얼은 아버지를 끌어안 았을 것이다.

"아빠, 이 선반을 밀어야 해요. 병사들이 금방 몰려올 거예요."

새뮤얼이 선반을 미는 사이에 아버지는 도와주기는커녕 병사를 들여다보고 있었다.

"너는 아직 깨어나려면 멀었구나, 흥!"

앨런은 비웃음을 흘리면서 중얼거렸다.

"아빠, 제발 조용히 계세요. 여기서 빨리 나가야 한단 말이에요!"

앨런의 표정이 돌변해서 큰 소리로 물었다.

"갖고 왔어? 그게 없으면 난 안 가!"

"물론 가져왔죠. 아빠, 서둘러야 해요!"

"보여줘!"

어차피 곧이듣지 않을 텐데 입 아프게 고생하느니, 새뮤얼은 주 머니를 뒤져서 메르워세르의 팔찌를 아버지의 얼굴 앞에 바짝 들 이댔다.

"여기 있잖아요. 이제 됐죠? 1초도 꾸물댈 시간이 없어요."

팔찌는 앨런에게 거의 최면에 걸리는 것 같은 이상한 효과를 주 었다. 허리가 더 구부러지더니 입을 딱 다물어버렸던 것이다. 새뮤 얼은 그 기회에 아버지를 터널 쪽으로 잡아끌었다.

"불빛이 있어야 하는데……." 새뮤얼은 무슨 생각을 하는 듯 머리를 갸웃거리다 말했다. "잠깐만 기다리세요."

새뮤얼은 경비실로 돌아가서 제일 가까운 데 꽂힌 횃불을 뽑아들었다. 한 무리의 병사가 그들을 향해 올라오고 있었다.

"이반이 뭔가를 봤을 거야." 한 목소리가 층계에서 말했다. "고기를 굽고 있었으니까……. 이것 봐, 냄새가 나잖아! 이반?"

투구를 쓴 머리가 문에 나타나는 순간 새뮤얼은 최루탄을 벽난로를 향해 힘껏 던졌다. 그래도 이름이 최루탄인데 폭탄 기능을 하지 않겠어? 오르토-클로로-벤지-리덴!

"조심해! 놈이 있다!" 병사가 목청껏 소리쳤다.

새뮤얼은 어둠 속으로 달려가면서 아버지의 소매를 잡아끌었다.

"가요!"

그들이 비밀통로로 들어서는 순간 최루탄이 폭발했다. 펑! 벽이 흔들리고 있을 때 새뮤얼은 미닫이문을 닫았다. 둘은 구름처럼 일어나는 메케한 먼지에 휩싸였고, 저편에서 비명소리가 울렸다. 정말 미안하지만 어쩔 수가 없었다. 새뮤얼은 아버지를 부축해서 가능한 빨리 층계를 내려가기 시작했다. 앨런은 암벽에 몸을 기대면서 순순히 따라왔다. 반쯤 내려갔을 때 그제야 악몽에서 깨어난 것처럼 앨런이 말했다.

"샘? 이게 어, 어떻게 된 거니?"

“브란 성을 나가는 거예요, 아빠. 브란 성, 기억나요?”

“브란 성, 비밀통로, 클러그⋯⋯.”

“클러그? 아빠가 클러그를 알아요?”

“블라드 체폐슈가 계속 그 이름을 말했어. 하지만 난 클러그가 누군지 몰라. 너 아빠 믿지, 샘?”

“물론 믿어요, 아빠.”

“클러그, 맞아, 계속 클러그라는 이름을 말했어. 클러그, 클러그, 클러그⋯⋯. 그러고 나서 블라드는 나를 가뒀어. 배고프고, 추웠어. 그리고 죽도록 맞았어. 그래! 걸핏하면 나를 때렸어! 거기서 보낸 시간은⋯⋯ 내가 미쳐가고 있다고 생각했어, 샘. 하지만 난 절대로 미치지 않았어.”

아버지가 어린애처럼 흐느끼고 있어서 가슴이 아픈 새뮤얼은 아버지가 쓰러질까 봐 불안했다.

“이제 다 끝났어요, 아빠.” 새뮤얼이 안심시켰다. “팔찌가 있으면 집으로 돌아갈 수 있다는데 아빠도 알아요?”

“메르워세르의 팔찌만 있으면 물론 갈 수 있지! 그걸 손에 넣었단 말이지, 샘? 네가 그걸 알고 있었어?”

그들이 철사다리 앞에 이르렀을 때였다. 층계 위에서 무기 찰그랑거리는 소리에 이어 욕설이 쩌렁쩌렁 울려퍼졌다.

“놈들을 잡아라! 놈들을 죽여라!”

병사들이 비밀층계를 발견했거나 누군가가 터널에 대해 알려준 것 같았다.

"내가 바로 뒤에서 받치고 있으니까 힘내세요, 아빠."

두 사람은 사다리를 힘겹게 올라갔고, 마침내 버려진 물레방아로 나가는 마지막 통로에 이르렀다. 안간힘을 쓰다 기진맥진한 앨런은 결국 벽에 기대어 쓰러졌다. 발밑에서 고함소리와 뛰어다니는 소리가 들리고 있었다.

새뮤얼은 뚜껑 문을 닫고, 큼직한 돌덩어리들을 굴려서 문을 막았다.

"총안 부근에 너를 위해서 표시를 해놨는데……?" 앨런이 뚜껑 문 부근의 벽에 새긴 AF를 가리키면서 말했다. "다 내 잘못이야, 샘. 내가 너를 이곳으로 끌어들였어."

"그건 잊어버려요, 아빠. 지금 이렇게 함께 있잖아요."

"아니, 아냐, 넌 몰라. 난 의도적으로……."

새뮤얼이 일으켜주는 순간 아버지는 고통의 비명을 질렀다.

"등이 빠개지는 것 같아. 이게 다 벌받은 거지……."

"그런 말하지 마요. 어서 가요, 아빠!"

황폐화된 건물을 나가면서 앨런이 허리를 숙였고 새뮤얼은 아버지의 허리를 부축했다. 두 사람은 발각되기 쉬운 강을 따라가기보다는 해질 녘이라 좀 으스스하긴 해도 몸을 숨길 수 있는 숲을 선택했다.

"네가 알아야 할 게 있어, 샘……. 사실은 내가 다 꾸민 일이었
어……."

"뭘 꾸몄는데요?"

"난 자신이 없었어. 하지만 그 편지의 의미는……. 나…… 난 포
기하고 싶지 않았어. 나는 팔찌가 필요했으니까!"

아버지가 좀 괜찮아지고 있었는데 또 정신착란에 빠질까 봐 용기
를 주는 뜻에서 새뮤얼은 관심이 있는 체했다.

"편지? 무슨 편지요?"

"투르크 특사의 편지. 카타…… 카타 어쩌고 했는데 이름이 기억
안 나는구나. 술탄이 돈을 받기 위해 드라큘라에게 파견한 특사였
지. 특사도 끝내 꼬챙이로 꿰이는 신세가 되었지만……. 어쨌든 파
견되어 있는 동안 특사는 여러 번 술탄에게 편지를 썼어. 그 편지
중 하나에 특사는 첫 번째 면담하는 자리에서 드라큘라가 한 소년
이 아주 귀중한 물건을 훔쳐갔다면서 길길이 뛰었다고 썼더군. 한
낱 어린 소년한테 당했다는 것 때문에 일주일 동안 드라큘라의 노
여움은 가라앉지 않았다고. 내가 그 편지의 사본을 갖고 있었기 때
문에 알았는데……."

새뮤얼은 자신의 예상이 맞을까 봐 두려웠다.

"그 소년이……?"

"꼭대기 방에 혼자 들어가서 팔찌를 훔칠 생각이었어, 샘. 훔칠 수 있다고 생각했는데 그러다 혹시 내가 실패하면…… 갑자기 자신이 없어졌어. 그 방에 이르려면 나보다는 네가 성공할 가능성이 훨씬 많았어. 그래서…… 내 말 이해하겠니?"

새뮤얼은 얼빠진 얼굴이 되었다.

"아빠는…… 모든 걸 예상하고 있었군요. 맥스 아저씨 집에 맡겨 놓은 동전, 윌리엄 포크너의 소설, 그 나머지도 전부 다……. 그러니까 내가 아빠를 구하러 오길 바랐던 것이 아니라 특사의 편지에 쓰여 있는 대로 팔찌를 훔치기를 바랐던 거군요!"

"정말 나 혼자서 해내고 싶었어!" 앨런은 어쩔 줄 모르는 얼굴로 변명했다. "정말 그러고 싶었어! 그건…… 엄청난 가치가 있는 팔찌야, 샘."

"100만 달러요? 아빠가 그 수첩 마지막 페이지에 써놨잖아요!"

"네가 그 수수께끼를 풀어낼 거라고 확신했어. 넌 결국 해냈어! 넌 모든 시련을 이겨냈고! 내 생각이 맞은 거야!"

새뮤얼은 대답할 말을 찾지 못할 정도로 아연실색했다. 내가 팔찌를 훔치기를 바라다니! 돈 때문에 아버지와 아들의 목숨을 걸었다니! 아버지가 그런 사람이었다니!

"그럼 왜 떠나기 전에 나한테 알려주지 않았어요? 왜 아무에게도 알리지 않고 느닷없이 사라졌는데요?"

물레방아 쪽에서 나는 함성 때문에 새뮤얼은 말을 중단했다. 뚜껑 문을 막아놓은 돌덩어리들이 병사들의 힘을 당해내지 못한 것이 분명했다. 빈터에서 올라오는 불빛과 고함소리에 섞인 개짖는 소리로 미루어 병사들의 수가 많았다.

"개들을 풀어서 우리를 추적하고 있어요!" 새뮤얼이 속삭였다.

새뮤얼은 아버지를 거의 업다시피 하고 빠르게 걸었다. 숲은 점점 어두워졌지만 이런 상황에서는 횃불을 갖고 있는 것이 위험했다. 새뮤얼은 횃불을 나무에 비벼서 끈 다음에 반대 방향으로 힘껏 내던졌다.

어느 쪽으로 가야 하지? 태양의 돌은 정확하게 어디 있지? 병사들이 횃불이 떨어진 방향을 보고 속아준다면 강가로 돌아가면 되는데…….

두 사람은 뒤얽힌 나뭇가지를 헤치고 강가로 돌아갔다. 발각되면 개들에게 쫓길 텐데…….

"아빠, 혹시 구멍 뚫린 동전을 갖고 있어요?"

물레방아에서부터 호흡이 점점 더 가빠지기 시작한 아버지는 헐떡거리고 있었다. 어찌나 앙상하게 말랐는지 끌어안으면 뼈가 으스러질까 봐 걱정될 정도였다.

"그래도 아직은 이 못난 아비가 필요한 모양이구나!" 앨런은 애써 미소를 지으면서 중얼거렸다. "샘, 첫 번째 충고, 항상 태양의 돌 가까운 데에 동전을 묻어놔야 한다!"

"농담 아니죠, 아빠? 그럼 태양의 돌 옆에 동전이 정말 있는 거예요?"

"넌 아직 한참 더 배워야겠구나, 아들아!"

새뮤얼은 날개를 단 것 같았다. 동전만 있으면 병사들이 오기 전에 태양의 돌을 사용할 시간은 충분했다.

바로 그 순간 새뮤얼의 생각에 반박이라도 하듯 개가 짖었다.

"왈왈!"

병사들은 아직 100미터쯤 떨어져 있었다. 새뮤얼은 태양의 돌을 숨겨놨던 장소를 찾았다. 갈대, 나뭇가지들이 부러진 아름드리 전나무, 덤불…….

"여기 있어요. 태양의 돌은 아무 이상 없어요! 동전을 어디다 묻었는지 기억나요, 아빠?"

아버지는 북쪽 방향에 있는 덤불을 가리켰다. 새뮤얼은 아버지를 앉혀놓고 미친 듯이 풀을 헤쳤다. 아버지가 갇혀 있던 몇 달 동안 수풀은 무성하게 자라 있었다.

"나를 원망해도 돼, 샘." 앨런은 비밀을 털어놓는 듯한 어조로 말했다. "좋은 아버지가 아니었다는 거 알아. 네 엄마가 그렇게 된 뒤로 내가 어땠는지도…… 잘 알아. 정신을 딴 데 팔고 있었지. 너를 돌보지 않고 도대체 뭘 하고 다녔는지 많이 궁금했을 거야!"

"내가 무슨 생각을 했을지 한 번 상상해보세요." 새뮤얼은 담담한 척하려고 애를 썼다. "할아버지는 아빠가 돈에 쪼들렸다고 하셨어요. 그래서 아빠가 희귀본 책들이며 보물들을……."

"보물이라니? 무슨 보물? 아빠가 돈 때문에 그랬다고 생각하는 거니? 나는 돈에 관심 없어. 네가 나를 몰라서 그런 말을 하니?"

"그럼 옴파로스는? 델포이에 갔단 말이에요, 아빠. 간발의 차로 아빠를 놓쳤지만……. 세계의 배꼽은 런던에서 1000만 달러에 팔렸어요! 아무리 돈에 관심 없는 사람이라도 1000만 달러는 욕심이 나는 금액이죠!"

"세계의 배꼽?" 앨런은 격한 어조로 응수했다. "난 델포이에 간 적이 없어, 샘! 난 세계의 배꼽을 판 적이 없어!"

거짓이 담기지 않은 진실한 목소리였지만 새뮤얼은 대답할 겨를이 없었다. 횃불의 불빛이 점점 가까워지고, 개들이 마치 먹이에게 달려들기를 기다리는 듯 낑낑거리고 있었다. 바로 그 순간 손가락이 동그란 금속에 닿았다.

"아빠, 찾았어요!"

새뮤얼은 얼른 동전을 옷에 닦으면서 아버지 옆으로 돌아갔다.

"내 몸에 딱 달라붙으세요, 아빠. 출발할 거예요!"

새뮤얼은 태양의 돌 윗면에 손을 올렸다. 손바닥에 진동이 느껴졌다. 새뮤얼은 황금팔찌를 수송의 구멍에 집어넣고 구멍 뚫린 동전을 태양문양에 대면서 점점 압박해오는 개짖는 소리에 신경 쓰지 않으려고 애를 썼다.

"난 병들었어, 샘." 앨런이 한 팔로 아들의 몸을 감싸면서 말했다. "여행하면서 살아남을 수 있을지 모르겠다."

"걱정 마요, 아빠. 1분도 안 걸려요."

"지금부터 내 말 잘 들어, 샘. 나에게 무슨 일이 생길지 모르는데 너는 알고 있어야 하니까. 아빤 아무것도 훔친 적이 없어. 책이든 보물이든 아무것도. 넌 나를 믿어야 해. 그리고…… 메르워세르의 팔찌는 평범한 물건이 아냐. 태양의 돌과 같이 사용하면……."

새뮤얼은 잠시 정지하고 잘될 거니까 아무 걱정하지 말라고 아버지를 안심시키고 싶었지만, 바늘에 찔리는 것처럼 손가락 뼈마디가 따끔따끔해지면서 시간의 불덩이가 두 사람을 실어갈 준비를 하고 있었다.

"메르워세르의 팔찌가 있으면 네 엄마를 구할 수 있다고 확신해. 내 말 들리니, 샘? 팔찌가 있으면 네 엄마를 구할 수 있어!"

앨런의 목소리는 들릴 듯 말 듯했다.

3권 「황금팔찌」에서 계속……